Pierre et Jean
précédé de
Le Roman
et suivi de
Les Dimanches d'un bourgeois de Paris

GUY DE MAUPASSANT
Contes et romans

Édition en 14 volumes
établie et présentée par Georges Belle

    I *Une vie* (roman, 1883)
   II *Longues Nouvelles*
  III *Bel-Ami* (roman, 1885)
   IV *Récits parisiens*
    V *Mont-Oriol* (roman, 1887)
   VI *Contes des bords de l'eau et d'ailleurs*
  VII *Pierre et Jean* (roman, 1888), précédé de *Le Roman* et suivi de *Les Dimanches d'un bourgeois de Paris*
 VIII *Contes normands*
   IX *Fort comme la mort* (roman, 1889)
    X *Contes de la peur et de l'angoisse*
   XI *Farces normandes et parisiennes*
  XII *Contes grivois*
 XIII *Notre cœur* (roman, 1890), suivi de *L'Âme étrangère*
  XIV *Récits de guerre et de défaite*, suivi de *L'Angélus*

GUY DE MAUPASSANT

Pierre et Jean
précédé de
Le Roman
et suivi de
Les Dimanches d'un bourgeois de Paris

FRANCE LOISIRS
123, boulevard de Grenelle, Paris

Le Code de la propriété intellectuelle n'autorisant, aux termes des paragraphes 2 et 3 de l'article L. 122-5, d'une part, que les « copies ou reproductions strictement réservées à l'usage privé du copiste et non destinées à une utilisation collective » et, d'autre part, sous réserve du nom de l'auteur et de la source, que les « analyses et les courtes citations justifiées par le caractère critique, polémique, pédagogique, scientifique ou d'information », toute représentation ou reproduction intégrale ou partielle, faite sans le consentement de l'auteur ou de ses ayants droit ou ayants cause, est illicite (article L. 122-4). Cette représentation ou reproduction, par quelque procédé que ce soit, constituerait donc une contrefaçon sanctionnée par les articles L. 335-2 et suivants du Code de la propriété intellectuelle.

© France Loisirs, 1993, pour la présente édition

ISBN 2-7242-7082-7

PRÉFACE

Tel fils, quel père ?

Trois écrits significatifs – aussi différents de genre que proches de pensée – composent ce volume : une étude littéraire sur Le Roman, *que Guy de Maupassant a liée au sort de* Pierre et Jean, *qu'elle précède sans d'ailleurs l'introduire ; l'œuvre de fiction* Pierre et Jean, *pièce centrale, exemplaire et combien éclairante, de l'ensemble ; et une espèce de chronique-reportage,* Les Dimanches d'un bourgeois de Paris, *qui, milieux et mœurs obligent, cousine avec la très honorable famille de* Pierre et Jean. *Et ces trois textes – le théorique, le romanesque et le journalistique –, chacun à sa manière, toujours un peu sinueuse, illustrent un roman familial, dessinent une crise d'identité. Fils élus et pourtant séparés que ces morceaux de choix, mais à quels pères responsables ou absents doivent-ils la déréliction qui les sous-tend ? En eux, sévit avec malignité l'espace-temps de la bâtardise, thème obsessionnel chez Maupassant.*

Le Roman

On devrait inviter les jeunes gens d'aujourd'hui, qu'on dit rétifs aux belles-lettres, à lire l'étude sur Le Roman, *que Guy de Maupassant a tenu à joindre, début 1888, à son ouvrage* Pierre et Jean. *Ils y* découvriraient, en quelques pages enlevées au pas de charge, sans le moindre souci didactique ou propagandiste, ce qu'un homme de métier peut dire, avec bonheur et goût, et une assurance tout instinctive, de la lecture et de l'écriture. Au-delà de la défense de son œuvre et de ses options, ils verraient que Maupassant rend un bien sympathique hommage à ces « illusionnistes » – des « menteurs vrais », diront plus tard Aragon et Giono – que sont les romanciers, dès lors qu'ils ont réussi leur tour, opération en trompe l'œil jamais gagnée d'avance. À ce texte à peine théorique, qui appelle l'approbation pour sa mesure et son bon sens, Maupassant a donné une sorte de suite, plus historique cette fois et pareillement convaincante : L'Évolution du roman au XIXe siècle, qui date de 1889. Bien que cet article ne soit pas repris dans le présent volume, nous aimerions suggérer à nos jeunes gens avertis de le dénicher dans telle ou telle collection de poche (toujours dans les parages de Pierre et Jean), tant sa lecture leur procurerait aussi plaisir et surprise.

Drôle de préface d'ailleurs que cette étude sur le roman, écrite alors que Pierre et Jean est bel et bien terminé, publiée dans Le Figaro, qui l'amputa et sans doute en défigura le sens (d'où colère de l'auteur et menace d'un procès, suivies des excuses publiques de la rédaction du journal), et venue grossir, en dernier ressort, le livre lui-même. Elle semble en effet étrangère à l'œuvre qui suit mais, à bien les lire l'une et l'autre, est-ce sûr ? On y voit l'auteur, sans rigidité ni agressivité, défendre sa conception du roman comme « vision objective » de la réalité et de la vérité. Non sans adresse, Maupassant prend soin de situer ses marques à quelque distance de ses maîtres et amis que sont Flaubert et Zola, dans un réalisme ni trop littéraire ni trop social. Faisant preuve de curiosité et d'ouverture d'esprit, il salue toute

Préface

forme d'originalité et de personnalité, s'incline devant la liberté de l'artiste, reconnaît que peindre les autres c'est encore et toujours se peindre, insiste sur le fait qu'écrire est tout à la fois un exercice d'observation et un effort de patience, fait remarquer que le mot juste et simple est le seul qui « parle » au lecteur, affirme que la langue française est à jamais claire, logique et nerveuse, pense enfin que « l'art littéraire est chose insaisissable, mystérieuse » qui échappe toujours aux règles esthétiques et morales trop sévères. Pour Maupassant, seuls les pouvoirs du talent et le don de la vie ont quelque chance de faire du roman une « contrefaçon » emballante et révélatrice. Qu'importe, au fond, les critères retenus et les genres élus ; une grande œuvre les dépasse sans mal dès qu'elle se montre sincère, neuve et forte.

En cette fin du XIXe siècle, intolérante et hargneuse en diable, se sont multipliés les discours polémiques sur l'art et les idées ; il suffit de se rappeler les manifestes des écoles rivales, qui toutes se voulaient uniques : ceux du classicisme bienséant, du symbolisme éthéré, du picaresque délirant, de la préciosité appliquée, du naturalisme documenté... Et lui, Maupassant – le ni très savant et le ni très subtil, comme on se plaisait à le voir dans les revues académiques et les salons des égéries –, se permet de jouer au fils prodige et prodigue, peu soucieux des leçons des maîtres, et de laisser entendre qu'il pourra toujours, quant aux sujets et aux motifs de son écriture romanesque, changer de matière, de visée, voire de bord. Mieux, tout en y mettant les formes, il invite messieurs les censeurs et critiques en place à ne plus juger gravement comme ils le font, à découvrir au contraire et apprécier en toute jeunesse d'esprit. Une fois de plus, l'individualisme altier de Maupassant fait fi de tout : il donne un coup de chapeau aux uns, un coup de patte aux autres et, « à chacun, sa vérité » n'est-ce pas ?, tire *sa révérence. Paul Bourget s'en amusa, Émile Zola et Anatole France n'apprécièrent qu'à demi, Edmond de Goncourt se fâcha tout rouge. Et nous, qui lisons, cent ans plus tard, ces réflexions qui, plus que beaucoup d'autres, tiennent joliment la route, nous le faisons avec le sourire amusé que procure tout fils rebelle qui, cachant et se cachant ses inquiétudes, ses interrogations (bien réelles pourtant) sur la valeur et la portée de ses œuvres, malmène sans autre forme de procès les pères de la loi. Pour un peu, et non sans prescience, Guy de Maupassant en viendrait à faire siennes les futures métamorphoses du pacte autobiographique (Proust, Colette, Céline). Décidément, la fièvre de vivre et d'écrire qui le soulevait sans merci le rendait indocile aux diktats comme aux écoles. Indocile, avisé et intuitif.*

Pierre et Jean

Dans Pierre et Jean, *on dirait que* Les Dimanches d'un bourgeois de Paris *(contes documentaires dont nous allons plus loin nous entretenir) sont devenus, en famille cette fois, « la retraite d'un commerçant de Paris ». Celle d'un certain M. Roland qui, enhardi par l'amour de la navigation et de la pêche, a choisi de vendre la boutique parisienne et de vivre gentiment de ses rentes au Havre, avec sa femme Louise, « douée d'une âme tendre de caissière ». Tous deux ont la cinquantaine, en l'année 1885, et entretiennent des relations de longue pratique, de louable patience. Tout est donc pour le mieux dans leur petit monde bienheureux et respectable, d'autant que les vacances ont ramené à la maison leurs grands fils (Pierre, trente ans et futur médecin ; Jean, vingt-cinq ans et futur avocat). Certes, l'un est « rasé et noir », l'autre « blond et barbu », une*

Préface

petite rivalité de caractères complique un peu leurs rapports, mais tous deux aiment avant tout leur mère. Dans leur « fraternelle et inoffensive inimitié », ils vont jusqu'à courtiser, vrais « Jules et Jim », la même jeune et jolie veuve, Mme Rosémilly, une voisine fortunée (donc souvent invitée) de leurs parents. Mais voilà qu'un notaire vient apprendre à la famille rassemblée qu'une ancienne connaissance, M. Maréchal, décédé sans héritiers directs, a laissé sa fortune à Jean, qu'il a vu naître et grandir. Si ce dernier et les parents, bien que surpris, se réjouissent, font même des projets, Pierre cache mal son trouble et sa gêne. Irrité, il s'échappe pour aller voir la mer. Jaloux de son double, saisi par le doute, il sent monter en lui une colère sourde qui ne tarde pas à germer comme « une graine de chagrin ».

Dès lors, dans cette fiction aussi classique de forme que moderne de thème (née, semble-t-il, d'un fait divers qui le frappa et qui amena un autre écrivain de l'époque, Édouard Estaunié, à donner, en 1891, un roman sur le même sujet, Un simple, *qu'il dédia d'ailleurs à son illustre devancier), le romancier « objectif » que se voulait Maupassant fait mener à son personnage principal – des deux frères, Pierre n'est-il pas son préféré ? – une sorte d'enquête policière sur l'imposture (avec notre auteur, comment s'en étonner) de toute naissance. La rage au cœur, la folie en tête, Pierre, preuves et aveux à l'appui, ne peut s'empêcher de constater : la mère, si chèrement aimée par lui, a fauté, et le frère, enfant adultérin et favori de tous, hérite. Gloire au bâtard ! Quant à lui, Pierre, le fils envieux, honteux, respectueux de l'innocent mari, il récolte les raisins verts. Et la farce, si typiquement bourgeoise de « la vie comme il faut », ne s'arrête pas là ; elle pousse Pierre, homme trop sensible et plus encore susceptible, bien que seul fils légitime, à lever l'ancre et aller maugréer (moraliser) ailleurs. Ça lui apprendra de perturber la paix et le confort de la famille en jouant les redresseurs de tort ! Il faut croire que, victime de sa crise singulière, Pierre avait oublié que, comme la nature a horreur du vide, la vie bourgeoise n'a aucun goût pour la tragédie, fût-elle racinienne.*

Le jour du départ de Pierre, le chef de famille, toujours aveugle et sourd, tel « le Cocu magnifique », conclut bravement : « Très bien, très bien. C'est parfait. Moi je l'approuve absolument. » De la révolte de Pierre ou de la duplicité de Jean, qu'approuve-t-il au juste ? Il est à craindre que, perçue ou non, comprise ou pas, c'est cette dernière, gage de tranquillité et de continuité, qu'il approuve en fin de compte. Demain, réunis comme avant, enrichis par un héritage et par un mariage, le père, sa femme Louise, son fils Jean et l'épouse « placée » de celui-ci (l'heureux vainqueur !), parions que tous quatre parleront et rêveront des aventures extraordinaires de Pierre, ce frère médecin et marin qui a choisi de devenir un « forçat vagabond »... Oui, une vie bourgeoise qui se respecte et se protège, quels que soient les délicats coups de canif donnés au contrat marital – sous réserve qu'ils passent inaperçus, dérisoires motifs cachés dans le tapis –, c'est l'ordre, l'apparence et le recommencement : paternité et patrimoine ! Pour que les choses durent sans coup férir, il convient qu'elles soient désarmées et domestiquées ; policées avec soin, comme un beau cadre doré, toujours plus brillant et coûteux que l'œuvre qu'il met en valeur. Alors, laisse entendre Maupassant, sans illusion sur la beauté des gestes, banale et trompeuse, correcte avant tout, la vraie vie n'est pas ailleurs, ni autrement. Tel l'inconsistant M. Roland, Jean, « le cher petit », est appelé à être floué par sa moitié : elle ressemble tant à sa future belle-mère, et lui tellement à

Préface

qui n'est pas son père ! Irréprochable mimétisme bourgeois et familial.

Plus encore que celles des autres romans de Maupassant, l'intrigue de Pierre et Jean, *ramassée dans le temps sur quelques journées d'été, dans l'espace du Havre et ses environs maritimes (et narrée en neuf chapitres dramatiques qui sont autant d'actes scéniques, riches en dialogues et en aveux progressifs), saisit le lecteur. Ce court roman (« cruel petit roman », aimait à dire Maupassant, qui « donne la note juste »), de mœurs sociales mais aussi d'analyse psychologique, où l'argent joue un rôle aussi ambivalent que l'amour (tous deux dépossèdent autant qu'ils révèlent), fascine par son ambiguïté et son énigme. Clos sur lui-même, enfermé dans le cercle familial et une crise d'identité, il trouble par sa mise à nu « interdite » des faits et gestes, des pensées et sentiments de chacun des protagonistes. Quelle situation œdipienne de vrais faussaires ! Pierre, le plus complexe et le plus lucide d'entre eux, en conséquence le plus fragile, par sa révolte intime, douloureusement honnête, ne fait qu'éclairer jusqu'à l'insupportable la réalité profonde de l'événement-avènement qui, en les surprenant, les trahit tous, dans leur nature comme dans leurs jeux. Certes, avec Pierre, seuls la mère et le frère sont acculés à la vérité (se découvrir en la découvrant), doivent l'admettre et réagir, mais cela suffit pour qu'un moment, tout au moins, l'équilibre trompeur de leur édifice bourgeois vacille, perde de sa pitoyable et vaine superbe. La fraternité de Pierre et Jean, tant cultivée par la famille, est à jamais défaite. Pierre dans sa difficulté d'être, d'être surtout avec sa mère (ne rejette-t-il pas l'idée même du mariage ?), enviait la plasticité de Jean, voulait se changer en Jean. À présent, hors jeu, horsain, il peut enfin ignorer Jean et s'éloigner de sa mère. Abandonnant la partie, il est devenu, libre et nomade, un individu sans famille, un « bâtard criminel » délivré de ses chaînes.* Pierre et Jean, *à l'image de Maupassant, infernalement aux prises avec son double, est bien le roman du* Horla *et de* Bel-Ami *confondus dans le sein de la mère, des deux visages de Janus, égaré dans son désir d'éternelle et pacifique mise au monde.*

*Sauve est donc la paix des ménages : celui du père, celui du frère. Et pour « l'illuminé », le monde reste vaste. Pauvres marionnettes humaines que Pierre et Jean, tristes pantins coincés entre mère (fort comme la mère) et mort (*Fort comme la mort*), leur sort n'est rien d'autre que celui de « bons apôtres », de « petits soldats ». Pas même oisifs ou insurgés : Pierre se noie dans la solitude, Jean dans la famille. Et tous deux n'ont plus de père : Jean a perdu le sien, Pierre doit quitter le sien. Sans compter que, de loin ou de près, ils devront toujours faire semblant. Comme leur mère. Pour leur mère. Ainsi va la vie en famille – tels fils, mais quels pères ? –, qui cache si bien « les grandes misères des petites gens » et que « les grandes misères des petites gens » bâtissent si mal. Après la lecture de* Pierre et Jean, *ouvrage qu'il jugeait de facture remarquable, Henry James n'a-t-il pas écrit de Guy de Maupassant : « Moins que quiconque, à l'heure actuelle, il ne brasse du vide, plus que tout autre il atteint la cible » ? Oui, dans ce petit roman (ou cette longue nouvelle), le plus original peut-être des six romans de l'auteur, ne serait-ce que par le milieu approché et révélé, tout sonne clair et net, et la fin claque comme une gifle de sage éducation : à bon entendeur, salut !*

Les Dimanches d'un bourgeois de Paris

C'est un Guy de Maupassant, encore jeune dans le métier (il vient seulement de publier Boule de suif*), qui, de mai à août 1880, fait paraître dans* Le Gaulois *une suite de contes intitulée* Les Dimanches d'un bourgeois de Paris. *Il ne donnera jamais en volume cette longue chronique en dix chapitres, préférant sans doute y puiser quelques anecdotes savoureuses pour les changer en « récits parisiens », plus conformes à sa manière de raconter, à ses qualités de nouvelliste. Ainsi devaient naître, de ces « dimanches perdus »,* Souvenir, Le père Mongilet, Une surprise. *Il n'empêche que cette série aux allures de chemin de croix, amère sinon douloureuse, doit beaucoup aux souvenirs de Maupassant (employé ministériel, promeneur du dimanche, acteur de la vie parisienne et banlieusarde), comme aux recherches qu'il a menées pour le travail du cher « Vieux » (Gustave Flaubert). Finalement, images encore des « grandes misères des petites gens », selon une lettre de l'auteur à sa mère,* Les Dimanches d'un bourgeois de Paris *seront édités en 1901 par l'éditeur Ollendorff. De quelle filiation relève un tel texte, mirailleur mi-révolté, à quel climat doit-il son propos, plutôt aigre-doux ?*

*Le héros (antihéros, bien sûr) est un dénommé M. Patissot, commis principal dans une administration parisienne ; célibataire et quinquagénaire, grotesque et maniaque, il appartient à une tradition littéraire très XIX*ᵉ *siècle. Ses* Dimanches d'un bourgeois de Paris *dessinent un itinéraire touristique et social qui, pour se limiter aux marches de la capitale, n'en rappelle pas moins d'autres circuits drolatiques. Cet homme, cloporte et petit-bourgeois malgré soi, est comme le « cousin germain » des célèbres commis en écriture Bouvard et*

Pécuchet *et du triste pharmacien* M. Homais, *tous trois créatures incroyables de Gustave Flaubert. Il l'est aussi, aventurier par besoin de conformisme, de* Joseph Prudhomme *(d'Henri Monnier) et de* M. Perrichon *(d'Eugène Labiche), sans oublier le chimérique* Tartarin de Tarascon *(d'Alphonse Daudet). On voit qu'il a de qui tenir et qu'une telle parenté promet de prodigieux exploits et de superbes remarques. Pour le pauvre Patissot comme pour ses frères républicains, appartenir à une génération post-romantique qui n'a plus d'autres possibilités – piètres pions d'une société avide d'argent, d'ordre et de faux-semblants (le père Roland de* Pierre et Jean *n'en est-il pas un ?) – que de rêver de conquêtes et de savoirs impossibles ressemble à une malédiction accablante. Tous des Voltaires au petit pied qui fanfaronnent à n'en plus pouvoir. Mais quoi, il s'agit pour eux de ne pas sombrer tout à fait, de sauvegarder leurs ultimes illusions !*

Aussi M. Patissot *part-il à son tour, dans Paris et sa banlieue, à la rencontre du monde, une vraie promenade de santé qui se veut instructive. De fil en aiguille, comme au hasard d'occasions offertes ou provoquées, ses balades « bouche-trous » se font reportages d'actualités, au point de devenir un témoignage quasi historique de fières expériences dominicales. Ah ! les idées reçues et les gestes répétés de notre homme, à qui « tout craque dans les mains » : randonnée forestière, partie de pêche, amours prometteuses, visites aux collègues et aux grands de ce monde (Meissonier, Zola), fête du 14 Juillet, dîner politique et réunion de suffragettes. Jusqu'aux préparatifs d'aussi nobles expéditions qui tournent court... Englué dans son temps, incapable de réaliser quoi que ce soit de sûr, de solide, de beau, Patissot, dépassé par les événements, ne jouit plus que de ses propres commentaires. Pour lui aussi, bâtard ingrat, impuissant, « l'enfer*

Préface

c'est les autres ». Il reviendra, n'en doutons pas, « plein d'usage et de raison », à ses chères habitudes de vieux solitaire. Que pourrait-il faire d'autre ? L'alternative est claire : copier et recopier ou, comme le montre sans ambages Maupassant dans Promenade (un conte postérieur de quelques années), en rester là et en finir. Notre Tartarin de Paris recopiera ; « en rester là et en finir » lui fait trop peur, comme tout choix radical. Nos vaincus (pitoyables) du XIXe siècle (ravageur) étaient loin d'être des samouraïs. Ils se contentaient de soigner le mal en cultivant leur malheur.

Si, dans toutes ces pages de remise en question, langue, famille et pays proclament la réalité de la mère nourricière, l'artiste, les fils et le bureaucrate nient la présence réelle d'un père fondateur. Quel visage lui prêter ? Quelle confiance lui accorder ? Guy de Maupassant n'en démord pas : nul n'échappe à la bâtardise première de l'existence, au règne absurde et injuste du destin. Pour lui, l'être, sa vie durant, reste la victime expiatoire de tous les ministères et magistères — aux pouvoirs usurpateurs — de l'histoire. Tels fils sans doute, mais quels pères vraiment ?

GEORGES BELLE

Le Roman

J E N'AI POINT l'intention de plaider ici pour le petit roman qui suit. Tout au contraire les idées que je vais essayer de faire comprendre entraîneraient plutôt la critique du genre d'étude psychologique que j'ai entrepris dans *Pierre et Jean.*

Je veux m'occuper du Roman en général.

Je ne suis pas le seul à qui le même reproche soit adressé par les mêmes critiques, chaque fois que paraît un livre nouveau.

Au milieu de phrases élogieuses, je trouve régulièrement celle-ci, sous les mêmes plumes :

« Le plus grand défaut de cette œuvre, c'est qu'elle n'est pas un roman à proprement parler. »

On pourrait répondre par le même argument :

« Le plus grand défaut de l'écrivain qui me fait l'honneur de me juger, c'est qu'il n'est pas un critique. »

Quels sont en effet les caractères essentiels du critique ?

Il faut que, sans parti pris, sans opinions préconçues, sans idées d'école, sans attaches avec aucune famille d'artistes, il comprenne, distingue et explique toutes les tendances les plus opposées, les tempéraments les plus contraires, et admette les recherches d'art les plus diverses.

Or, le critique qui, après *Manon Lescaut, Paul et Virginie, Don Quichotte, Les Liaisons dangereuses, Werther, Les Affinités électives, Clarisse Harlowe, Émile, Candide, Cinq-Mars, René, Les Trois Mousquetaires, Mauprat, Le Père Goriot, La Cousine Bette, Colomba, Le Rouge et le Noir, Mademoiselle de Maupin, Notre-Dame de Paris, Salammbô, Madame Bovary, Adolphe, Monsieur de Camors, L'Assommoir, Sapho*, etc., ose encore écrire : « Ceci est un roman et cela n'en est pas un », me paraît doué d'une perspicacité qui ressemble fort à de l'incompétence.

Généralement ce critique entend par roman une aventure plus ou moins vraisemblable, arrangée à la façon d'une pièce de théâtre en trois actes dont le premier contient l'exposition, le second l'action et le troisième le dénouement.

Cette manière de composer est absolument admissible à la condition qu'on acceptera également toutes les autres.

Existe-t-il des règles pour faire un roman, en dehors desquelles une histoire écrite devrait porter un autre nom ?

Si *Don Quichotte* est un roman, *Le Rouge et le Noir* en est-il un autre ? Si *Monte-Cristo* est un roman, *L'Assommoir* en est-il un ? Peut-on établir une comparaison entre *Les Affinités électives* de Goethe, *Les Trois Mousquetaires* de Dumas, *Madame Bovary* de Flaubert. *Monsieur de Camors* de M. O. Feuillet et *Germinal* de M. Zola ? Laquelle de ces œuvres est un roman ? Quelles sont ces fameuses règles ? D'où viennent-elles ? Qui les a établies ? En vertu de quel principe, de quelle autorité et de quels raisonnements ?

Il semble cependant que ces critiques savent d'une façon certaine, indubitable, ce qui constitue un roman et ce qui le distingue d'un autre qui n'en est pas un. Cela signifie tout simplement que, sans être des producteurs, ils sont enrégimentés dans une école, et qu'ils rejettent, à la façon des romanciers eux-mêmes, toutes les œuvres conçues et exécutées en dehors de leur esthétique.

Un critique intelligent devrait, au contraire, rechercher tout ce qui ressemble le moins aux romans déjà faits, et pousser autant que possible les jeunes gens à tenter des voies nouvelles.

Tous les écrivains, Victor Hugo comme M. Zola, ont réclamé avec persistance le droit absolu, droit indiscutable, de composer, c'est-à-dire d'imaginer ou d'observer, suivant leur conception personnelle de l'art. Le talent provient de l'originalité, qui est une manière spéciale de penser, de voir, de comprendre et de juger. Or, le critique qui prétend définir le Roman suivant l'idée qu'il s'en fait d'après les romans qu'il aime, et établir certaines règles invariables de composition, luttera toujours contre un tempérament d'artiste apportant une manière nouvelle. Un critique, qui mériterait absolument ce nom, ne devrait être qu'un analyste sans tendances, sans préférences, sans passions, et, comme un expert en tableaux, n'apprécier que la valeur artiste de l'objet d'art qu'on lui soumet. Sa compréhension, ouverte à tout, doit absorber assez complètement sa personnalité pour qu'il puisse découvrir et vanter les livres mêmes qu'il n'aime pas comme homme et qu'il doit comprendre comme juge.

Mais la plupart des critiques ne sont, en somme, que des lecteurs, d'où il résulte qu'ils nous gourmandent presque toujours à faux ou qu'ils nous complimentent sans réserve et sans mesure.

Le lecteur, qui cherche uniquement dans un livre

à satisfaire la tendance naturelle de son esprit, demande à l'écrivain de répondre à son goût prédominant, et il qualifie invariablement de remarquable ou de *bien écrit* l'ouvrage ou le passage qui plaît à son imagination idéaliste, gaie, grivoise, triste, rêveuse ou positive.

En somme, le public est composé de groupes nombreux qui nous crient :

« Consolez-moi. »

« Amusez-moi. »

« Attristez-moi. »

« Attendrissez-moi. »

« Faites-moi rêver. »

« Faites-moi rire. »

« Faites-moi frémir. »

« Faites-moi pleurer. »

« Faites-moi penser. »

Seuls, quelques esprits d'élite demandent à l'artiste :

« Faites-moi quelque chose de beau, dans la forme qui vous conviendra le mieux, suivant votre tempérament. »

L'artiste essaie, réussit ou échoue.

Le critique ne doit apprécier le résultat que suivant la nature de l'effort ; et il n'a pas le droit de se préoccuper des tendances.

Cela a été écrit déjà mille fois. Il faudra toujours le répéter.

Donc, après les écoles littéraires qui ont voulu nous donner une vision déformée, surhumaine, poétique, attendrissante, charmante ou superbe de la vie, est venue une école réaliste ou naturaliste qui a prétendu nous montrer la vérité, rien que la vérité et toute la vérité.

Il faut admettre avec un égal intérêt ces théories

d'art si différentes et juger les œuvres qu'elles produisent, uniquement au point de vue de leur valeur artistique en acceptant *a priori* les idées générales d'où elles sont nées.

Contester le droit d'un écrivain de faire une œuvre poétique ou une œuvre réaliste, c'est vouloir le forcer à modifier son tempérament, récuser son originalité, ne pas lui permettre de se servir de l'œil et de l'intelligence que la nature lui a donnés.

Lui reprocher de voir les choses belles ou laides, petites ou épiques, gracieuses ou sinistres, c'est lui reprocher d'être conformé de telle ou telle façon et de ne pas avoir une vision concordant avec la nôtre.

Laissons-le libre de comprendre, d'observer, de concevoir comme il lui plaira, pourvu qu'il soit un artiste. Devenons poétiquement exaltés pour juger un idéaliste et prouvons-lui que son rêve est médiocre, banal, pas assez fou ou magnifique. Mais si nous jugeons un naturaliste, montrons-lui en quoi la vérité dans la vie diffère de la vérité dans son livre.

Il est évident que des écoles si différentes ont dû employer des procédés de composition absolument opposés.

Le romancier qui transforme la vérité constante, brutale et déplaisante, pour en tirer une aventure exceptionnelle et séduisante, doit, sans souci exagéré de la vraisemblance, manipuler les événements à son gré, les préparer et les arranger pour plaire au lecteur, l'émouvoir ou l'attendrir. Le plan de son roman n'est qu'une série de combinaisons ingénieuses conduisant avec adresse au dénouement. Les incidents sont disposés et gradués vers le point culminant et l'effet de la fin, qui est un événement capital et décisif, satisfaisant toutes les curiosités éveillées au début, mettant une barrière à l'intérêt, et terminant si complètement l'histoire racontée qu'on ne désire plus savoir ce que deviendront, le lendemain, les personnages les plus attachants.

Le romancier, au contraire, qui prétend nous donner une image exacte de la vie, doit éviter avec soin tout enchaînement d'événements qui paraîtrait exceptionnel. Son but n'est point de nous raconter une histoire, de nous amuser ou de nous attendrir, mais de nous forcer à penser, à comprendre le sens profond et caché des événements. À force d'avoir vu et médité il regarde l'univers, les choses, les faits et les hommes d'une certaine façon qui lui est propre et qui résulte de l'ensemble de ses observations réfléchies. C'est cette vision personnelle du monde qu'il cherche à nous communiquer en la reproduisant dans un livre. Pour nous émouvoir, comme il l'a été lui-même par le spectacle de la vie, il doit la reproduire devant nos yeux avec une scrupuleuse ressemblance. Il devra donc composer son œuvre d'une manière si adroite, si dissimulée, et d'apparence si simple, qu'il soit impossible d'en apercevoir et d'en indiquer le plan, de découvrir ses intentions.

Au lieu de machiner une aventure et de la dérouler de façon à la rendre intéressante jusqu'au dénouement, il prendra son ou ses personnages à une certaine période de leur existence et les conduira, par des transitions naturelles, jusqu'à la période suivante. Il montrera de cette façon, tantôt comment les esprits se modifient sous l'influence des circonstances environnantes, tantôt comment se développent les sentiments et les passions, comment on s'aime, comment on se hait, comment on se combat dans tous les milieux sociaux, comment luttent les intérêts bourgeois, les intérêts d'argent, les intérêts de famille, les intérêts politiques.

L'habileté de son plan ne consistera donc point dans l'émotion ou dans le charme, dans un début attachant ou dans une catastrophe émouvante, mais dans le groupement adroit des petits faits constants d'où se dégagera le sens définitif de l'œuvre. S'il fait tenir dans trois cents pages dix ans d'une vie pour montrer quelle a été, au milieu de tous les êtres qui l'ont entourée, sa signification particulière et bien caractéristique, il devra savoir éliminer, parmi les menus événements innombrables et quotidiens tous ceux qui lui sont inutiles, et mettre en lumière, d'une façon spéciale, tous ceux qui seraient demeurés inaperçus pour des observateurs peu clairvoyants et qui donnent au livre sa portée, sa valeur d'ensemble.

On comprend qu'une semblable manière de composer, si différente de l'ancien procédé visible à tous les yeux, déroute souvent les critiques, et qu'ils ne découvrent pas tous les fils si minces, si secrets, presque invisibles, employés par certains artistes modernes à la place de la ficelle unique qui avait nom : l'Intrigue.

En somme, si le Romancier d'hier choisissait et racontait les crises de la vie, les états aigus de l'âme et du cœur, le Romancier d'aujourd'hui écrit l'histoire du cœur, de l'âme et de l'intelligence à l'état normal. Pour produire l'effet qu'il poursuit, c'est-à-dire l'émotion de la simple réalité, et pour dégager l'enseignement artistique qu'il en veut tirer, c'est-à-dire la révélation de ce qu'est véritablement l'homme contemporain devant ses yeux, il devra n'employer que des faits d'une vérité irrécusable et constante.

Mais en se plaçant au point de vue même de ces artistes réalistes, on doit discuter et contester leur théorie qui semble pouvoir être résumée par ces mots : « Rien que la vérité et toute la vérité. »

Leur intention étant de dégager la philosophie de certains faits constants et courants, ils devront souvent corriger les événements au profit de la vraisemblance et au détriment de la vérité, car

le vrai peut quelquefois n'être pas vraisemblable.

Le réaliste, s'il est un artiste, cherchera, non pas à nous montrer la philosophie banale de la vie, mais à nous en donner la vision plus complète, plus saisissante, plus probante que la réalité même.

Raconter tout serait impossible, car il faudrait alors un volume au moins par journée, pour énumérer les multitudes d'incidents insignifiants qui emplissent notre existence.

Un choix s'impose donc, – ce qui est une première atteinte à la théorie de toute la vérité.

La vie, en outre, est composée des choses les plus différentes, les plus imprévues, les plus contraires, les plus disparates ; elle est brutale, sans suite, sans chaîne, pleine de catastrophes inexplicables, illogiques et contradictoires qui doivent être classées au chapitre *faits divers*.

Voilà pourquoi l'artiste, ayant choisi son thème, ne prendra dans cette vie encombrée de hasards et de futilités que les détails caractéristiques utiles à son sujet, et il rejettera tout le reste, tout l'à-côté.

Un exemple entre mille :

Le nombre des gens qui meurent chaque jour par accident est considérable sur la terre. Mais pouvons-nous faire tomber une tuile sur la tête d'un personnage principal, ou le jeter sous les roues d'une voiture, au milieu d'un récit, sous prétexte qu'il faut faire la part de l'accident ?

La vie encore laisse tout au même plan, précipite les faits ou les traîne indéfiniment. L'art, au contraire, consiste à user de précautions et de préparations, à ménager des transitions savantes et dissimulées, à mettre en pleine lumière, par la seule adresse de la composition, les événements essentiels et à donner à tous les autres le degré de relief qui leur convient, suivant leur importance, pour produire la sensation profonde de la vérité spéciale qu'on veut montrer.

Faire vrai consiste donc à donner l'illusion complète du vrai, suivant la logique ordinaire des faits, et non à les transcrire servilement dans le pêle-mêle de leur succession.

J'en conclus que les Réalistes de talent devraient s'appeler plutôt des Illusionnistes.

Quel enfantillage, d'ailleurs, de croire à la réalité puisque nous portons chacun la nôtre dans notre pensée et dans nos organes ! Nos yeux, nos oreilles, notre odorat, notre goût différents créent autant de vérités qu'il y a d'hommes sur la terre. Et nos esprits qui reçoivent les instructions de ces organes, diversement impressionnés, comprennent, analysent et jugent comme si chacun de nous appartenait à une autre race.

Chacun de nous se fait donc simplement une illusion du monde, illusion poétique, sentimentale, joyeuse, mélancolique, sale ou lugubre suivant sa nature. Et l'écrivain n'a d'autre mission que de reproduire fidèlement cette illusion avec tous les procédés d'art qu'il a appris et dont il peut disposer.

Illusion du beau qui est une convention humaine ! Illusion du laid qui est une opinion changeante ! Illusion du vrai jamais immuable ! Illusion de l'ignoble qui attire tant d'êtres ! Les grands artistes sont ceux qui imposent à l'humanité leur illusion particulière.

Ne nous fâchons donc contre aucune théorie puisque chacune d'elles est simplement l'expression généralisée d'un tempérament qui s'analyse.

Il en est deux surtout qu'on a souvent discutées en les opposant l'une à l'autre au lieu de les admettre l'une et l'autre : celle du roman d'analyse pure et celle du roman objectif. Les partisans de l'analyse demandent que l'écrivain s'attache à indiquer les moindres évolutions d'un esprit et tous les mobiles les plus secrets qui déterminent nos actions, en n'accordant au fait lui-même qu'une importance très secondaire. Il est le point d'arrivée, une simple borne, le prétexte du roman. Il faudrait donc, d'après eux, écrire ces œuvres précises et rêvées où l'imagination se confond avec l'observation, à la manière d'un philosophe composant un livre de psychologie, exposer les causes en les prenant aux origines les plus lointaines, dire tous les pourquoi de tous les vouloirs et discerner toutes les réactions de l'âme agissant sous l'impulsion des intérêts, des passions et des instincts.

Les partisans de l'objectivité (quel vilain mot !) prétendant, au contraire, nous donner la représentation exacte de ce qui a lieu dans la vie, évitent avec soin toute explication compliquée, toute dissertation sur les motifs, et se bornent à faire passer sous nos yeux les personnages et les événements.

Pour eux, la psychologie doit être cachée dans le livre comme elle est cachée en réalité sous les faits dans l'existence.

Le roman conçu de cette manière y gagne de l'intérêt, du mouvement dans le récit, de la couleur, de la vie remuante.

Donc, au lieu d'expliquer longuement l'état d'esprit d'un personnage, les écrivains objectifs cherchent l'action ou le geste que cet état d'âme doit faire accomplir fatalement à cet homme dans une situation déterminée. Et ils le font se conduire de telle manière, d'un bout à l'autre du volume, que tous ses actes, tous ses mouvements, soient le reflet de sa nature intime, de toutes ses pensées, de toutes ses volontés ou de toutes ses hésitations. Ils cachent donc la psychologie au lieu de l'étaler, ils en font la carcasse de l'œuvre, comme l'ossature invisible est la carcasse du corps humain. Le peintre qui fait notre portrait ne montre pas notre squelette.

Il me semble aussi que le roman exécuté de cette façon y gagne en sincérité. Il est d'abord plus vraisemblable, car les gens que nous voyons agir autour de nous ne nous racontent point les mobiles auxquels ils obéissent.

Il faut ensuite tenir compte de ce que, si, à force d'observer les hommes, nous pouvons déterminer leur nature assez exactement pour prévoir leur manière d'être dans presque toutes les circonstances, si nous pouvons dire avec précision : « Tel homme de tel tempérament, dans tel cas, fera ceci », il ne s'ensuit point que nous puissions déterminer, une à une, toutes les secrètes évolutions de sa pensée qui n'est pas la nôtre, toutes les mystérieuses sollicitations de ses instincts qui ne sont pas pareils aux nôtres, toutes les incitations confuses de sa nature dont les organes, les nerfs, le sang, la chair, sont différents des nôtres.

Quel que soit le génie d'un homme faible, doux,

sans passions, aimant uniquement la science et le travail, jamais il ne pourra se transporter assez complètement dans l'âme et dans le corps d'un gaillard exubérant, sensuel, violent, soulevé par tous les désirs et même par tous les vices, pour comprendre et indiquer les impulsions et les sensations les plus intimes de cet être si différent, alors même qu'il peut fort bien prévoir et raconter tous les actes de sa vie.

En somme, celui qui fait de la psychologie pure ne peut que se substituer à tous ses personnages dans les différentes situations où il les place, car il lui est impossible de changer ses organes, qui sont les seuls intermédiaires entre la vie extérieure et nous, qui nous imposent leurs perceptions, déterminent notre sensibilité, créent en nous une âme essentiellement différente de toutes celles qui nous entourent. Notre vision, notre connaissance du monde acquise par le secours de nos sens, nos idées sur la vie, nous ne pouvons que les transporter en partie dans tous les personnages dont nous prétendons dévoiler l'être intime et inconnu. C'est donc toujours nous que nous montrons dans le corps d'un roi, d'un assassin, d'un voleur ou d'un honnête homme, d'une courtisane, d'une religieuse, d'une jeune fille ou d'une marchande aux halles, car nous sommes obligés de nous poser ainsi le problème : « Si *j*'étais roi, assassin, voleur, courtisane, religieuse, jeune fille ou marchande aux halles, qu'est-ce que *je* ferais, qu'est-ce que *je* penserais, comment est-ce que *j*'agirais ? » Nous ne diversifions donc nos personnages qu'en changeant l'âge, le sexe, la situation sociale et toutes les circonstances de la vie de notre *moi* que la nature a entouré d'une barrière d'organes infranchissable.

L'adresse consiste à ne pas laisser reconnaître ce *moi* par le lecteur sous tous les masques divers qui nous servent à le cacher.

Mais si, au seul point de vue de la complète exactitude, la pure analyse psychologique est contestable, elle peut cependant nous donner des œuvres d'art aussi belles que toutes les autres méthodes de travail.

Voici, aujourd'hui, les symbolistes. Pourquoi pas ? Leur rêve d'artistes est respectable ; et ils ont cela de particulièrement intéressant qu'ils savent et qu'ils proclament l'extrême difficulté de l'art.

Il faut être, en effet, bien fou, bien audacieux, bien outrecuidant ou bien sot, pour écrire encore aujourd'hui ! Après tant de maîtres aux natures si variées, au génie si multiple, que reste-t-il à faire qui n'ait été fait, que reste-t-il à dire qui n'ait été dit ? Qui peut se vanter, parmi nous, d'avoir écrit une page, une phrase qui ne se trouve déjà, à peu près pareille, quelque part ? Quand nous lisons, nous, si saturés d'écriture française que notre corps entier nous donne l'impression d'être une pâte faite avec des mots, trouvons-nous jamais une ligne, une pensée qui ne nous soit familière, dont nous n'ayons eu, au moins, le confus pressentiment ?

L'homme qui cherche seulement à amuser son public par des moyens déjà connus, écrit avec confiance, dans la candeur de sa médiocrité, des œuvres destinées à la foule ignorante et désœuvrée. Mais ceux sur qui pèsent tous les siècles de la littérature passée, ceux que rien ne satisfait, que tout dégoûte, parce qu'ils rêvent mieux, à qui tout semble défloré déjà, à qui leur œuvre donne toujours l'impression d'un travail inutile et commun, en arrivent à juger l'art littéraire une chose insaisissable, mystérieuse, que nous dévoilent à peine quelques pages des plus grands maîtres.

Vingt vers, vingt phrases, lus tout à coup nous font tressaillir jusqu'au cœur comme une révélation surprenante ; mais les vers suivants ressemblent à tous les vers, la prose qui coule ensuite ressemble à toutes les proses.

Les hommes de génie n'ont point, sans doute, ces angoisses et ces tourments, parce qu'ils portent en eux une force créatrice irrésistible. Ils ne se jugent pas eux-mêmes. Les autres, nous autres qui sommes simplement des travailleurs conscients et tenaces, nous ne pouvons lutter contre l'invincible découragement que par la continuité de l'effort.

Deux hommes par leurs enseignements simples et lumineux m'ont donné cette force de toujours tenter : Louis Bouilhet et Gustave Flaubert.

Si je parle ici d'eux et de moi, c'est que leurs conseils, résumés en peu de lignes, seront peut-être utiles à quelques jeunes gens moins confiants en eux-mêmes qu'on ne l'est d'ordinaire quand on débute dans les lettres.

Bouilhet, que je connus le premier d'une façon un peu intime, deux ans environ avant de gagner l'amitié de Flaubert, à force de me répéter que cent vers, peut-être moins, suffisent à la réputation d'un artiste, s'ils sont irréprochables et s'ils contiennent l'essence du talent et de l'originalité d'un homme même de second ordre, me fit comprendre que le travail continuel et la connaissance profonde du métier peuvent, un jour de lucidité, de puissance et d'entraînement, par la rencontre heureuse d'un sujet concordant bien avec toutes les tendances de notre esprit, amener cette éclosion de l'œuvre courte, unique et aussi parfaite que nous la pouvons produire.

Je compris ensuite que les écrivains les plus connus n'ont presque jamais laissé plus d'un volume et qu'il faut, avant tout, avoir cette chance de trouver et de discerner, au milieu de la multitude des matières qui se présentent à notre choix, celle qui absorbera toutes nos facultés, toute notre valeur, toute notre puissance artiste.

Plus tard, Flaubert, que je voyais quelquefois, se prit d'affection pour moi. J'osai lui soumettre quelques essais. Il les lut avec bonté et me répondit : « Je ne sais pas si vous aurez du talent. Ce que vous m'avez apporté prouve une certaine intelligence, mais n'oubliez point ceci, jeune homme, que le talent – suivant le mot de Buffon – n'est qu'une longue patience. Travaillez. »

Je travaillai, et je revins souvent chez lui, comprenant que je lui plaisais, car il s'était mis à m'appeler, en riant, son disciple.

Pendant sept ans je fis des vers, je fis des contes, je fis des nouvelles, je fis même un drame détestable. Il n'en est rien resté. Le maître lisait tout, puis le dimanche suivant, en déjeunant, développait ses critiques et enfonçait en moi, peu à peu, deux ou trois principes qui sont le résumé de ses longs et patients enseignements. « Si on a une originalité, disait-il, il faut avant tout la dégager ; si on n'en a pas, il faut en acquérir une. »

– Le talent est une longue patience. – Il s'agit de regarder tout ce qu'on veut exprimer assez longtemps et avec assez d'attention pour en découvrir un aspect qui n'ait été vu et dit par personne. Il y a, dans tout, de l'inexploré, parce que nous sommes habitués à ne nous servir de nos yeux qu'avec le souvenir de ce qu'on a pensé avant nous sur ce que nous contemplons. La moindre chose contient un peu d'inconnu. Trouvons-le. Pour décrire un feu qui flambe et un arbre dans une plaine, demeurons en face de ce feu et de cet arbre jusqu'à ce qu'ils ne ressemblent plus, pour nous, à aucun autre arbre et à aucun autre feu.

C'est de cette façon qu'on devient original.

Ayant, en outre, posé cette vérité qu'il n'y a pas, de par le monde entier, deux grains de sable, deux mouches, deux mains ou deux nez absolument pareils, il me forçait à exprimer, en quelques phrases, un être ou un objet de manière à le particulariser nettement, à le distinguer de tous les autres êtres ou de tous les autres objets de même race ou de même espèce.

« Quand vous passez, me disait-il, devant un épicier assis sur sa porte, devant un concierge qui fume sa pipe, devant une station de fiacres, montrez-moi cet épicier et ce concierge, leur pose, toute leur apparence physique contenant aussi, indiquée par l'adresse de l'image, toute leur nature morale, de façon à ce que je ne les confonde avec aucun autre épicier ou avec aucun autre concierge, et faites-moi voir, par un seul mot, en quoi un cheval de fiacre ne ressemble pas aux cinquante autres qui le suivent et le précèdent. »

J'ai développé ailleurs ses idées sur le style. Elles ont de grands rapports avec la théorie de l'observation que je viens d'exposer.

Quelle que soit la chose qu'on veut dire, il n'y a qu'un mot pour l'exprimer, qu'un verbe pour l'animer et qu'un adjectif pour la qualifier. Il faut donc chercher, jusqu'à ce qu'on les ait découverts, ce mot, ce verbe et cet adjectif, et ne jamais se contenter de l'à-peu-près, ne jamais avoir recours à des supercheries, même heureuses, à des clowneries de langage pour éviter la difficulté.

On peut traduire et indiquer les choses les plus subtiles en appliquant ce vers de Boileau :

D'un mot mis en sa place enseigna le pouvoir.

Il n'est point besoin de vocabulaire bizarre, compliqué, nombreux et chinois qu'on nous impose aujourd'hui sous le nom d'écriture artiste, pour fixer toutes les nuances de la pensée ; mais il faut discerner avec une extrême lucidité toutes les modifications de la valeur d'un mot suivant la place qu'il occupe. Ayons moins de noms, de verbes et d'adjectifs aux sens presque insaisissables, mais plus de phrases différentes, diversement construites, ingénieusement coupées, pleines de sonorités et de rythmes savants. Efforçons-nous d'être des stylistes excellents plutôt que des collectionneurs de termes rares.

Il est, en effet, plus difficile de manier la phrase à son gré, de lui faire tout dire, même ce qu'elle n'exprime pas, de l'emplir de sous-entendus, d'intentions secrètes et non formulées, que d'inventer des expressions nouvelles ou de rechercher, au fond de vieux livres inconnus, toutes celles dont nous avons perdu l'usage et la signification, et qui sont pour nous comme des verbes morts.

La langue française, d'ailleurs, est une eau pure que les écrivains maniérés n'ont jamais pu et ne pourront jamais troubler. Chaque siècle a jeté dans ce courant limpide ses modes, ses archaïsmes prétentieux et ses préciosités, sans que rien surnage de ces tentatives inutiles, de ces efforts impuissants.

La nature de cette langue est d'être claire, logique et nerveuse. Elle ne se laisse pas affaiblir, obscurcir ou corrompre.

Ceux qui font aujourd'hui des images, sans prendre garde aux termes abstraits, ceux qui font tomber la grêle ou la pluie sur la *propreté* des vitres, peuvent aussi jeter des pierres à la simplicité de leurs confrères ! Elles frapperont peut-être les confrères qui ont un corps, mais n'atteindront jamais la simplicité qui n'en a pas.

La Guillette, Étretat, septembre 1887.

Pierre et Jean

1

« ZUT ! » s'écria tout à coup le père Roland qui depuis un quart d'heure demeurait immobile, les yeux fixés sur l'eau, et soulevant par moments, d'un mouvement très léger, sa ligne descendue au fond de la mer.

Mme Roland, assoupie à l'arrière du bateau, à côté de Mme Rosémilly invitée à cette partie de pêche, se réveilla, et tournant la tête vers son mari :

« Eh bien,... eh bien,... Gérôme ! »

Le bonhomme, furieux, répondit :

« Ça ne mord plus du tout. Depuis midi je n'ai rien pris. On ne devrait jamais pêcher qu'entre hommes ; les femmes vous font embarquer toujours trop tard. »

Ses deux fils, Pierre et Jean, qui tenaient, l'un à bâbord, l'autre à tribord, chacun une ligne enroulée à l'index, se mirent à rire en même temps que Jean répondit :

« Tu n'es pas galant pour notre invitée, papa. »

M. Roland fut confus et s'excusa :

« Je vous demande pardon, madame Rosémilly, je suis comme ça. J'invite les dames parce que j'aime me trouver avec elles, et puis, dès que je sens de l'eau sous moi, je ne pense plus qu'au poisson. »

Mme Roland s'était tout à fait réveillée et regardait d'un air attendri le large horizon de falaises et de mer. Elle murmura :

« Vous avez cependant fait une belle pêche. »

Mais son mari remuait la tête pour dire « non », tout en jetant un coup d'œil bienveillant sur le panier où le poisson capturé par les trois hommes palpitait vaguement encore, avec un bruit doux d'écailles gluantes et de nageoires soulevées, d'efforts impuissants et mous, et de bâillements dans l'air mortel.

Le père Roland saisit la manne entre ses genoux, la pencha, fit couler jusqu'au bord le flot d'argent des bêtes pour voir celles du fond, et leur palpitation d'agonie s'accentua, et l'odeur forte de leur corps, une saine puanteur de marée, monta du ventre plein de la corbeille.

Le vieux pêcheur la huma vivement, comme on sent des roses, et déclara :

« Cristi ! ils sont frais, ceux-là ! »

Puis il continua :

« Combien en as-tu pris, toi, docteur ? »

Son fils aîné, Pierre, un homme de trente ans à favoris noirs coupés comme ceux des magistrats, moustaches et menton rasés, répondit :

« Oh ! pas grand-chose, trois ou quatre. »

Le père se tourna vers le cadet :

« Et toi, Jean ? »

Jean, un grand garçon blond, très barbu, beaucoup plus jeune que son frère, sourit et murmura :

« À peu près comme Pierre, quatre ou cinq. »

Ils faisaient, chaque fois, le même mensonge qui ravissait le père Roland.

Il avait enroulé son fil au tolet d'un aviron, et, croisant ses bras, il annonça :

« Je n'essayerai plus jamais de pêcher l'après-midi. Une fois dix heures passées, c'est fini. Il ne mord plus, le gredin, il fait la sieste au soleil. »

Le bonhomme regardait la mer autour de lui avec un air satisfait de propriétaire.

C'était un ancien bijoutier parisien qu'un amour immodéré de la navigation et de la pêche avait arraché au comptoir dès qu'il eut assez d'aisance pour vivre modestement de ses rentes.

Il se retira donc au Havre, acheta une barque et devint matelot amateur. Ses deux fils, Pierre et Jean, restèrent à Paris pour continuer leurs études et vinrent en congé de temps en temps partager les plaisirs de leur père.

À la sortie du collège, l'aîné, Pierre, de cinq ans plus âgé que Jean, s'étant senti successivement de la vocation pour des professions variées, en avait essayé, l'une après l'autre, une demi-douzaine, et, vite dégoûté de chacune, se lançait aussitôt dans de nouvelles espérances.

En dernier lieu la médecine l'avait tenté, et il s'était mis au travail avec tant d'ardeur qu'il venait d'être reçu docteur après d'assez courtes études et des dispenses de temps obtenues du ministre. Il était exalté, intelligent, changeant et tenace, plein d'utopies et d'idées philosophiques.

Jean, aussi blond que son frère était noir, aussi calme que son frère était emporté, aussi doux que son frère était rancunier, avait fait tranquillement son droit et venait d'obtenir son diplôme de licencié en même temps que Pierre obtenait celui de docteur.

Tous les deux prenaient donc un peu de repos dans leur famille, et tous les deux formaient le projet de s'établir au Havre s'ils parvenaient à le faire dans des conditions satisfaisantes.

Mais une vague jalousie, une des ces jalousies dormantes qui grandissent presque invisibles entre frères ou entre sœurs jusqu'à la maturité et qui éclatent à l'occasion d'un mariage ou d'un bonheur tombant sur l'un, les tenait en éveil dans une fraternelle et inoffensive inimitié. Certes ils s'aimaient, mais ils s'épiaient. Pierre, âgé de cinq ans à la naissance de Jean, avait regardé avec une hostilité de petite bête gâtée cette autre petite bête apparue tout à coup dans les bras de son père et de sa mère, et tant aimée, tant caressée par eux.

Jean, dès son enfance, avait été un modèle de douceur, de bonté et de caractère égal ; et Pierre s'était énervé, peu à peu, à entendre vanter sans cesse ce gros garçon dont la douceur lui semblait être de la mollesse, la bonté de la niaiserie et la bienveillance de l'aveuglement. Ses parents, gens placides, qui rêvaient pour leurs fils des situations honorables et médiocres, lui reprochaient ses indécisions, ses enthousiasmes, ses tentatives avortées, tous ses élans impuissants vers des idées généreuses et vers des professions décoratives.

Depuis qu'il était homme, on ne lui disait plus : « Regarde Jean et imite-le ! » mais chaque fois qu'il entendait répéter : « Jean a fait ceci, Jean a fait cela », il comprenait bien le sens et l'allusion cachés sous ces paroles.

Leur mère, une femme d'ordre, une économe bourgeoise un peu sentimentale, douée d'une âme tendre de caissière, apaisait sans cesse les petites rivalités nées chaque jour entre ses deux grands fils, de tous les menus faits de la vie commune. Un léger événement, d'ailleurs, troublait en ce moment sa quiétude, et elle craignait une complication, car elle avait fait la connaissance pendant l'hiver, pendant que ses enfants achevaient l'un et l'autre leurs études spéciales, d'une voisine, Mme Rosémilly, veuve d'un capitaine au long cours, mort à la mer deux ans auparavant. La jeune veuve, toute jeune, vingt-trois ans, une maîtresse femme qui connaissait l'existence d'instinct, comme un animal libre, comme si elle eût vu, subi, compris et pesé tous les événements possibles, qu'elle jugeait avec un esprit sain, étroit et bienveillant, avait pris l'habitude de venir faire un bout de tapisserie et de causette, le soir, chez ces voisins aimables qui lui offraient une tasse de thé.

Le père Roland, que sa manie de pose marine aiguillonnait sans cesse, interrogeait leur nouvelle amie sur le défunt capitaine, et elle parlait de lui, de ses voyages, de ses anciens récits, sans embarras, en femme raisonnable et résignée qui aime la vie et respecte la mort.

Les deux fils, à leur retour, trouvant cette jolie veuve installée dans la maison, avaient aussitôt commencé à la courtiser, moins par désir de lui plaire que par envie de se supplanter.

Leur mère, prudente et pratique, espérait vivement qu'un des deux triompherait, car la jeune femme était riche, mais elle aurait aussi bien voulu que l'autre n'en eût point de chagrin.

Mme Rosémilly était blonde avec des yeux bleus, une couronne de cheveux follets envolés à la moindre brise et un petit air crâne, hardi, batailleur, qui ne concordait point du tout avec la sage méthode de son esprit.

Déjà elle semblait préférer Jean, portée vers lui par une similitude de nature. Cette préférence d'ailleurs ne se montrait que par une presque insensible différence dans la voix et le regard, et en ceci encore qu'elle prenait quelquefois son avis.

Elle semblait deviner que l'opinion de Jean fortifierait la sienne propre, tandis que l'opinion de Pierre devait fatalement être différente. Quand elle parlait des idées du docteur, de ses idées politiques, artistiques, philosophiques, morales, elle disait par moments : « Vos billevesées. » Alors, il la regardait d'un regard froid de magistrat qui instruit le procès des femmes, de toutes les femmes, ces pauvres êtres !

Jamais, avant le retour de ses fils, le père Roland ne l'avait invitée à ses parties de pêche où il n'emmenait jamais non plus sa femme, car il aimait s'embarquer avant le jour, avec le capitaine Beausire, un long-courrier retraité, rencontré aux heures de marée sur le port et devenu intime ami, et le vieux matelot Papagris, surnommé Jean-Bart, chargé de la garde du bateau.

Or, un soir de la semaine précédente, comme Mme Rosémilly qui avait dîné chez lui disait : « Ça doit être très amusant, la pêche ? » l'ancien bijoutier, flatté dans sa passion, et saisi de l'envie de la communiquer, de faire des croyants à la façon des prêtres, s'écria :

« Voulez-vous y venir ?
— Mais oui.
— Mardi prochain ?
— Oui, mardi prochain.
— Êtes-vous femme à partir à cinq heures du matin ? »

Elle poussa un cri de stupeur :

« Ah ! mais non, par exemple. »

Il fut désappointé, refroidi, et il douta tout à coup de cette vocation.

Il demanda cependant :

« À quelle heure pourriez-vous partir ?

— Mais... à neuf heures !

— Pas avant ?

— Non, pas avant, c'est déjà très tôt ! »

Le bonhomme hésitait. Assurément on ne prendrait rien, car si le soleil chauffe, le poisson ne mord plus ; mais les deux frères s'étaient empressés d'arranger la partie, de tout organiser et de tout régler séance tenante.

Donc, le mardi suivant, la *Perle* avait été jeter l'ancre sous les rochers blancs du cap de la Hève ; et on avait pêché jusqu'à midi, puis sommeillé, puis repêché, sans rien prendre, et le père Roland, comprenant un peu tard que Mme Rosémilly n'aimait et n'appréciait en vérité que la promenade en mer, et voyant que ses lignes ne tressaillaient plus, avait jeté, dans un mouvement d'impatience irraisonnée, un *zut* énergique qui s'adressait autant à la veuve indifférente qu'aux bêtes insaisissables.

Maintenant, il regardait le poisson capturé, son poisson, avec une joie vibrante d'avare ; puis il leva les yeux vers le ciel, remarqua que le soleil baissait :

« Eh bien, les enfants, dit-il, si nous revenions un peu ? »

Tous deux tirèrent leurs fils, les roulèrent, accrochèrent dans les bouchons de liège les hameçons nettoyés et attendirent.

Roland s'était levé pour interroger l'horizon à la façon d'un capitaine :

« Plus de vent, dit-il, on va ramer, les gars ! »

Et soudain, le bras allongé vers le nord, il ajouta :

« Tiens, tiens, le bateau de Southampton. »

Sur la mer plate, tendue comme une étoffe bleue, immense, luisante, aux reflets d'or et de feu, s'élevait là-bas, dans la direction indiquée, un nuage noirâtre sur le ciel rose. Et on apercevait, au-dessous, le navire qui semblait tout petit de si loin.

Vers le sud, on voyait encore d'autres fumées, nombreuses, venant toutes vers la jetée du Havre dont on distinguait à peine la ligne blanche et le phare, droit comme une corne sur le bout.

Roland demanda :

« N'est-ce pas aujourd'hui que doit entrer la *Normandie* ? »

Jean répondit :

« Oui, papa.

— Donne-moi ma longue-vue, je crois que c'est elle, là-bas. »

Le père déploya le tube de cuivre, l'ajusta contre son œil, chercha le point, et soudain, ravi d'avoir vu :

« Oui, oui, c'est elle, je reconnais ses deux cheminées. Voulez-vous regarder, madame Rosémilly ? »

Elle prit l'objet qu'elle dirigea vers le transatlantique lointain, sans parvenir sans doute à le mettre en face de lui, car elle ne distinguait rien, rien que du bleu, avec un cercle de couleur, un arc-en-ciel tout rond, et puis des choses bizarres, des espèces d'éclipses, qui lui faisaient tourner le cœur.

Elle dit en rendant la longue-vue :

« D'ailleurs je n'ai jamais su me servir de cet instrument-là. Ça mettait même en colère mon mari qui restait des heures à la fenêtre à regarder passer les navires. »

Le père Roland, vexé, reprit :

« Ça doit tenir à un défaut de votre œil, car ma lunette est excellente. »

Puis il l'offrit à sa femme :

« Veux-tu voir ?

— Non, merci, je sais d'avance que je ne pourrais pas. »

Mme Roland, une femme de quarante-huit ans et qui ne les portait pas, semblait jouir, plus que tout le monde, de cette promenade et de cette fin de jour.

Ses cheveux châtains commençaient seulement à blanchir. Elle avait un air calme et raisonnable, un air heureux et bon qui plaisait à voir. Selon le mot de son fils Pierre, elle savait le prix de l'argent, ce qui ne l'empêchait point de goûter le charme du rêve. Elle aimait les lectures, les romans et les poésies, non pour leur valeur d'art, mais pour la songerie mélancolique et tendre qu'ils éveillaient en elle. Un vers, souvent banal, souvent mauvais, faisait vibrer la petite corde, comme elle disait, lui donnait la sensation d'un désir mystérieux presque réalisé. Et elle se complaisait à ces émotions légères qui troublaient un peu son âme bien tenue comme un livre de comptes.

Elle prenait, depuis son arrivée au Havre, un embonpoint assez visible qui alourdissait sa taille autrefois très souple et très mince.

Cette sortie en mer l'avait ravie. Son mari, sans être méchant, la rudoyait comme rudoient sans colère et sans haine les despotes en boutique pour qui commander équivaut à jurer. Devant tout étranger il se tenait, mais dans sa famille il s'abandonnait et se donnait des airs terribles, bien qu'il eût peur de tout le monde. Elle, par horreur du bruit, des scènes, des explications inutiles, cédait toujours et ne demandait jamais rien ; aussi n'osait-elle plus, depuis bien longtemps, prier Roland de la promener en mer. Elle avait donc saisi avec joie cette occasion, et elle savourait ce plaisir rare et nouveau.

Depuis le départ elle s'abandonnait tout entière, tout son esprit et toute sa chair, à ce doux glissement sur l'eau. Elle ne pensait point, elle ne vagabondait ni dans les souvenirs ni dans les espérances, il lui semblait que son cœur flottait comme son corps sur quelque chose de moelleux, de fluide, de délicieux, qui la berçait et l'engourdissait.

Quand le père commanda le retour : « Allons, en place pour la nage ! » elle sourit en voyant ses fils, ses deux grands fils, ôter leurs jaquettes et relever sur leurs bras nus les manches de leur chemise.

Pierre, le plus rapproché des deux femmes, prit l'aviron de tribord, Jean l'aviron de bâbord, et ils attendirent que le patron criât : « Avant partout ! » car il tenait à ce que les manœuvres fussent exécutées régulièrement.

Ensemble, d'un même effort, ils laissèrent tomber les rames, puis se couchèrent en arrière en tirant de toutes leurs forces ; et une lutte commença pour montrer leur vigueur. Ils étaient venus à la voile, tout doucement, mais la brise était tombée et l'orgueil de mâles des deux frères s'éveilla tout à coup à la perspective de se mesurer l'un contre l'autre.

Quand ils allaient pêcher seuls avec le père, ils ramaient ainsi sans que personne gouvernât, car Roland préparait les lignes tout en surveillant la marche de l'embarcation, qu'il dirigeait d'un geste ou d'un mot : « Jean, mollis ! » – « À toi, Pierre, souque. » Ou bien il disait : « Allons le *un*, allons le *deux*, un peu d'huile de bras. » Celui qui rêvassait tirait plus fort, celui qui s'emballait devenait moins ardent, et le bateau se redressait.

Aujourd'hui ils allaient montrer leurs biceps. Les bras de Pierre étaient velus, un peu maigres, mais nerveux ; ceux de Jean gras et blancs, un peu roses, avec une bosse de muscles qui roulait sous la peau.

Pierre eut d'abord l'avantage. Les dents serrées, le front plissé, les jambes tendues, les mains crispées sur l'aviron, il le faisait plier dans toute sa longueur à chacun de ses efforts ; et la *Perle* s'en venait vers la côte. Le père Roland, assis à l'avant afin de laisser tout le banc d'arrière aux deux femmes, s'époumonait à commander : « Doucement, le *un* – souque, le *deux*. » Le *un* redoublait de rage et le *deux* ne pouvait répondre à cette nage désordonnée.

Le patron, enfin, ordonna : « Stop ! » Les deux rames se levèrent ensemble, et Jean, sur l'ordre de son père, tira seul quelques instants. Mais à partir de ce moment l'avantage lui resta ; il s'animait, s'échauffait, tandis que Pierre, essoufflé, épuisé par sa crise de vigueur, faiblissait et haletait. Quatre fois de suite, le père Roland fit stopper pour permettre à l'aîné de reprendre haleine et de redresser la barque dérivant. Le docteur alors, le front en sueur, les joues pâles, humilié et rageur, balbutiait :

« Je ne sais pas ce qui me prend, j'ai un spasme au cœur. J'étais très bien parti, et cela m'a coupé les bras. »

Jean demandait :

« Veux-tu que je tire seul avec les avirons de couple ?

– Non, merci, cela passera. »

La mère, ennuyée, disait :

« Voyons, Pierre, à quoi cela rime-t-il de se mettre dans un état pareil, tu n'es pourtant pas un enfant. »

Il haussait les épaules et recommençait à ramer.

Mme Rosémilly semblait ne pas voir, ne pas comprendre, ne pas entendre. Sa petite tête blonde, à chaque mouvement du bateau, faisait en arrière un mouvement brusque et joli qui soulevait sur les tempes ses fins cheveux.

Mais le père Roland cria : « Tenez, voici le *Prince-Albert* qui nous rattrape. » Et tout le monde regarda. Long, bas, avec ses deux cheminées inclinées en arrière et ses deux tambours jaunes, ronds comme des joues, le bateau de Southampton arrivait à toute vapeur, chargé de passagers et d'ombrelles ouvertes. Ses roues rapides, bruyantes, battant l'eau qui retombait en écume, lui donnaient un air de hâte, un air de courrier pressé ; et l'avant tout droit coupait la mer en soulevant deux lames minces et transparentes qui glissaient le long des bords.

Quand il fut tout près de la *Perle,* le père Roland leva son chapeau, les deux femmes agitèrent leurs mouchoirs, et une demi-douzaine d'ombrelles répondirent à ces saluts en se balançant vivement sur le paquebot qui s'éloigna, laissant derrière lui, sur la surface paisible et luisante de la mer, quelques lentes ondulations.

Et on voyait d'autres navires, coiffés aussi de fumée, accourant de tous les points de l'horizon vers la jetée courte et blanche qui les avalait comme une bouche, l'un après l'autre. Et les barques de pêche et les grands voiliers aux mâtures légères glissant sur le ciel, traînés par d'imperceptibles remorqueurs, arrivaient tous, vite ou lentement, vers cet ogre dévorant, qui, de temps en temps, semblait repu, et rejetait vers la pleine mer une autre flotte de paquebots, de bricks, de goélettes, de trois-mâts chargés de ramures emmêlées. Les steamers hâtifs s'enfuyaient à droite, à gauche, sur le ventre plat de l'Océan, tandis que les bâtiments à voile, abandonnés par les mouches qui les avaient halés, demeuraient immobiles, tout en s'habillant de la grande hune au petit perroquet, de toile blanche ou de toile brune qui semblait rouge au soleil couchant.

Mme Roland, les yeux mi-clos, murmura :
« Dieu ! que c'est beau, cette mer ! »
Mme Rosémilly répondit, avec un soupir prolongé, qui n'avait cependant rien de triste :
« Oui, mais elle fait bien du mal quelquefois. »
Roland s'écria :
« Tenez, voici la *Normandie* qui se présente à l'entrée. Est-elle grande, hein ? »

Puis il expliqua la côte en face, là-bas, là-bas, de l'autre côté de l'embouchure de la Seine – vingt kilomètres, cette embouchure – disait-il. Il montra Villerville, Trouville, Houlgate, Luc, Arromanches, la rivière de Caen et les roches du Calvados qui rendent la navigation dangereuse jusqu'à Cherbourg. Puis il traita la question des bancs de sable de la Seine qui se déplacent à chaque marée et mettent en défaut les pilotes de Quillebœuf eux-mêmes, s'ils ne font pas tous les jours le parcours du chenal. Il fit remarquer comment Le Havre séparait la Basse de la Haute-Normandie. En Basse-Normandie, la côte plate descendait en pâturages, en prairies et en champs jusqu'à la mer. Le rivage de la Haute-Normandie, au contraire, était droit, une grande falaise, découpée, dentelée, superbe, faisant jusqu'à Dunkerque une immense muraille blanche dont toutes les échancrures cachaient un village ou un port : Étretat, Fécamp, Saint-Valery, Le Tréport, Dieppe, etc.

Les deux femmes ne l'écoutaient point, engourdies par le bien-être, émues par la vue de cet Océan couvert de navires qui couraient comme des bêtes autour de leur tanière ; et elles se taisaient, un peu écrasées par ce vaste horizon d'air et d'eau, rendues silencieuses par ce coucher de soleil apaisant et magnifique. Seul, Roland parlait sans fin ; il était de ceux que rien ne trouble. Les femmes, plus nerveuses, sentent parfois, sans comprendre pourquoi, que le bruit d'une voix inutile est irritant comme une grossièreté.

Pierre et Jean, calmés, ramaient avec lenteur ; et la *Perle* s'en allait vers le port, toute petite à côté des gros navires.

Quand elle toucha le quai, le matelot Papagris, qui l'attendait, prit la main des dames pour les faire descendre ; et on pénétra dans la ville. Une foule nombreuse, tranquille, la foule qui va chaque jour aux jetées à l'heure de la pleine mer, rentrait aussi.

Mmes Roland et Rosémilly marchaient devant, suivies des trois hommes. En montant la rue de Paris elles s'arrêtaient parfois devant un magasin de modes ou d'orfèvrerie pour contempler un chapeau ou bien un bijou ; puis elles repartaient après avoir échangé leurs idées.

Devant la place de la Bourse, Roland contempla, comme il le faisait chaque jour, le bassin du Commerce plein de navires, prolongé par d'autres bassins, où les grosses coques, ventre à ventre, se touchaient sur quatre ou cinq rangs. Tous les mâts innombrables, sur une étendue de plusieurs kilomètres de quais, tous les mâts avec les vergues, les flèches, les cordages, donnaient à cette ouverture au milieu de la ville l'aspect d'un grand bois mort. Au-dessus de cette forêt sans feuilles, les goélands tournoyaient, épiant pour s'abattre, comme une pierre qui tombe, tous les débris jetés à l'eau ; et un mousse, qui rattachait une poulie à l'extrémité d'un cacatois, semblait monté là pour chercher des nids.

« Voulez-vous dîner avec nous sans cérémonie aucune, afin de finir ensemble la journée ? demanda Mme Roland à Mme Rosémilly.

– Mais oui, avec plaisir ; j'accepte aussi sans cérémonie. Ce serait triste de rentrer toute seule ce soir. »

Pierre, qui avait entendu et que l'indifférence de la jeune femme commençait à froisser, murmura : « Bon, voici la veuve qui s'incruste, maintenant. » Depuis quelques jours il l'appelait « la veuve ». Ce mot, sans rien exprimer, agaçait Jean rien que par l'intonation, qui lui paraissait méchante et blessante.

Et les trois hommes ne prononcèrent plus un mot jusqu'au seuil de leur logis. C'était une maison étroite, composée d'un rez-de-chaussée et de deux petits étages, rue Belle-Normande. La bonne, Joséphine, une fillette de dix-neuf ans, servante campagnarde à bon marché, qui possédait à l'excès l'air étonné et bestial des paysans, vint ouvrir, referma la porte, monta derrière ses maîtres jusqu'au salon qui était au premier, puis elle dit :

« Il est v'nu un m'sieur trois fois. »

Le père Roland, qui ne lui parlait pas sans hurler et sans sacrer, cria :

« Qui ça est venu, nom d'un chien ? »

Elle ne se troublait jamais des éclats de voix de son maître, et elle reprit :

« Un m'sieur d' chez l' notaire.

— Quel notaire ?
— D' chez m'sieu Canu, donc.
— Et qu'est-ce qu'il a dit, ce monsieur ?
— Qu' m'sieu Canu y viendrait en personne dans la soirée. »

Me Lecanu était le notaire et un peu l'ami du père Roland, dont il faisait les affaires. Pour qu'il eût annoncé sa visite dans la soirée, il fallait qu'il s'agît d'une chose urgente et importante ; et les quatre Roland se regardèrent, troublés par cette nouvelle comme le sont les gens de fortune modeste à toute intervention d'un notaire, qui éveille une foule d'idées de contrats, d'héritages, de procès, de choses désirables ou redoutables. Le père, après quelques secondes de silence, murmura :

« Qu'est-ce que cela peut vouloir dire ? »

Mme Rosémilly se mit à rire :

« Allez, c'est un héritage. J'en suis sûre. Je porte bonheur. »

Mais ils n'espéraient la mort de personne qui pût leur laisser quelque chose.

Mme Roland, douée d'une excellente mémoire pour les parentés, se mit aussitôt à rechercher toutes les alliances du côté de son mari et du sien, à remonter les filiations, à suivre les branches des cousinages.

Elle demandait, sans avoir même ôté son chapeau :

« Dis donc, père (elle appelait son mari "père" dans la maison, et quelquefois "Monsieur Roland" devant les étrangers), dis donc, père, te rappelles-tu qui a épousé Joseph Lebru, en secondes noces ?

— Oui, une petite Duménil, la fille d'un papetier.
— En a-t-il eu des enfants ?
— Je crois bien, quatre ou cinq, au moins.

– Non. Alors il n'y a rien par là. »

Déjà elle s'animait à cette recherche, elle s'attachait à cette espérance d'un peu d'aisance leur tombant du ciel. Mais Pierre, qui aimait beaucoup sa mère, qui la savait un peu rêveuse, et qui craignait une désillusion, un petit chagrin, une petite tristesse, si la nouvelle, au lieu d'être bonne, était mauvaise, l'arrêta.

« Ne t'emballe pas, maman, il n'y a plus d'oncle d'Amérique ! Moi, je croirais bien plutôt qu'il s'agit d'un mariage pour Jean. »

Tout le monde fut surpris à cette idée, et Jean demeura un peu froissé que son frère eût parlé de cela devant Mme Rosémilly.

« Pourquoi pour moi plutôt que pour toi ? La supposition est très contestable. Tu es l'aîné ; c'est donc à toi qu'on aurait songé d'abord. Et puis, moi, je ne veux pas me marier. »

Pierre ricana :

« Tu es donc amoureux ? »

L'autre, mécontent, répondit :

« Est-il nécessaire d'être amoureux pour dire qu'on ne veut pas encore se marier ?

– Ah ! bon, le "encore" corrige tout ; tu attends.

– Admets que j'attends, si tu veux. »

Mais le père Roland, qui avait écouté et réfléchi, trouva tout à coup la solution la plus vraisemblable.

« Parbleu ! nous sommes bien bêtes de nous creuser la tête. Me Lecanu est notre ami, il sait que Pierre cherche un cabinet de médecin, et Jean un cabinet d'avocat, il a trouvé à caser l'un de vous deux. »

C'était tellement simple et probable que tout le monde en fut d'accord.

« C'est servi », dit la bonne.

Et chacun gagna sa chambre afin de se laver les mains avant de se mettre à table.

Dix minutes plus tard, ils dînaient dans la petite salle à manger, au rez-de-chaussée.

On ne parla guère tout d'abord ; mais, au bout de quelques instants, Roland s'étonna de nouveau de cette visite du notaire.

« En somme, pourquoi n'a-t-il pas écrit, pourquoi a-t-il envoyé trois fois son clerc, pourquoi vient-il lui-même ? »

Pierre trouvait cela naturel.

« Il faut sans doute une réponse immédiate ; et il a peut-être à nous communiquer des clauses confidentielles qu'on n'aime pas beaucoup écrire. »

Mais ils demeuraient préoccupés et un peu ennuyés tous les quatre d'avoir invité cette étrangère qui gênerait leur discussion et les résolutions à prendre.

Ils venaient de remonter au salon quand le notaire fut annoncé.

Roland s'élança.

« Bonjour, cher maître. »

Il donnait comme titre à M. Lecanu le « maître » qui précède le nom de tous les notaires.

Mme Rosémilly se leva :

« Je m'en vais, je suis très fatiguée. »

On tenta faiblement de la retenir ; mais elle n'y consentit point et elle s'en alla sans qu'un des trois hommes la reconduisît, comme on le faisait toujours.

Mme Roland s'empressa près du nouveau venu :

« Une tasse de café, monsieur ?

– Non, merci, je sors de table.

– Une tasse de thé, alors ?

– Je ne dis pas non, mais un peu plus tard, nous allons d'abord parler affaires. »

Dans le profond silence qui suivit ces mots on n'entendit plus que le mouvement rythmé de la pendule, et à l'étage au-dessous, le bruit des casseroles lavées par la bonne trop bête même pour écouter aux portes.

Le notaire reprit :

« Avez-vous connu à Paris un certain M. Maréchal, Léon Maréchal ? »

M. et Mme Roland poussèrent la même exclamation.

« Je crois bien !

– C'était un de vos amis ? »

Roland déclara :

« Le meilleur, monsieur, mais un Parisien enragé ; il ne quitte pas le boulevard. Il est chef de bureau aux Finances. Je ne l'ai plus revu depuis mon départ de la capitale. Et puis nous avons cessé de nous écrire. Vous savez, quand on vit loin l'un de l'autre... »

Le notaire reprit gravement :

« M. Maréchal est décédé. »

L'homme et la femme eurent ensemble ce petit mouvement de surprise triste, feint ou vrai, mais toujours prompt, dont on accueille ces nouvelles.

M. Lecanu continua :

« Mon confrère de Paris vient de me communiquer la principale disposition de son testament par laquelle il institue votre fils Jean, M. Jean Roland, son légataire universel. »

L'étonnement fut si grand qu'on ne trouvait pas un mot à dire.

Mme Roland, la première, dominant son émotion, balbutia :

« Mon Dieu, ce pauvre Léon... notre pauvre ami... mon Dieu... mon Dieu... mort !... »

Des larmes apparurent dans ses yeux, ces larmes silencieuses des femmes, gouttes de chagrin venues de l'âme qui coulent sur les joues et semblent si douloureuses, étant si claires.

Mais Roland songeait moins à la tristesse de cette perte qu'à l'espérance annoncée. Il n'osait cependant interroger tout de suite sur les clauses de ce testament, et sur le chiffre de la fortune ; et il demanda, pour arriver à la question intéressante :

« De quoi est-il mort, ce pauvre Maréchal ? »

M. Lecanu l'ignorait parfaitement.

« Je sais seulement, disait-il, que, décédé sans héritiers directs, il laisse toute sa fortune, une vingtaine de mille francs de rentes en obligations trois pour cent, à votre second fils, qu'il a vu naître, grandir, et qu'il juge digne de ce legs. À défaut d'acceptation de la part de monsieur Jean, l'héritage irait aux enfants abandonnés. »

Le père Roland déjà ne pouvait plus dissimuler sa joie et il s'écria :

« Sacristi ! voilà une bonne pensée du cœur. Moi, si je n'avais pas eu de descendant, je ne l'aurais certainement point oublié non plus, ce brave ami ! »

Le notaire souriait :

« J'ai été bien aise, dit-il, de vous annoncer moi-même la chose. Ça fait toujours plaisir d'apporter aux gens une bonne nouvelle. »

Il n'avait point du tout songé que cette bonne nouvelle était la mort d'un ami, du meilleur ami du père Roland, qui venait lui-même d'oublier subitement cette intimité annoncée tout à l'heure avec conviction.

Seuls, Mme Roland et ses fils gardaient une physionomie triste. Elle pleurait toujours un peu, essuyant ses yeux avec un mouchoir qu'elle appuyait ensuite sur sa bouche pour comprimer de gros soupirs.

Le docteur murmura :

« C'était un brave homme, bien affectueux. Il nous invitait souvent à dîner, mon frère et moi. »

Jean, les yeux grands ouverts et brillants, prenait d'un geste familier sa belle barbe blonde dans sa main droite, et l'y faisait glisser, jusqu'aux derniers poils, comme pour l'allonger et l'amincir.

Il remua deux fois les lèvres pour prononcer aussi une phrase convenable et, après avoir longtemps cherché, il ne trouva que ceci :

« Il m'aimait bien, en effet, il m'embrassait toujours quand j'allais le voir. »

Mais la pensée du père galopait ; elle galopait autour de cet héritage annoncé, acquis déjà, de cet argent caché derrière la porte et qui allait entrer tout à l'heure, demain, sur un mot d'acceptation.

Il demanda :

« Il n'y a pas de difficultés possibles ?... pas de procès ?... pas de contestations ?... »

Me Lecanu semblait tranquille :

« Non, mon confrère de Paris me signale la situation comme très nette. Il ne nous faut que l'acceptation de monsieur Jean.

— Parfait, alors... et la fortune est bien claire ?

— Très claire.

— Toutes les formalités ont été remplies ?

— Toutes. »

Soudain, l'ancien bijoutier eut un peu honte, une honte vague, instinctive et passagère de sa hâte à se renseigner, et il reprit :

« Vous comprenez bien que si je vous demande immédiatement toutes ces choses, c'est pour éviter à mon fils des désagréments qu'il pourrait ne pas prévoir. Quelquefois il y a des dettes, une situation embarrassée, est-ce que je sais, moi ? et on se fourre dans un roncier inextricable. En somme, ce n'est pas moi qui hérite, mais je pense au petit avant tout. »

Dans la famille on appelait toujours Jean « le petit », bien qu'il fût beaucoup plus grand que Pierre.

Mme Roland, tout à coup, parut sortir d'un rêve, se rappeler une chose lointaine, presque oubliée, qu'elle avait entendue autrefois, dont elle n'était pas sûre d'ailleurs, et elle balbutia :

« Ne disiez-vous point que notre pauvre Maréchal avait laissé sa fortune à mon petit Jean ?

– Oui, madame. »

Elle reprit alors simplement :

« Cela me fait grand plaisir, car cela prouve qu'il nous aimait. »

Roland s'était levé :

« Voulez-vous, cher maître, que mon fils signe tout de suite l'acceptation ?

– Non... non... monsieur Roland. Demain, demain, à mon étude, à deux heures, si cela vous convient.

– Mais oui, mais oui, je crois bien ! »

Alors, Mme Roland qui s'était levée aussi, et qui souriait après les larmes, fit deux pas vers le notaire, posa sa main sur le dos de son fauteuil, et le couvrant d'un regard attendri de mère reconnaissante, elle demanda :

« Et cette tasse de thé, monsieur Lecanu ?

– Maintenant, je veux bien, madame, avec plaisir. »

La bonne appelée apporta d'abord des gâteaux secs en de profondes boîtes de fer-blanc, ces fades et cassantes pâtisseries anglaises qui semblent cuites pour des becs de perroquet et soudées en des caisses de métal pour des voyages autour du monde. Elle alla chercher ensuite des serviettes grises, pliées en petits carrés, ces serviettes à thé qu'on ne lave jamais dans les familles besogneuses. Elle revint une troisième fois avec le sucrier et les tasses ; puis elle ressortit pour faire chauffer l'eau. Alors on attendit.

Personne ne pouvait parler ; on avait trop à penser, et rien à dire. Seule Mme Roland cherchait des phrases banales. Elle raconta la partie de pêche, fit l'éloge de la *Perle* et de Mme Rosémilly.

« Charmante, charmante », répétait le notaire.

Roland, les reins appuyés au marbre de la cheminée, comme en hiver, quand le feu brûle, les mains dans ses poches et les lèvres remuantes comme pour siffler, ne pouvait plus tenir en place, torturé du désir impérieux de laisser sortir toute sa joie.

Les deux frères, en deux fauteuils pareils, les jambes croisées de la même façon, à droite et à gauche du guéridon central, regardaient fixement devant eux, en des attitudes semblables, pleines d'expressions différentes.

Le thé parut enfin. Le notaire prit, sucra et but sa tasse, après avoir émietté dedans une petite galette trop dure pour être croquée ; puis il se leva, serra les mains et sortit.

« C'est entendu, répétait Roland, demain, chez vous, à deux heures.

– C'est entendu, demain, deux heures. »

Jean n'avait pas dit un mot.

Après ce départ, il y eut encore un silence, puis le père Roland vint taper de ses deux mains ouvertes sur les deux épaules de son jeune fils en criant :

« Eh bien, sacré veinard, tu ne m'embrasses pas ? »

Alors Jean eut un sourire, et il embrassa son père en disant :

« Cela ne m'apparaissait pas comme indispensable. »

Mais le bonhomme ne se possédait plus d'allégresse. Il marchait, jouait du piano sur les meubles avec ses ongles maladroits, pivotait sur ses talons et répétait :

« Quelle chance ! quelle chance ! En voilà une, de chance ! »

Pierre demanda :

« Vous le connaissiez donc beaucoup, autrefois, ce Maréchal ? »

Le père répondit :

« Parbleu, il passait toutes ses soirées à la maison ; mais tu te rappelles bien qu'il allait te prendre au collège, les jours de sortie, et qu'il t'y reconduisait souvent après dîner. Tiens, justement, le matin de la naissance de Jean, c'est lui qui est allé chercher le médecin ! Il avait déjeuné chez nous quand ta mère s'est trouvée souffrante. Nous avons compris tout de suite de quoi il s'agissait, et il est parti en courant. Dans sa hâte il a pris mon chapeau au lieu du sien. Je me rappelle cela parce que nous en avons beaucoup ri, plus tard. Il est même probable qu'il s'est souvenu de ce détail au moment de mourir ; et comme il n'avait aucun héritier il s'est dit : "Tiens, j'ai contribué à la naissance de ce petit-là, je vais lui laisser ma fortune." »

Mme Roland, enfoncée dans une bergère, semblait partie en ses souvenirs. Elle murmura, comme si elle pensait tout haut :

« Ah ! c'était un brave ami, bien dévoué, bien fidèle, un homme rare, par le temps qui court. »

Jean s'était levé :

« Je vais faire un bout de promenade », dit-il.

Son père s'étonna, voulut le retenir, car ils avaient à causer, à faire des projets, à arrêter des résolutions. Mais le jeune homme s'obstina, prétextant un rendez-vous. On aurait d'ailleurs tout le temps de s'entendre bien avant d'être en possession de l'héritage.

Et il s'en alla, car il désirait être seul, pour réfléchir. Pierre, à son tour, déclara qu'il sortait, et suivit son frère, après quelques minutes.

Dès qu'il fut en tête à tête avec sa femme, le père Roland la saisit dans ses bras, l'embrassa dix fois sur chaque joue, et, pour répondre à un reproche qu'elle lui avait souvent adressé :

« Tu vois, ma chérie, que cela ne m'aurait servi à rien de rester à Paris plus longtemps, de m'esquinter pour les enfants, au lieu de venir ici refaire ma santé, puisque la fortune nous tombe du ciel. »

Elle était devenue toute sérieuse :

« Elle tombe du ciel pour Jean, dit-elle, mais Pierre ?

– Pierre ! mais il est docteur, il en gagnera... de l'argent... et puis son frère fera bien quelque chose pour lui.

– Non. Il n'accepterait pas. Et puis cet héritage est à Jean, rien qu'à Jean. Pierre se trouve ainsi très désavantagé. »

Le bonhomme semblait perplexe :

« Alors, nous lui laisserons un peu plus par testament, nous.

– Non. Ce n'est pas très juste non plus. »

Il s'écria :

« Ah ! bien alors, zut ! Qu'est-ce que tu veux que j'y fasse, moi ? Tu vas toujours chercher un tas d'idées désagréables. Il faut que tu gâtes tous mes plaisirs. Tiens, je vais me coucher. Bonsoir. C'est égal, en voilà une veine, une rude veine ! »

Et il s'en alla, enchanté, malgré tout, et sans un mot de regret pour l'ami mort si généreusement.

Mme Roland se remit à songer devant la lampe qui charbonnait.

2

Dès qu'il fut dehors, Pierre se dirigea vers la rue de Paris, la principale rue du Havre, éclairée, animée, bruyante. L'air un peu frais des bords de mer lui caressait la figure, et il marchait lentement, la canne sous le bras, les mains derrière le dos.

Il se sentait mal à l'aise, alourdi, mécontent comme lorsqu'on a reçu quelque fâcheuse nouvelle. Aucune pensée précise ne l'affligeait et il n'aurait su dire tout d'abord d'où lui venait cette pesanteur de l'âme et cet engourdissement du corps. Il avait mal quelque part, sans savoir où ; il portait en lui un petit point douloureux, une de ces presque insensibles meurtrissures dont on ne trouve pas la place, mais qui gênent, fatiguent, attristent, irritent, une souffrance inconnue et légère, quelque chose comme une graine de chagrin.

Lorsqu'il arriva place du Théâtre, il se sentit attiré par les lumières du café Tortoni, et il s'en vint lentement vers la façade illuminée ; mais au moment d'entrer, il songea qu'il allait trouver là des amis, des connaissances, des gens avec qui il faudrait causer ; et une répugnance brusque l'envahit pour cette banale camaraderie des demi-tasses et des petits verres. Alors, retournant sur ses pas, il revint prendre la rue principale qui le conduisait vers le port.

Il se demandait : « Où irais-je bien ? » cherchant un endroit qui lui plût, qui fût agréable à son état d'esprit. Il n'en trouvait pas, car il s'irritait d'être seul, et il n'aurait voulu rencontrer personne.

En arrivant sur le grand quai, il hésita encore une fois, puis tourna vers la jetée ; il avait choisi la solitude.

Comme il frôlait un banc sur le brise-lames, il s'assit, déjà las de marcher et dégoûté de sa promenade avant même de l'avoir faite.

Il se demanda : « Qu'ai-je donc ce soir ? » Et il se mit à chercher dans son souvenir quelle contrariété avait pu l'atteindre, comme on interroge un malade pour trouver la cause de sa fièvre.

Il avait l'esprit excitable et réfléchi en même temps, il s'emballait, puis raisonnait, approuvait ou blâmait ses élans ; mais chez lui la nature première demeurait en dernier lieu la plus forte, et l'homme sensitif dominait toujours l'homme intelligent.

Donc il cherchait d'où lui venait cet énervement, ce besoin de mouvement sans avoir envie de rien, ce désir de rencontrer quelqu'un pour n'être pas du même avis, et aussi ce dégoût pour les gens qu'il pourrait voir et pour les choses qu'ils pourraient lui dire.

Et il se posa cette question : « Serait-ce l'héritage de Jean ? »

Oui, c'était possible après tout. Quand le notaire avait annoncé cette nouvelle, il avait senti son cœur battre un peu plus fort. Certes, on n'est pas toujours maître de soi, et on subit des émotions spontanées et persistantes, contre lesquelles on lutte en vain.

Il se mit à réfléchir profondément à ce problème physiologique de l'impression produite par un fait sur l'être instinctif et créant en lui un courant d'idées et de sensations douloureuses ou joyeuses, contraires à celles que désire, qu'appelle, que juge bonnes et saines l'être pensant, devenu supérieur à lui-même par la culture de son intelligence.

Il cherchait à concevoir l'état d'âme du fils qui hérite d'une grosse fortune, qui va goûter, grâce à elle, beaucoup de joies désirées depuis longtemps et interdites par l'avarice d'un père, aimé pourtant et regretté.

Il se leva et se remit à marcher vers le bout de la jetée. Il se sentait mieux, content d'avoir compris, de s'être surpris lui-même, d'avoir dévoilé l'autre qui est en nous.

« Donc j'ai été jaloux de Jean, pensait-il. C'était vraiment assez bas, cela ! J'en suis sûr maintenant, car la première idée qui m'est venue est celle de son mariage avec Mme Rosémilly. Je n'aime pourtant pas cette petite dinde raisonnable, bien faite pour dégoûter du bon sens et de la sagesse. C'est donc de la jalousie gratuite, l'essence même de la jalousie, celle qui est parce qu'elle est ! Faut soigner cela ! »

Il arrivait devant le mât des signaux qui indique

la hauteur de l'eau dans le port, et il alluma une allumette pour lire la liste des navires signalés au large et devant entrer à la prochaine marée. On attendait des steamers du Brésil, de La Plata, du Chili et du Japon, deux bricks danois, une goélette norvégienne et un vapeur turc, ce qui surprit Pierre autant que s'il avait lu « un vapeur suisse » ; et il aperçut dans une sorte de songe bizarre un grand vaisseau couvert d'hommes en turban, qui montaient dans les cordages avec de larges pantalons.

« Que c'est bête, pensait-il ; le peuple turc est pourtant un peuple marin. »

Ayant fait encore quelques pas, il s'arrêta pour contempler la rade. Sur sa droite, au-dessus de Sainte-Adresse, les deux phares électriques du cap de la Hève, semblables à deux cyclopes monstrueux et jumeaux, jetaient sur la mer leurs longs et puissants regards. Partis des deux foyers voisins, les deux rayons parallèles, pareils aux queues géantes de deux comètes, descendaient, suivant une pente droite et démesurée, du sommet de la côte au fond de l'horizon. Puis sur les deux jetées, deux autres feux, enfants de ces colosses, indiquaient l'entrée du Havre ; et là-bas, de l'autre côté de la Seine, on en voyait d'autres encore, beaucoup d'autres, fixes ou clignotants, à éclats et à éclipses, s'ouvrant et se fermant comme des yeux, les yeux des ports, jaunes, rouges, verts, guettant la mer obscure couverte de navires, les yeux vivants de la terre hospitalière disant, rien que par le mouvement mécanique invariable et régulier de leurs paupières : « C'est moi. Je suis Trouville, je suis Honfleur, je suis la rivière de Pont-Audemer. » Et dominant tous les autres, si haut que, de si loin, on le prenait pour une planète, le phare aérien d'Étouville montrait la route de Rouen, à travers les bancs de sable de l'embouchure du grand fleuve.

Puis sur l'eau profonde, sur l'eau sans limites, plus sombre que le ciel, on croyait voir, çà et là, des étoiles. Elles tremblotaient dans la brume nocturne, petites, proches ou lointaines, blanches, vertes ou rouges aussi. Presque toutes étaient immobiles, quelques-unes, cependant, semblaient courir ; c'étaient les feux des bâtiments à l'ancre attendant la marée prochaine, ou des bâtiments en marche venant chercher un mouillage.

Juste à ce moment la lune se leva derrière la ville ; et elle avait l'air du phare énorme et divin allumé dans le firmament pour guider la flotte infinie des vraies étoiles.

Pierre murmura, presque à haute voix :

« Voilà, et nous nous faisons de la bile pour quatre sous ! »

Tout près de lui soudain, dans la tranchée large et noire ouverte entre les jetées, une ombre, une grande ombre fantastique, glissa. S'étant penché sur le parapet de granit, il vit une barque de pêche qui rentrait, sans un bruit de voix, sans un bruit de flot, sans un bruit d'aviron, doucement poussée par sa haute voile brune tendue à la brise du large.

Il pensa : « Si on pouvait vivre là-dessus, comme on serait tranquille, peut-être ! » Puis ayant fait encore quelques pas, il aperçut un homme assis à l'extrémité du môle.

Un rêveur, un amoureux, un sage, un heureux ou un triste ? Qui était-ce ? Il s'approcha, curieux pour voir la figure de ce solitaire ; et il reconnut son frère.

« Tiens, c'est toi, Jean ?

– Tiens... Pierre... Qu'est-ce que tu viens faire ici ?

– Mais je prends l'air. Et toi ? »

Jean se mit à rire :

« Je prends l'air également. »

Et Pierre s'assit à côté de son frère.

« Hein, c'est rudement beau ?

– Mais oui. »

Au son de la voix il comprit que Jean n'avait rien regardé ; il reprit :

« Moi, quand je viens ici, j'ai des désirs fous de partir, de m'en aller avec tous ces bateaux, vers le nord ou vers le sud. Songe que ces petits feux, là-bas, arrivent de tous les coins du monde, des pays aux grandes fleurs et aux belles filles pâles ou cuivrées, des pays aux oiseaux-mouches, aux éléphants, aux lions libres, aux rois nègres, de tous les pays qui sont nos contes de fées à nous qui ne croyons plus à la Chatte blanche ni à la Belle au bois dormant. Ce serait rudement chic de pouvoir s'offrir une promenade par là-bas ; mais voilà, il faudrait de l'argent, beaucoup... »

Il se tut brusquement, songeant que son frère l'avait maintenant, cet argent, et que délivré de tout souci, délivré du travail quotidien, libre, sans entraves, heureux, joyeux, il pouvait aller où bon lui semblerait, vers les blondes Suédoises ou les brunes Havanaises.

Puis une de ces pensées involontaires, fréquentes chez lui, si brusques, si rapides, qu'il ne pouvait ni les prévoir, ni les arrêter, ni les modifier, venues, semblait-il, d'une seconde âme indépendante et violente, le traversa : « Bah ! il est trop niais, il épousera la petite Rosémilly. »

Il s'était levé.

« Je te laisse rêver d'avenir ; moi, j'ai besoin de marcher. »

Il serra la main de son frère, et reprit avec un accent très cordial :

« Eh bien, mon petit Jean, te voilà riche ! Je suis bien content de t'avoir rencontré tout seul ce soir, pour te dire combien cela me fait plaisir, combien je te félicite et combien je t'aime. »

Jean, d'une nature douce et tendre, très ému, balbutiait :

« Merci... merci... mon bon Pierre, merci. »

Et Pierre s'en retourna, de son pas lent, la canne sous le bras, les mains derrière le dos.

Lorsqu'il fut rentré dans la ville, il se demanda de nouveau ce qu'il ferait, mécontent de cette promenade écourtée ; d'avoir été privé de la mer par la présence de son frère.

Il eut une inspiration : « Je vais boire un verre de liqueur chez le père Marowsko » ; et il remonta vers le quartier d'Ingouville.

Il avait connu le père Marowsko dans les hôpitaux à Paris. C'était un vieux Polonais, réfugié politique, disait-on, qui avait eu des histoires terribles là-bas et qui était venu exercer en France, après nouveaux examens, son métier de pharmacien. On ne savait rien de sa vie passée ; aussi des légendes avaient-elles couru parmi les internes, les externes, et plus tard parmi les voisins. Cette réputation de conspirateur redoutable, de nihiliste, de régicide, de patriote prêt à tout, échappé à la mort par miracle, avait séduit l'imagination aventureuse et vive de Pierre Roland ; et il était devenu l'ami du vieux Polonais, sans avoir jamais obtenu de lui, d'ailleurs, aucun aveu sur son existence ancienne. C'était encore grâce au jeune médecin que le bonhomme était venu s'établir au Havre, comptant sur une belle clientèle que le nouveau docteur lui fournirait.

En attendant, il vivait pauvrement dans sa modeste pharmacie, en vendant des remèdes aux petits-bourgeois et aux ouvriers de son quartier.

Pierre allait souvent le voir après dîner et causer une heure avec lui, car il aimait la figure calme et la rare conversation de Marowsko, dont il jugeait profonds les longs silences.

Un seul bec de gaz brûlait au-dessus du comptoir chargé de fioles. Ceux de la devanture n'avaient point été allumés, par économie. Derrière ce comptoir, assis sur une chaise et les jambes allongées l'une sur l'autre, un vieux homme chauve, avec un grand nez d'oiseau qui, continuant son front dégarni, lui donnait un air triste de perroquet, dormait profondément, le menton sur la poitrine.

Au bruit du timbre, il s'éveilla, se leva, et reconnaissant le docteur, vint au-devant de lui, les mains tendues.

Sa redingote noire, tigrée de taches d'acides et de sirops, beaucoup trop vaste pour son corps maigre et petit, avait un aspect d'antique soutane ; et l'homme parlait avec un fort accent polonais qui donnait à sa voix fluette quelque chose d'enfantin, un zézaiement et des intonations de jeune être qui commence à prononcer.

Pierre s'assit et Marowsko demanda :

« Quoi de neuf, mon cher docteur ?

– Rien. Toujours la même chose partout.

– Vous n'avez pas l'air gai, ce soir.

– Je ne le suis pas souvent.

– Allons, allons, il faut secouer cela. Voulez-vous un verre de liqueur ?

– Oui, je veux bien.

– Alors je vais vous faire goûter une préparation nouvelle. Voilà deux mois que je cherche à tirer quelque chose de la groseille, dont on n'a fait jusqu'ici que du sirop... eh bien, j'ai trouvé... j'ai trouvé... une bonne liqueur, très bonne, très bonne. »

Et ravi, il alla vers une armoire, l'ouvrit et choisit une fiole qu'il apporta. Il remuait et agissait par gestes courts, jamais complets, jamais il n'allongeait le bras tout à fait, n'ouvrait toutes grandes les jambes, ne faisait un mouvement entier et définitif. Ses idées semblaient pareilles à ses actes ; il les indiquait, les promettait, les esquissait, les suggérait, mais ne les énonçait pas.

Sa plus grande préoccupation dans la vie semblait être d'ailleurs la préparation des sirops et des liqueurs. « Avec un bon sirop ou une bonne liqueur, on fait fortune », disait-il souvent.

Il avait inventé des centaines de préparations sucrées sans parvenir à en lancer une seule. Pierre affirmait que Marowsko le faisait penser à Marat.

Deux petits verres furent pris dans l'arrière-boutique et apportés sur la planche aux préparations ; puis les deux hommes examinèrent en l'élevant vers le gaz la coloration du liquide.

« Joli rubis ! déclara Pierre.

– N'est-ce pas ? »

La vieille tête de perroquet du Polonais semblait ravie.

Le docteur goûta, savoura, réfléchit, goûta de nouveau, réfléchit encore et prononça :

« Très bon, très bon, et très neuf comme saveur ; une trouvaille, mon cher !

– Ah ! vraiment, je suis bien content. »

Alors Marowsko demanda conseil pour baptiser la liqueur nouvelle ; il voulait l'appeler « essence de groseille », ou bien « fine groseille », ou bien « groselia », ou bien « groséline ».

Pierre n'approuvait aucun de ces noms.

Le vieux eut une idée :

« Ce que vous avez dit tout à l'heure est très bon, très bon : "Joli rubis". »

Le docteur contesta encore la valeur de ce nom, bien qu'il l'eût trouvé, et il conseilla simplement « groseillette », que Marowsko déclara admirable. Puis ils se turent et demeurèrent assis quelques minutes, sans prononcer un mot, sous l'unique bec de gaz.

Pierre, enfin, presque malgré lui :

« Tiens, il nous est arrivé une chose assez bizarre, ce soir. Un des amis de mon père, en mourant, a laissé sa fortune à mon frère. »

Le pharmacien sembla ne pas comprendre tout de suite, mais, après avoir songé, il espéra que le docteur héritait par moitié. Quand la chose eut été bien expliquée, il parut surpris et fâché ; et pour exprimer son mécontentement de voir son jeune ami sacrifié, il répéta plusieurs fois :

« Ça ne fera pas un bon effet. »

Pierre, que son énervement reprenait, voulut savoir ce que Marowsko entendait par cette phrase.
– Pourquoi cela ne ferait-il pas un bon effet ? Quel mauvais effet pouvait résulter de ce que son frère héritait la fortune d'un ami de la famille ? Mais le bonhomme, circonspect, ne s'expliqua pas davantage.

« Dans ce cas-là on laisse aux deux frères également, je vous dis que ça ne fera pas un bon effet. »

Et le docteur, impatienté, s'en alla, rentra dans la

maison paternelle et se coucha. Pendant quelque temps, il entendit Jean qui marchait doucement dans la chambre voisine, puis il s'endormit après avoir bu deux verres d'eau.

3

Le docteur se réveilla le lendemain avec la résolution bien arrêtée de faire fortune.

Plusieurs fois déjà il avait pris cette détermination sans en poursuivre la réalité. Au début de toutes ses tentatives de carrière nouvelle, l'espoir de la richesse vite acquise soutenait ses efforts et sa confiance jusqu'au premier obstacle, jusqu'au premier échec qui le jetait dans une voie nouvelle.

Enfoncé dans son lit entre les draps chauds, il méditait. Combien de médecins étaient devenus millionnaires en peu de temps ! Il suffisait d'un grain de savoir-faire, car, dans le cours de ses études, il avait pu apprécier les plus célèbres professeurs, et il les jugeait des ânes. Certes il valait autant qu'eux, sinon mieux. S'il parvenait par un moyen quelconque à capter la clientèle élégante et riche du Havre, il pouvait gagner cent mille francs par an avec facilité. Et il calculait, d'une façon précise, les gains assurés. Le matin, il sortirait, il irait chez ses malades. En prenant la moyenne, bien faible, de dix par jour, à vingt francs l'un, cela lui ferait, au minimum, soixante-douze mille francs par an, même soixante-quinze mille, car le chiffre de dix malades était inférieur à la réalisation certaine. Après midi, il recevrait dans son cabinet une autre moyenne de dix visiteurs à dix francs, soit trente-six mille francs. Voilà donc cent vingt mille francs, chiffre rond. Les clients anciens et les amis qu'il irait voir à dix francs et qu'il recevrait à cinq francs feraient peut-être sur ce total une légère diminution compensée par les consultations avec d'autres médecins et par tous les petits bénéfices courants de la profession.

Rien de plus facile que d'arriver là avec de la réclame habile, des échos dans *Le Figaro* indiquant que le corps scientifique parisien avait les yeux sur lui, s'intéressait à des cures surprenantes entreprises par le jeune et modeste savant havrais. Et il serait plus riche que son frère, plus riche et célèbre, et content de lui-même, car il ne devrait sa fortune qu'à lui ; et il se montrerait généreux pour ses vieux parents, justement fiers de sa renommée. Il ne se marierait pas, ne voulant point encombrer son existence d'une femme unique et gênante, mais il aurait des maîtresses parmi ses clientes les plus jolies.

Il se sentait si sûr du succès, qu'il sauta hors du lit comme pour le saisir tout de suite, et il s'habilla afin d'aller chercher par la ville l'appartement qui lui convenait.

Alors, en rôdant à travers les rues, il songea combien sont légères les causes déterminantes de nos actions. Depuis trois semaines, il aurait pu, il aurait dû prendre cette résolution née brusquement en lui, sans aucun doute, à la suite de l'héritage de son frère.

Il s'arrêtait devant les portes où pendait un écriteau annonçant soit un bel appartement, soit un riche appartement à louer, les indications sans adjectif le laissant toujours plein de dédain. Alors il visitait avec des façons hautaines, mesurait la hauteur des plafonds, dessinait sur son calepin le plan du logis, les communications, la disposition des issues, annonçait qu'il était médecin et qu'il recevait beaucoup. Il fallait que l'escalier fût large et bien tenu ; il ne pouvait monter d'ailleurs au-dessus du premier étage.

Après avoir noté sept ou huit adresses et griffonné deux cents renseignements, il rentra pour déjeuner avec un quart d'heure de retard.

Dès le vestibule, il entendit un bruit d'assiettes. On mangeait donc sans lui. Pourquoi ? Jamais on n'était aussi exact dans la maison. Il fut froissé, mécontent, car il était un peu susceptible. Dès qu'il entra, Roland lui dit :

« Allons, Pierre, dépêche-toi, sacrebleu ! Tu sais que nous allons à deux heures chez le notaire. Ce n'est pas le jour de musarder. »

Le docteur s'assit, sans répondre, après avoir embrassé sa mère et serré la main de son père et de son frère ; et il prit dans le plat creux, au milieu de la table, la côtelette réservée pour lui. Elle était froide et sèche. Ce devait être la plus mauvaise. Il pensa qu'on aurait pu la laisser dans le fourneau jusqu'à son arrivée, et ne pas perdre la tête au point d'oublier complètement l'autre fils, le fils aîné. La conversation, interrompue par son entrée, reprit au point où il l'avait coupée.

« Moi, disait à Jean Mme Roland, voici ce que je ferais tout de suite. Je m'installerais richement, de façon à frapper l'œil, je me montrerais dans le monde, je monterais à cheval, et je choisirais une ou deux causes intéressantes pour les plaider et me bien poser au Palais. Je voudrais être une sorte d'avocat amateur très recherché. Grâce à Dieu, te voici à l'abri du besoin, et si tu prends une profession, en somme, c'est pour ne pas perdre le fruit de tes études et parce qu'un homme ne doit jamais rester à rien faire. »

Le père Roland, qui pelait une poire, déclara :

« Cristi ! à ta place, c'est moi qui achèterais un joli bateau, un cotre sur le modèle de nos pilotes. J'irais jusqu'au Sénégal, avec ça. »

Pierre, à son tour, donna son avis. En somme, ce n'était pas la fortune qui faisait la valeur morale, la valeur intellectuelle d'un homme. Pour les médiocres elle n'était qu'une cause d'abaissement, tandis qu'elle mettait au contraire un levier puissant aux mains des forts. Ils étaient rares d'ailleurs, ceux-là. Si Jean était vraiment un homme supérieur, il le pourrait montrer maintenant qu'il se trouvait à l'abri du besoin. Mais il lui faudrait travailler cent fois plus qu'il ne l'aurait fait en d'autres circonstances. Il ne s'agissait pas de plaider pour ou contre la veuve et l'orphelin et d'empocher tant d'écus pour tout procès gagné ou perdu, mais de devenir un jurisconsulte éminent, une lumière du droit.

Et il ajouta comme conclusion :

« Si j'avais de l'argent, moi, j'en découperais, des cadavres ! »

Le père Roland haussa les épaules :

« Tra la la ! Le plus sage dans la vie c'est de se la couler douce. Nous ne sommes pas des bêtes de peine, mais des hommes. Quand on naît pauvre, il faut travailler ; eh bien, tant pis, on travaille ; mais quand on a des rentes, sacristi ! il faudrait être jobard pour s'esquinter le tempérament. »

Pierre répondit avec hauteur :

« Nos tendances ne sont pas les mêmes ! Moi, je

ne respecte au monde que le savoir et l'intelligence, tout le reste est méprisable. »

Mme Roland s'efforçait toujours d'amortir les heurts incessants entre le père et le fils ; elle détourna donc la conversation, et parla d'un meurtre qui avait été commis, la semaine précédente, à Bolbec-Nointot. Les esprits aussitôt furent occupés par les circonstances environnant le forfait, et attirés par l'horreur intéressante, par le mystère attrayant des crimes, qui, même vulgaires, honteux et répugnants, exercent sur la curiosité humaine une étrange et générale fascination.

De temps en temps, cependant, le père Roland tirait sa montre :

« Allons, dit-il, il va falloir se mettre en route. »

Pierre ricana :

« Il n'est pas encore une heure. Vrai, ça n'était point la peine de me faire manger une côtelette froide.

— Viens-tu chez le notaire ? » demanda sa mère.

Il répondit sèchement :

« Moi, non, pour quoi faire ? Ma présence est fort inutile. »

Jean demeurait silencieux comme s'il ne s'agissait point de lui. Quand on avait parlé du meurtre de Bolbec, il avait émis, en juriste, quelques idées et développé quelques considérations sur les crimes et sur les criminels. Maintenant, il se taisait de nouveau, mais la clarté de son œil, la rougeur animée de ses joues, jusqu'au luisant de sa barbe, semblaient proclamer son bonheur.

Après le départ de sa famille, Pierre, se trouvant seul de nouveau, recommença ses investigations du matin à travers les appartements à louer. Après deux ou trois heures d'escaliers montés et descendus, il découvrit enfin, sur le boulevard François-Ier, quelque chose de joli : un grand entresol avec deux portes sur des rues différentes, deux salons, une galerie vitrée où les malades, en attendant leur tour, se promèneraient au milieu des fleurs, et une délicieuse salle à manger en rotonde ayant vue sur la mer.

Au moment de louer, le prix de trois mille francs l'arrêta, car il fallait payer d'avance le premier terme, et il n'avait rien, pas un sou devant lui.

La petite fortune amassée par son père s'élevait à peine à huit mille francs de rentes, et Pierre se faisait ce reproche d'avoir mis souvent ses parents dans l'embarras par ses longues hésitations dans le choix d'une carrière, ses tentatives toujours abandonnées et ses continuels recommencements d'études. Il partit donc en promettant une réponse avant deux jours ; et l'idée lui vint de demander à son frère ce premier trimestre, ou même le semestre, soit quinze cents francs, dès que Jean serait en possession de son héritage.

« Ce sera un prêt de quelques mois à peine, pensait-il. Je le rembourserai peut-être même avant la fin de l'année. C'est tout simple, d'ailleurs, et il sera content de faire cela pour moi. »

Comme il n'était pas encore quatre heures, et qu'il n'avait rien à faire, absolument rien, il alla s'asseoir dans le jardin public ; et il demeura longtemps sur son banc, sans idées, les yeux à terre, accablé par une lassitude qui devenait de la détresse.

Tous les jours précédents, depuis son retour dans la maison paternelle, il avait vécu ainsi pourtant, sans souffrir aussi cruellement du vide de l'existence et de son inaction. Comment avait-il donc passé son temps du lever jusqu'au coucher ?

Il avait flâné sur la jetée aux heures de marée, flâné par les rues, flâné dans les cafés, flâné chez Marowsko, flâné partout. Et voilà que, tout à coup, cette vie, supportée jusqu'ici, lui devenait odieuse, intolérable. S'il avait eu quelque argent il aurait pris une voiture pour faire une longue promenade dans la campagne, le long des fossés de ferme ombragés de hêtres et d'ormes ; mais il devait compter le prix d'un bock ou d'un timbre-poste, et ces fantaisies-là ne lui étaient point permises. Il songea soudain combien il est dur, à trente ans passés, d'être réduit à demander, en rougissant, un louis à sa mère, de temps en temps ; et il murmura, en grattant la terre du bout de sa canne :

« Cristi ! si j'avais de l'argent ! »

Et la pensée de l'héritage de son frère entra en lui de nouveau, à la façon d'une piqûre de guêpe ; mais il la chassa avec impatience, ne voulant point s'abandonner sur cette pente de jalousie.

Autour de lui des enfants jouaient dans la poussière des chemins. Ils étaient blonds avec de longs cheveux, et ils faisaient d'un air très sérieux, avec une attention grave, de petites montagnes de sable pour les écraser ensuite d'un coup de pied.

Pierre était dans un de ces jours mornes où on regarde dans tous les coins de son âme, où on en secoue tous les plis.

« Nos besognes ressemblent aux travaux de ces mioches », pensait-il. Puis il se demanda si le plus sage dans la vie n'était pas encore d'engendrer deux ou trois de ces petits êtres inutiles et de les regarder grandir avec complaisance et curiosité. Et le désir du mariage l'effleura. On n'est pas si perdu, n'étant plus seul. On entend au moins remuer quelqu'un près de soi aux heures de trouble et d'incertitude, c'est déjà quelque chose de dire « tu » à une femme, quand on souffre.

Il se mit à songer aux femmes.

Il les connaissait très peu, n'ayant eu au quartier Latin que des liaisons de quinzaine, rompues quand était mangé l'argent du mois, et renouées ou remplacées le mois suivant. Il devait exister, cependant, des créatures très bonnes, très douces et très consolantes. Sa mère n'avait-elle pas été la raison et le charme du foyer paternel ? Comme il aurait voulu connaître une femme, une vraie femme !

Il se releva tout à coup avec la résolution d'aller faire une petite visite à Mme Rosémilly.

Puis il se rassit brusquement. Elle lui déplaisait, celle-là ! Pourquoi ? Elle avait trop de bon sens vulgaire et bas ; et puis, ne semblait-elle pas lui préférer Jean ? Sans se l'avouer à lui-même d'une façon nette, cette préférence entrait pour beaucoup dans sa mésestime pour l'intelligence de la veuve, car, s'il aimait son frère, il ne pouvait s'abstenir de le juger un peu médiocre et de se croire supérieur.

Il n'allait pourtant point rester là jusqu'à la nuit, et, comme la veille au soir, il se demanda anxieusement : « Que vais-je faire ? »

Il se sentait maintenant à l'âme un besoin de s'attendrir, d'être embrassé et consolé. Consolé de quoi ? Il ne l'aurait su dire, mais il était dans une de ces heures de faiblesse et de lassitude où la présence d'une femme, la caresse d'une femme, le toucher d'une main, le frôlement d'une robe, un doux regard noir ou bleu semblent indispensables et tout de suite, à notre cœur.

Et le souvenir lui vint d'une petite bonne de

brasserie ramenée un soir chez elle et revue de temps en temps.

Il se leva donc de nouveau pour aller boire un bock avec cette fille. Que lui dirait-il ? Que lui dirait-elle ? Rien, sans doute. Qu'importe ? il lui tiendrait la main quelques secondes ! Elle semblait avoir du goût pour lui. Pourquoi donc ne la voyait-il pas plus souvent ?

Il la trouva sommeillant sur une chaise dans la salle de brasserie presque vide. Trois buveurs fumaient leur pipe, accoudés aux tables de chêne, la caissière lisait un roman, tandis que le patron, en manches de chemise, dormait tout à fait sur la banquette.

Dès qu'elle l'aperçut, la fille se leva vivement et, venant à lui :

« Bonjour, comment allez-vous ?

— Pas mal, et toi ?

— Moi, très bien. Comme vous êtes rare !

— Oui, j'ai très peu de temps à moi. Tu sais que je suis médecin.

— Tiens, vous ne me l'aviez pas dit. Si j'avais su, j'ai été souffrante la semaine dernière, je vous aurais consulté. Qu'est-ce que vous prenez ?

— Un bock, et toi ?

— Moi, un bock aussi, puisque tu me le payes. »

Et elle continua à le tutoyer comme si l'offre de cette consommation en avait été la permission tacite. Alors, assis face à face, ils causèrent. De temps en temps elle lui prenait la main avec cette familiarité facile des filles dont la caresse est à vendre, et le regardant avec des yeux engageants elle lui disait :

« Pourquoi ne viens-tu pas plus souvent ? Tu me plais beaucoup, mon chéri. »

Mais déjà il se dégoûtait d'elle, la voyait bête, commune, sentant le peuple. Les femmes, se disait-il, doivent nous apparaître dans un rêve ou dans une auréole de luxe qui poétise leur vulgarité.

Elle lui demandait :

« Tu es passé l'autre matin avec un beau blond à grande barbe, est-ce ton frère ?

– Oui, c'est mon frère.

– Il est rudement joli garçon.

– Tu trouves ?

– Mais oui, et puis il a l'air d'un bon vivant. »

Quel étrange besoin le poussa tout à coup à raconter à cette servante de brasserie l'héritage de Jean ? Pourquoi cette idée, qu'il rejetait de lui lorsqu'il se trouvait seul, qu'il repoussait par crainte du trouble apporté dans son âme, lui vint-elle aux lèvres en cet instant, et pourquoi la laissa-t-il couler, comme s'il eût eu besoin de vider de nouveau devant quelqu'un son cœur gonflé d'amertume ?

Il dit en croisant ses jambes :

« Il a joliment de la chance, mon frère, il vient d'hériter de vingt mille francs de rente. »

Elle ouvrit tout grands ses yeux bleus et cupides :

« Oh ! et qui est-ce qui lui a laissé cela, sa grand-mère ou bien sa tante ?

– Non, un vieil ami de mes parents.

– Rien qu'un ami ? Pas possible ! Et il ne t'a rien laissé, à toi ?

– Non. Moi je le connaissais très peu. »

Elle réfléchit quelques instants, puis, avec un sourire drôle sur les lèvres :

« Eh bien, il a de la chance ton frère d'avoir des amis de cette espèce-là ! Vrai, ça n'est pas étonnant qu'il te ressemble si peu ! »

Il eut envie de la gifler sans savoir au juste pourquoi, et il demanda, la bouche crispée :
« Qu'est-ce que tu entends par là ? »
Elle avait pris un air bête et naïf :
« Moi, rien. Je veux dire qu'il a plus de chance que toi. »
Il jeta vingt sous sur la table et sortit.
Maintenant il se répétait cette phrase : « Ça n'est pas étonnant qu'il te ressemble si peu. »
Qu'avait-elle pensé ? Qu'avait-elle sous-entendu dans ces mots ! Certes il y avait là une malice, une méchanceté, une infamie. Oui, cette fille avait dû croire que Jean était le fils de Maréchal.
L'émotion qu'il ressentit à l'idée de ce soupçon jeté sur sa mère fut si violente qu'il s'arrêta et qu'il chercha de l'œil un endroit pour s'asseoir.
Un autre café se trouvait en face de lui, il y entra, prit une chaise, et comme le garçon se présentait : « Un bock », dit-il.
Il sentait battre son cœur ; des frissons lui couraient sur la peau. Et tout à coup le souvenir lui vint de ce qu'avait dit Marowsko la veille : « Ça ne fera pas bon effet. » Avait-il eu la même pensée, le même soupçon que cette drôlesse ?
La tête penchée sur son bock il regardait la mousse blanche pétiller et fondre, et il se demandait : « Est-ce possible qu'on croie une chose pareille ? »
Les raisons qui feraient naître ce doute odieux dans les esprits lui apparaissaient maintenant l'une après l'autre, claires, évidentes, exaspérantes. Qu'un vieux garçon sans héritiers laisse sa fortune aux deux enfants d'un ami, rien de plus simple et de plus naturel, mais qu'il la donne tout entière à un seul de ces enfants, certes le monde s'étonnera,

chuchotera et finira par sourire. Comment n'avait-il pas prévu cela, comment son père ne l'avait-il pas senti, comment sa mère ne l'avait-elle pas deviné ? Non, ils s'étaient trouvés trop heureux de cet argent inespéré pour que cette idée les effleurât. Et puis comment ces honnêtes gens auraient-ils soupçonné une pareille ignominie ?

Mais le public, mais le voisin, le marchand, le fournisseur, tous ceux qui les connaissaient, n'allaient-ils pas répéter cette chose abominable, s'en amuser, s'en réjouir, rire de son père et mépriser sa mère ?

Et la remarque faite par la fille de brasserie que Jean était blond et lui brun, qu'ils ne se ressemblaient ni de figure, ni de démarche, ni de tournure, ni d'intelligence, frapperait maintenant tous les yeux et tous les esprits. Quand on parlerait d'un fils Roland on dirait : « Lequel, le vrai ou le faux ? »

Il se leva avec la résolution de prévenir son frère, de le mettre en garde contre cet affreux danger menaçant l'honneur de leur mère. Mais que ferait Jean ? Le plus simple, assurément, serait de refuser l'héritage qui irait alors aux pauvres, et de dire seulement aux amis et connaissances informés de ce legs que le testament contenait des clauses et conditions inacceptables qui auraient fait de Jean, non pas un héritier, mais un dépositaire.

Tout en rentrant à la maison paternelle, il songeait qu'il devait voir son frère seul, afin de ne point parler devant ses parents d'un pareil sujet.

Dès la porte il entendit un grand bruit de voix et de rires dans le salon, et, comme il entrait, il entendit Mme Rosémilly et le capitaine Beausire, ramenés par son père et gardés à dîner afin de fêter la bonne nouvelle.

On avait fait apporter du vermouth et de l'absinthe pour se mettre en appétit, et on s'était mis d'abord en belle humeur. Le capitaine Beausire, un petit homme tout rond à force d'avoir roulé sur la mer, et dont toutes les idées semblaient rondes aussi, comme les galets des rivages, et qui riait avec des *r* plein la gorge, jugeait la vie une chose excellente dont tout était bon à prendre.

Il trinquait avec le père Roland, tandis que Jean présentait aux dames deux nouveaux verres pleins.

Mme Rosémilly refusait, quand le capitaine Beausire, qui avait connu feu son époux, s'écria :

« Allons, allons, madame, *bis repetita placent*, comme nous disons en patois, ce qui signifie : "Deux vermouths ne font jamais mal." Moi, voyez-vous, depuis que je ne navigue plus, je me donne comme ça, chaque jour, avant dîner, deux ou trois coups de roulis artificiel ! J'y ajoute un coup de tangage après le café, ce qui me fait grosse mer pour la soirée. Je ne vais jamais jusqu'à la tempête par exemple, jamais, jamais, car je crains les avaries. »

Roland, dont le vieux long-courrier flattait la manie nautique, riait de tout son cœur, la face déjà rouge et l'œil troublé par l'absinthe. Il avait un gros ventre de boutiquier, rien qu'un ventre où semblait réfugié le reste de son corps, un de ces ventres mous d'hommes toujours assis qui n'ont plus ni cuisses, ni poitrine, ni bras, ni cou, le fond de leur chaise ayant tassé toute leur matière au même endroit.

Beausire, au contraire, bien que court et gros, semblait plein comme un œuf et dur comme une balle.

Mme Roland n'avait point vidé son premier

verre, et, rose de bonheur, le regard brillant, elle contemplait son fils Jean.

Chez lui maintenant la crise de joie éclatait. C'était une affaire finie, une affaire signée, il avait vingt mille francs de rentes. Dans la façon dont il riait, dont il parlait avec une voix plus sonore, dont il regardait les gens, à ses manières plus nettes, à son assurance plus grande, on sentait l'aplomb que donne l'argent.

Le dîner fut annoncé, et comme le vieux Roland allait offrir son bras à Mme Rosémilly : « Non, non, père, cria sa femme, aujourd'hui tout est pour Jean. »

Sur la table éclatait un luxe inaccoutumé : devant l'assiette de Jean, assis à la place de son père, un énorme bouquet rempli de faveurs de soie, un vrai bouquet de grande cérémonie, s'élevait comme un dôme pavoisé, flanqué de quatre compotiers dont l'un contenait une pyramide de pêches magnifiques, le second un gâteau monumental gorgé de crème fouettée et couvert de clochettes de sucre fondu, une cathédrale en biscuit, le troisième des tranches d'ananas noyées dans un sirop clair, et le quatrième, luxe inouï, du raisin noir, venu des pays chauds.

« Bigre ! dit Pierre en s'asseyant, nous célébrons l'avènement de Jean le Riche. »

Après le potage on offrit du madère ; et tout le monde déjà parlait en même temps. Beausire racontait un dîner qu'il avait fait à Saint-Domingue à la table d'un général nègre. Le père Roland l'écoutait, tout en cherchant à glisser entre les phrases le récit d'un autre repas donné par un de ses amis, à Meudon, et dont chaque convive avait été quinze jours malade. Mme Rosémilly, Jean et sa mère faisaient un projet d'excursion et de déjeuner à Saint-Jouin, dont ils se promettaient déjà un plaisir infini ; et Pierre regrettait de ne pas avoir dîner seul, dans une gargote au bord de la mer, pour éviter tout ce bruit, ces rires et cette joie qui l'énervaient.

Il cherchait comment il allait s'y prendre, maintenant, pour dire à son frère ses craintes et pour le faire renoncer à cette fortune acceptée déjà, dont il jouissait, dont il se grisait d'avance. Ce serait dur pour lui, certes, mais il le fallait : il ne pouvait hésiter, la réputation de leur mère étant menacée.

L'apparition d'un bar énorme rejeta Roland dans les récits de pêche. Beausire en narra de surprenantes au Gabon, à Sainte-Marie de Madagascar et surtout sur les côtes de la Chine et du Japon, où les poissons ont des figures drôles comme les habitants. Et il racontait les mines de ces poissons, leurs gros yeux d'or, leurs ventres bleus ou rouges, leurs nageoires bizarres, pareilles à des éventails, leur queue coupée en croissant de lune, en mimant d'une façon si plaisante que tout le monde riait aux larmes en l'écoutant.

Seul, Pierre paraissait incrédule et murmurait :

« On a bien raison de dire que les Normands sont les Gascons du Nord. »

Après le poisson vint un vol-au-vent, puis un poulet rôti, une salade, des haricots verts et un pâté d'alouettes de Pithiviers. La bonne de Mme Rosémilly aidait au service ; et la gaieté allait croissant avec le nombre des verres de vin. Quand sauta le bouchon de la première bouteille de champagne, le père Roland, très excité, imita avec sa bouche le bruit de cette détonation, puis déclara :

« J'aime mieux ça qu'un coup de pistolet. »

Pierre, de plus en plus agacé, répondit en ricanant :

« Cela est peut-être, cependant, plus dangereux pour toi. »

Roland, qui allait boire, reposa son verre plein sur la table et demanda :

« Pourquoi donc ? »

Depuis longtemps il se plaignait de sa santé, de lourdeurs, de vertiges, de malaises constants et inexplicables. Le docteur reprit :

« Parce que la balle du pistolet peut fort bien passer à côté de toi, tandis que le verre de vin te passe forcément dans le ventre.

– Et puis ?

– Et puis il te brûle l'estomac, désorganise le système nerveux, alourdit la circulation et prépare l'apoplexie dont sont menacés tous les hommes de ton tempérament. »

L'ivresse croissante de l'ancien bijoutier paraissait dissipée comme une fumée par le vent ; et il regardait son fils avec des yeux inquiets et fixes, cherchant à comprendre s'il ne se moquait pas.

Mais Beausire s'écria :

« Ah ! ces sacrés médecins, toujours les mêmes : ne mangez pas, ne buvez pas, n'aimez pas, et ne dansez pas en rond. Tout ça fait du bobo à petite santé. Eh bien ! j'ai pratiqué tout ça, moi, monsieur, dans toutes les parties du monde, partout où j'ai pu, et le plus que j'ai pu, et je ne m'en porte pas plus mal. »

Pierre répondit avec aigreur :

« D'abord, vous, capitaine, vous êtes plus fort que mon père ; et puis tous les viveurs parlent comme vous jusqu'au jour où... et ils ne reviennent pas le lendemain dire au médecin prudent : "Vous aviez raison, docteur." Quand je vois mon père faire ce qu'il y a de plus mauvais et de plus dangereux pour lui, il est bien naturel que je le prévienne. Je serais un mauvais fils si j'agissais autrement. »

Mme Roland, désolée, intervint à son tour :

« Voyons, Pierre, qu'est-ce que tu as ? Pour une fois, ça ne lui fera pas de mal. Songe quelle fête pour lui, pour nous. Tu vas gâter tout son plaisir et nous chagriner tous. C'est vilain, ce que tu fais là ! »

Il murmura en haussant les épaules :

« Qu'il fasse ce qu'il voudra, je l'ai prévenu. »

Mais le père Roland ne buvait pas. Il regardait son verre, son verre plein de vin lumineux et clair, dont l'âme légère, l'âme enivrante s'envolait par petites bulles venues du fond et montant, pressées et rapides, s'évaporer à la surface ; il le regardait avec une méfiance de renard qui trouve une poule morte et flaire un piège.

Il demanda, en hésitant :

« Tu crois que ça me ferait beaucoup de mal ? »

Pierre eut un remords et se reprocha de faire souffrir les autres de sa mauvaise humeur.

« Non va, pour une fois, tu peux le boire ; mais n'en abuse point et n'en prends pas l'habitude. »

Alors le père Roland leva son verre sans se décider encore à le porter à sa bouche. Il le contemplait douloureusement, avec envie et avec crainte ; puis il le flaira, le goûta, le but par petits coups, en les savourant, le cœur plein d'angoisse, de faiblesse et de gourmandise, puis de regrets, dès qu'il eut absorbé la dernière goutte.

Pierre, soudain, rencontra l'œil de Mme Rosémilly ; il était fixé sur lui, limpide et bleu, clairvoyant et dur. Et il sentit, il pénétra, il devina la pensée nette qui animait ce regard, la pensée irritée de cette petite femme à l'esprit simple et droit, car ce regard disait : « Tu es jaloux, toi. C'est honteux, cela. »

Il baissa la tête en se remettant à manger.

Il n'avait pas faim, il trouvait tout mauvais. Une envie de partir le harcelait, une envie de n'être plus au milieu de ces gens, de ne plus les entendre causer, plaisanter et rire.

Cependant le père Roland, que les fumées du vin recommençaient à troubler, oubliait déjà les conseils de son fils et regardait d'un œil oblique et tendre une bouteille de champagne presque pleine encore à côté de son assiette. Il n'osait la toucher, par crainte d'admonestation nouvelle, et il cherchait par quelle malice, par quelle adresse, il pourrait s'en emparer sans éveiller les remarques de Pierre. Une ruse lui vint, la plus simple de toutes : il prit la bouteille avec nonchalance et, la tenant par le fond, tendit le bras à travers la table pour emplir d'abord le verre du docteur qui était vide ; puis il fit le tour des autres verres, et quand il en vint au sien il se mit à parler très haut, et s'il versa quelque chose dedans on eût juré certainement que c'était par inadvertance. Personne d'ailleurs n'y fit attention.

Pierre, sans y songer, buvait beaucoup. Nerveux et agacé, il prenait à tout instant, et portait à ses lèvres d'un geste inconscient la longue flûte de cristal où l'on voyait courir les bulles dans le liquide vivant et transparent. Il le faisait alors couler très lentement dans sa bouche pour sentir la petite piqûre sucrée du gaz évaporé sur sa langue.

Peu à peu une chaleur douce emplit son corps. Partie du ventre, qui semblait en être le foyer, elle gagnait la poitrine, envahissait les membres, se répandait dans toute la chair, comme une onde tiède et bienfaisante portant de la joie avec elle. Il se sentait mieux, moins impatient, moins mécontent ; et sa résolution de parler à son frère ce soir-là même s'affaiblissait, non pas que la pensée d'y renoncer l'eût effleuré, mais pour ne point troubler si vite le bien-être qu'il sentait en lui.

Beausire se leva afin de porter un toast.

Ayant salué à la ronde, il prononça :

« Très gracieuses dames, messeigneurs, nous sommes réunis pour célébrer un événement heureux qui vient de frapper un de nos amis. On disait autrefois que la fortune était aveugle, je crois qu'elle était simplement myope ou malicieuse et qu'elle vient de faire emplette d'une excellente jumelle marine, qui lui a permis de distinguer dans le port du Havre le fils de notre brave camarade Roland, capitaine de la *Perle*. »

Des bravos jaillirent des bouches, soutenus par des battements de mains ; et Roland père se leva pour répondre.

Après avoir toussé, car il sentait sa gorge grasse et sa langue un peu lourde, il bégaya :

« Merci, capitaine, merci pour moi et mon fils. Je n'oublierai jamais votre conduite en cette circonstance. Je bois à vos désirs. »

Il avait les yeux et le nez pleins de larmes, et il se rassit, ne trouvant plus rien.

Jean, qui riait, prit la parole à son tour :

« C'est moi, dit-il, qui dois remercier ici les amis dévoués, les amis excellents (il regardait Mme Rosémilly) qui me donnent aujourd'hui cette preuve touchante de leur affection. Mais ce n'est point par des paroles que je peux leur témoigner ma reconnaissance. Je la leur prouverai demain, à tous les instants de ma vie, toujours, car notre amitié n'est point de celles qui passent. »

Sa mère, fort émue, murmura :

« Très bien, mon enfant. »

Mais Beausire s'écriait :

« Allons, madame Rosémilly, parlez au nom du beau sexe. »

Elle leva son verre, et, d'une voix gentille, un peu nuancée de tristesse :

« Moi, dit-elle, je bois à la mémoire bénie de M. Maréchal. »

Il y eut quelques secondes d'accalmie, de recueillement décent, comme après une prière, et Beausire, qui avait le compliment coulant, fit cette remarque :

« Il n'y a que les femmes pour trouver de ces délicatesses. »

Puis se tournant vers Roland père :

« Au fond, qu'est-ce que c'était que ce Maréchal ? Vous étiez donc bien intimes avec lui ? »

Le vieux, attendri par l'ivresse, se mit à pleurer, et d'une voix bredouillante :

« Un frère... vous savez... un de ceux qu'on ne retrouve plus... nous ne nous quittions pas... il dînait à la maison tous les soirs... et il nous payait de petites fêtes au théâtre... je ne vous dis que ça... que ça... que ça... Un ami, un vrai... un vrai... n'est-ce pas, Louise ? »

Sa femme répondit simplement :

« Oui, c'était un fidèle ami. »

Pierre regardait son père et sa mère, mais comme on parla d'autre chose, il se remit à boire.

De la fin de cette soirée il n'eut guère de souvenir. On avait pris le café, absorbé des liqueurs, et beaucoup ri en plaisantant. Puis il se coucha, vers minuit, l'esprit confus et la tête lourde. Et il dormit comme une brute jusqu'à neuf heures le lendemain.

4

Ce sommeil baigné de champagne et de chartreuse l'avait sans doute adouci et calmé, car il s'éveilla en des dispositions d'âme très bienveillantes. Il appréciait, pesait et résumait, en s'habillant, ses émotions de la veille, cherchant à en dégager bien nettement et bien complètement les causes réelles, secrètes, les causes personnelles en même temps que les causes extérieures.

Il se pouvait en effet que la fille de brasserie eût eu une mauvaise pensée, une vraie pensée de prostituée, en apprenant qu'un seul des fils Roland héritait d'un inconnu ; mais ces créatures-là n'ont-elles pas toujours des soupçons pareils, sans l'ombre d'un motif, sur toutes les honnêtes femmes ? Ne les entend-on pas, chaque fois qu'elles parlent, injurier, calomnier, diffamer toutes celles qu'elles devinent irréprochables ? Chaque fois qu'on cite devant elles une personne inattaquable, elles se fâchent, comme si on les outrageait, et s'écrient : « Ah ! tu sais, je les connais tes femmes mariées, c'est du propre ! Elles ont plus d'amants que nous, seulement elles les cachent parce qu'elles sont hypocrites. Ah ! oui, c'est du propre ! »

En toute autre occasion il n'aurait certes pas compris, pas même supposé possibles des insinuations de cette nature sur sa pauvre mère, si bonne, si simple, si digne. Mais il avait l'âme troublée par ce levain de jalousie qui fermentait en lui. Son esprit surexcité, à l'affût pour ainsi dire, et malgré lui, de tout ce qui pouvait nuire à son frère, avait même peut-être prêté à cette vendeuse de bocks des intentions odieuses qu'elle n'avait pas eues. Il se pouvait que son imagination seule, cette imagination qu'il ne gouvernait point, qui échappait sans cesse à sa volonté, s'en allait libre, hardie, aventureuse et sournoise dans l'univers infini des idées, et en rapportait parfois d'inavouables, de honteuses, qu'elle cachait en lui, au fond de son âme, dans les replis insondables, comme des choses volées ; il se pouvait que cette imagination seule eût créé, inventé cet affreux doute. Son cœur, assurément, son propre cœur avait des secrets pour lui ; et ce cœur blessé n'avait-il pas trouvé dans ce doute abominable un moyen de priver son frère de cet héritage qu'il jalousait ? Il se suspectait lui-même, à présent, interrogeant, comme les dévots leur conscience, tous les mystères de sa pensée.

Certes, Mme Rosémilly, bien que son intelligence fût limitée, avait le tact, le flair et le sens subtil des femmes. Or cette idée ne lui était pas venue, puisqu'elle avait bu, avec une simplicité parfaite, à la mémoire bénie de feu Maréchal. Elle n'aurait point fait cela, elle, si le moindre soupçon l'eût effleurée. Maintenant il ne doutait plus, son mécontentement involontaire de la fortune tombée sur son frère et aussi, assurément, son amour religieux pour sa mère avaient exalté ses scrupules, scrupules pieux et respectables, mais exagérés.

En formulant cette conclusion, il fut content, comme on l'est d'une bonne action accomplie, et il se résolut à se montrer gentil pour tout le monde, en commençant par son père dont les manies, les affirmations niaises, les opinions vulgaires et la médiocrité trop visible l'irritaient sans cesse.

Il ne rentra pas en retard à l'heure du déjeuner et il amusa toute sa famille par son esprit et sa bonne humeur.

Sa mère lui disait, ravie :

« Mon Pierrot, tu ne te doutes pas comme tu es drôle et spirituel, quand tu veux bien. »

Et il parlait, trouvait des mots, faisait rire par des portraits ingénieux de leurs amis. Beausire lui servit de cible, et un peu Mme Rosémilly, mais d'une façon discrète, pas trop méchante. Et il pensait, en regardant son frère : « Mais défends-la donc, jobard ; tu as beau être riche, je t'éclipserai toujours quand il me plaira. »

Au café, il dit à son père :

« Est-ce que tu te sers de la *Perle* aujourd'hui ?

– Non, mon garçon.

– Je peux la prendre avec Jean-Bart ?

– Mais oui, tant que tu voudras. »

Il acheta un bon cigare, au premier débit de tabac rencontré, et il descendit, d'un pied joyeux, vers le port.

Il regardait le ciel clair, lumineux, d'un bleu léger, rafraîchi, lavé par la brise de la mer.

Le matelot Papagris, dit Jean-Bart, sommeillait au fond de la barque qu'il devait tenir prête à sortir tous les jours à midi, quand on n'allait pas à la pêche le matin.

« À nous deux, patron ! » cria Pierre.

Il descendit l'échelle de fer du quai et sauta dans l'embarcation.

« Quel vent ? dit-il.

– Toujours vent d'amont, m'sieur Pierre. J'avons bonne brise au large.

– Eh bien, mon père, en route. »

Ils hissèrent la misaine, levèrent l'ancre, et le bateau, libre, se mit à glisser lentement vers la jetée sur l'eau calme du port. Le faible souffle d'air venu par les rues tombait sur le haut de la voile, si doucement qu'on ne sentait rien, et la *Perle* semblait animée d'une vie propre, de la vie des barques, poussée par une force mystérieuse cachée en elle. Pierre avait pris la barre, et, le cigare aux dents, les jambes allongées sur le banc, les yeux mi-fermés sous les rayons aveuglants du soleil, il regardait passer contre lui les grosses pièces de bois goudronné du brise-lames.

Quand ils débouchèrent en pleine mer, en atteignant la pointe de la jetée nord qui les abritait, la brise, plus fraîche, glissa sur le visage et sur les mains du docteur comme une caresse un peu froide, entra dans sa poitrine qui s'ouvrit, en un long soupir, pour la boire, et, enflant la voile brune qui s'arrondit, fit s'incliner la *Perle* et la rendit plus alerte.

Jean-Bart tout à coup hissa le foc, dont le triangle, plein de vent, semblait une aile, puis gagnant l'arrière en deux enjambées il dénoua le tapecul amarré contre son mât.

Alors, sur le flanc de la barque couchée brusquement, et courant maintenant de toute sa vitesse, ce fut un bruit doux et vif d'eau qui bouillonne et qui fuit.

L'avant ouvrait la mer, comme le soc d'une charrue folle, et l'onde soulevée, souple et blanche d'écume, s'arrondissait et retombait, comme retombe, brune et lourde, la terre labourée des champs.

À chaque vague rencontrée – elles étaient courtes et rapprochées –, une secousse secouait la *Perle* du bout du foc au gouvernail qui frémissait dans la main de Pierre ; et quand le vent, pendant quelques secondes, soufflait plus fort, les flots effleuraient le bordage comme s'ils allaient envahir la barque. Un vapeur charbonnier de Liverpool était à l'ancre attendant la marée ; ils allèrent tourner par-derrière, puis ils visitèrent, l'un après l'autre, les navires en rade, puis ils s'éloignèrent un peu plus pour voir se dérouler la côte.

Pendant trois heures, Pierre, tranquille, calme et content, vagabonda sur l'eau frémissante, gouvernant, comme une bête ailée, rapide et docile, cette chose de bois et de toile qui allait et venait à son caprice, sous une pression de ses doigts.

Il rêvassait, comme on rêvasse sur le dos d'un cheval ou sur le pont d'un bateau, pensant à son avenir, qui serait beau, et à la douceur de vivre avec intelligence. Dès le lendemain il demanderait à son frère de lui prêter, pour trois mois, quinze cents francs afin de s'installer tout de suite dans le joli appartement du boulevard François-Ier.

Le matelot dit tout à coup :

« V'là d' la brume, m'sieur Pierre, faut rentrer. »

Il leva les yeux et aperçut vers le nord une ombre grise, profonde et légère, noyant le ciel et couvrant la mer, accourant vers eux, comme un nuage tombé d'en haut.

Il vira de bord, et vent arrière fit route vers la jetée, suivi par la brume rapide qui le gagnait. Lorsqu'elle atteignit la *Perle*, l'enveloppant dans son imperceptible épaisseur, un frisson de froid courut sur les membres de Pierre, et une odeur de fumée et de moisissure, l'odeur bizarre des brouillards marins, lui fit fermer la bouche pour ne point goûter cette nuée humide et glacée. Quand la barque reprit dans le port sa place accoutumée, la ville entière était ensevelie déjà sous cette vapeur menue, qui, sans tomber, mouillait comme une pluie et glissait sur les maisons et les rues à la façon d'un fleuve qui coule.

Pierre, les pieds et les mains gelés, rentra vite et se jeta sur son lit pour sommeiller jusqu'au dîner. Lorsqu'il parut dans la salle à manger, sa mère disait à Jean :

« La galerie sera ravissante. Nous y mettrons des fleurs. Tu verras. Je me chargerai de leur entretien et de leur renouvellement. Quand tu donneras des fêtes, ça aura un coup d'œil féerique.

— De quoi parlez-vous donc ? demanda le docteur.

— D'un appartement délicieux que je viens de louer pour ton frère. Une trouvaille, un entresol donnant sur deux rues. Il y a deux salons, une galerie vitrée et une petite salle à manger en rotonde, tout à fait coquette pour un garçon. »

Pierre pâlit. Une colère lui serrait le cœur.

« Où est-ce situé, cela ? dit-il.

— Boulevard François-Ier. »

Il n'eut plus de doutes et s'assit, tellement exaspéré qu'il avait envie de crier : « C'est trop fort à la fin ! Il n'y en a donc plus que pour lui ! »

Sa mère, radieuse, parlait toujours :

« Et figure-toi que j'ai eu cela pour deux mille huit cents francs. On en voulait trois mille, mais j'ai obtenu deux cents francs de diminution en faisant un bail de trois, six ou neuf ans. Ton frère sera parfaitement là-dedans. Il suffit d'un intérieur élégant pour faire la fortune d'un avocat. Cela attire le client, le séduit, le retient, lui donne du respect et lui fait comprendre qu'un homme ainsi logé fait payer cher ses paroles. »

Elle se tut quelques secondes, et reprit :

« Il faudrait trouver quelque chose d'approchant pour toi, bien plus modeste puisque tu n'as rien, mais assez gentil tout de même. Je t'assure que cela te servirait beaucoup. »

Pierre répondit d'un ton dédaigneux :

« Oh ! moi, c'est par le travail et la science que j'arriverai. »

Sa mère insista :

« Oui, mais je t'assure qu'un joli logement te servirait beaucoup tout de même. »

Vers le milieu du repas il demanda tout à coup :

« Comment l'aviez-vous connu, ce Maréchal ? »

Le père Roland leva la tête et chercha dans ses souvenirs :

« Attends, je ne me rappelle plus trop. C'est si vieux. Ah ! oui, j'y suis. C'est ta mère qui a fait sa connaissance dans la boutique, n'est-ce pas, Louise ? Il était venu commander quelque chose, et puis il est revenu souvent. Nous l'avons connu comme client avant de le connaître comme ami. »

Pierre, qui mangeait des flageolets et les piquait un à un avec une pointe de sa fourchette, comme s'il les eût embrochés, reprit :

« À quelle époque ça s'est-il fait, cette connaissance-là ? »

Roland chercha de nouveau, mais ne se souvenant plus de rien, il fit appel à la mémoire de sa femme :

« En quelle année, voyons, Louise, tu ne dois pas

avoir oublié, toi qui as un si bon souvenir ? Voyons, c'était en... en... en cinquante-cinq ou cinquante-six ?... Mais cherche donc, tu dois le savoir mieux que moi ? »

Elle chercha quelque temps en effet, puis d'une voix sûre et tranquille :

« C'était en cinquante-huit, mon gros. Pierre avait alors trois ans. Je suis bien certaine de ne pas me tromper, car c'est l'année où l'enfant eut la fièvre scarlatine, et Maréchal, que nous connaissions encore très peu, nous a été d'un grand secours. »

Roland s'écria :

« C'est vrai, c'est vrai, il a été admirable, même ! Comme ta mère n'en pouvait plus de fatigue et que moi j'étais occupé à la boutique, il allait chez le pharmacien chercher tes médicaments. Vraiment, c'était un brave cœur. Et quand tu as été guéri, tu ne te figures pas comme il fut content et comme il t'embrassait. C'est à partir de ce moment-là que nous sommes devenus de grands amis. »

Et cette pensée brusque, violente, entra dans l'âme de Pierre comme une balle qui troue et déchire : « Puisqu'il m'a connu le premier, qu'il fut si dévoué pour moi, puisqu'il m'aimait et m'embrassait tant, puisque je suis la cause de sa grande liaison avec mes parents, pourquoi a-t-il laissé toute sa fortune à mon frère et rien à moi ? »

Il ne posa plus de questions et demeura sombre, absorbé plutôt que songeur, gardant en lui une inquiétude nouvelle, encore indécise, le germe secret d'un nouveau mal.

Il sortit de bonne heure et se remit à rôder par les rues. Elles étaient ensevelies sous le brouillard qui rendait pesante, opaque et nauséabonde la nuit.

On eût dit une fumée pestilentielle abattue sur la terre. On la voyait passer sur les becs de gaz qu'elle paraissait éteindre par moments. Les pavés des rues devenaient glissants comme par les soirs de verglas, et toutes les mauvaises odeurs semblaient sortir du ventre des maisons, puanteurs des caves, des fosses, des égouts, des cuisines pauvres, pour se mêler à l'affreuse senteur de cette brume errante.

Pierre, le dos arrondi et les mains dans ses poches, ne voulant point rester dehors par ce froid, se rendit chez Marowsko.

Sous le bec de gaz qui veillait pour lui, le vieux pharmacien dormait toujours. En reconnaissant Pierre, qu'il aimait d'un amour de chien fidèle, il secoua sa torpeur, alla chercher deux verres et apporta la groseillette.

« Eh bien ! demanda le docteur, où en êtes-vous avec votre liqueur ? »

Le Polonais expliqua comment quatre des principaux cafés de la ville consentaient à la lancer dans la circulation, et comment le *Phare de la côte* et le *Sémaphore havrais* lui feraient de la réclame en échange de quelques produits pharmaceutiques mis à la disposition des rédacteurs.

Après un long silence, Marowsko demanda si Jean, décidément, était en possession de sa fortune ; puis il fit encore deux ou trois questions vagues sur le même sujet. Son dévouement ombrageux pour Pierre se révoltait de cette préférence. Et Pierre croyait l'entendre penser, devinait, comprenait, lisait dans ses yeux détournés, dans le ton hésitant de sa voix, les phrases qui lui venaient aux lèvres et qu'il ne disait pas, qu'il ne dirait point, lui si prudent, si timide, si cauteleux.

Maintenant il ne doutait plus, le vieux pensait :

« Vous n'auriez pas dû lui laisser accepter cet héritage qui fera mal parler de votre mère. » Peut-être même croyait-il que Jean était le fils de Maréchal. Certes il le croyait ! Comment ne le croirait-il pas, tant la chose devait paraître vraisemblable, probable, évidente ? Mais lui-même, lui Pierre, le fils, depuis trois jours ne luttait-il pas de toute sa force, avec toutes les subtilités de son cœur, pour tromper sa raison, ne luttait-il pas contre ce soupçon terrible ?

Et de nouveau, tout à coup, le besoin d'être seul pour songer, pour discuter cela avec lui-même, pour envisager hardiment, sans scrupules, sans faiblesse, cette chose possible et monstrueuse, entra en lui si dominateur qu'il se leva sans même boire son verre de groseillette, serra la main du pharmacien stupéfait et se replongea dans le brouillard de la rue.

Il se disait : « Pourquoi ce Maréchal a-t-il laissé toute sa fortune à Jean ? »

Ce n'était plus la jalousie maintenant qui lui faisait chercher cela, ce n'était plus cette envie un peu basse et naturelle qu'il savait cachée en lui et qu'il combattait depuis trois jours, mais la terreur d'une chose épouvantable, la terreur de croire lui-même que Jean, que son frère était le fils de cet homme !

Non, il ne le croyait pas, il ne pouvait même se poser cette question criminelle ! Cependant il fallait que ce soupçon si léger, si invraisemblable, fût rejeté de lui, complètement, pour toujours. Il lui fallait la lumière, la certitude, il fallait dans son cœur la sécurité complète, car il n'aimait que sa mère au monde.

Et tout seul en errant par la nuit, il allait faire,

dans ses souvenirs, dans sa raison, l'enquête minutieuse d'où résulterait l'éclatante vérité. Après cela ce serait fini, il n'y penserait plus, plus jamais. Il irait dormir.

Il songeait : « Voyons, examinons d'abord les faits ; puis je me rappellerai tout ce que je sais de lui, de son allure avec mon frère et avec moi, je chercherai toutes les causes qui ont pu motiver cette préférence... Il a vu naître Jean ? – oui, mais il me connaissait auparavant. – S'il avait aimé ma mère d'un amour muet et réservé, c'est moi qu'il aurait préféré puisque c'est grâce à moi, grâce à ma fièvre scarlatine, qu'il est devenu l'ami intime de mes parents. Donc, logiquement, il devait me choisir, avoir pour moi une tendresse plus vive, à moins qu'il n'eût éprouvé pour mon frère, en le voyant grandir, une attraction, une prédilection instinctives. »

Alors il chercha dans sa mémoire, avec une tension désespérée de toute sa pensée, de toute sa puissance intellectuelle, à reconstituer, à revoir, à reconnaître, à pénétrer l'homme, cet homme qui avait passé devant lui, indifférent à son cœur, pendant toutes ses années de Paris.

Mais il sentit que la marche, le léger mouvement de ses pas, troublait un peu ses idées, dérangeait leur fixité, affaiblissait leur portée, voilait sa mémoire.

Pour jeter sur le passé et les événements inconnus ce regard aigu, à qui rien ne devait échapper, il fallait qu'il fût immobile, dans un lieu vaste et vide. Et il se décida à aller s'asseoir sur la jetée, comme l'autre nuit.

En approchant du port il entendit vers la pleine mer une plainte lamentable et sinistre, pareille au meuglement d'un taureau, mais plus longue et plus puissante. C'était le cri d'une sirène, le cri des navires perdus dans la brume.

Un frisson remua sa chair, crispa son cœur, tant il avait retenti dans son âme et dans ses nerfs, ce cri de détresse, qu'il croyait avoir jeté lui-même. Une autre voix semblable gémit à son tour, un peu plus loin ; puis tout près, la sirène du port, leur répondant, poussa une clameur déchirante.

Pierre gagna la jetée à grands pas, ne pensant plus à rien, satisfait d'entrer dans ces ténèbres lugubres et mugissantes.

Lorsqu'il se fut assis à l'extrémité du môle, il ferma les yeux pour ne point voir les foyers électriques, voilés de brouillard, qui rendent le port accessible la nuit, ni le feu rouge du phare sur la jetée sud, qu'on distinguait à peine cependant. Puis se tournant à moitié, il posa ses coudes sur le granit et cacha sa figure dans ses mains.

Sa pensée, sans qu'il prononçât ce mot avec ses lèvres, répétait comme pour l'appeler, pour évoquer et provoquer son ombre : « Maréchal... Maréchal. » Et dans le noir de ses paupières baissées, il le vit tout à coup tel qu'il l'avait connu. C'était un homme de soixante ans, portant en pointe sa barbe blanche, avec des sourcils épais, tout blancs aussi. Il n'était ni grand ni petit, avait l'air affable, les yeux gris et doux, le geste modeste, l'aspect d'un brave être, simple et tendre. Il appelait Pierre et Jean « mes chers enfants », n'avait jamais paru préférer l'un ou l'autre, et les recevait ensemble à dîner.

Et Pierre, avec une ténacité de chien qui suit une piste évaporée, se mit à rechercher les paroles, les gestes, les intonations, les regards de cet homme disparu de la terre. Il le retrouvait peu à peu, tout entier, dans son appartement de la rue Tronchet quand il les recevait à sa table, son frère et lui.

Deux bonnes le servaient, vieilles toutes deux, qui avaient pris, depuis bien longtemps sans doute, l'habitude de dire « Monsieur Pierre » et « Monsieur Jean ».

Maréchal tendait ses deux mains aux jeunes gens, la droite à l'un, la gauche à l'autre, au hasard de leur entrée.

« Bonjour, mes enfants, disait-il, avez-vous des nouvelles de vos parents ? Quant à moi, ils ne m'écrivent jamais. »

On causait, doucement et familièrement, de choses ordinaires. Rien de hors ligne dans l'esprit de cet homme, mais beaucoup d'aménité, de charme et de grâce. C'était certainement pour eux un bon ami, un de ces bons amis auxquels on ne songe guère parce qu'on les sent très sûrs.

Maintenant les souvenirs affluaient dans l'esprit de Pierre. Le voyant soucieux plusieurs fois, et devinant sa pauvreté d'étudiant, Maréchal lui avait offert et prêté spontanément de l'argent, quelques centaines de francs peut-être, oubliées par l'un et par l'autre et jamais rendues. Donc cet homme l'aimait toujours, s'intéressait toujours à lui, puisqu'il s'inquiétait de ses besoins. Alors... alors pourquoi laisser toute sa fortune à Jean ? Non, il n'avait jamais été visiblement plus affectueux pour le cadet que pour l'aîné, plus préoccupé de l'un que de l'autre, moins tendre en apparence avec celui-ci qu'avec celui-là. Alors... alors... il avait donc eu une raison puissante et secrète de tout donner à Jean – tout – et rien à Pierre ?

Plus il y songeait, plus il revivait le passé des dernières années, plus le docteur jugeait invraisemblable, incroyable cette différence établie entre eux.

Et une souffrance aiguë, une inexprimable angoisse entrée dans sa poitrine, faisait aller son cœur comme une loque agitée. Les ressorts en paraissaient brisés, et le sang y passait à flots, librement, en le secouant d'un ballottement tumultueux.

Alors, à mi-voix, comme on parle dans les cauchemars, il murmura : « Il faut savoir. Mon Dieu, il faut savoir. »

Il cherchait plus loin, maintenant, dans les temps plus anciens où ses parents habitaient Paris. Mais les visages lui échappaient, ce qui brouillait ses souvenirs. Il s'acharnait surtout à retrouver Maréchal avec des cheveux blonds, châtains ou noirs. Il ne le pouvait pas, la dernière figure de cet homme, sa figure de vieillard, ayant effacé les autres. Il se rappelait pourtant qu'il était plus mince, qu'il avait la main douce et qu'il apportait souvent des fleurs, très souvent, car son père répétait sans cesse : « Encore des bouquets ! mais c'est de la folie, mon cher, vous vous ruinerez en roses. »

Maréchal répondait : « Laissez donc, cela me fait plaisir. »

Et soudain l'intonation de sa mère, de sa mère qui souriait et disait : « Merci, mon ami », lui traversa l'esprit, si nette qu'il crut l'entendre. Elle les avait donc prononcés bien souvent, ces trois mots, pour qu'ils se fussent gravés ainsi dans la mémoire de son fils !

Donc Maréchal apportait des fleurs, lui, l'homme riche, le monsieur, le client, à cette petite boutiquière, à la femme de ce bijoutier modeste. L'avait-il aimée ? Comment serait-il devenu l'ami de ces marchands s'il n'avait pas aimé la femme ?

C'était un homme instruit, d'esprit assez fin. Que de fois il avait parlé poètes et poésie avec Pierre ! Il n'appréciait point les écrivains en artiste, mais en bourgeois qui vibre. Le docteur avait souvent souri de ces attendrissements, qu'il jugeait un peu niais. Aujourd'hui il comprenait que cet homme sentimental n'avait jamais pu, jamais, être l'ami de son père, de son père si positif, si terre à terre, si lourd, pour qui le mot « poésie » signifiait sottise.

Donc, ce Maréchal, jeune, libre, riche, prêt à toutes les tendresses, était entré, un jour, par hasard, dans une boutique, ayant remarqué peut-être la jolie marchande. Il avait acheté, était revenu, avait causé, de jour en jour plus familier, et payant par des acquisitions fréquentes le droit de s'asseoir dans cette maison, de sourire à la jeune femme et de serrer la main du mari.

Et puis après... après... oh ! mon Dieu... après ?...

Il avait aimé et caressé le premier enfant, l'enfant du bijoutier, jusqu'à la naissance de l'autre, puis il était demeuré impénétrable jusqu'à la mort, puis, son tombeau fermé, sa chair décomposée, son nom effacé des noms vivants, tout son être disparu pour toujours, n'ayant plus rien à ménager, à redouter et à cacher, il avait donné toute sa fortune au deuxième enfant !... Pourquoi ?... Cet homme était intelligent... il avait dû comprendre et prévoir qu'il pouvait, qu'il allait presque infailliblement laisser supposer que cet enfant était à lui. – Donc il déshonorait une femme ? Comment aurait-il fait cela si Jean n'était point son fils ?

Et soudain un souvenir précis, terrible, traversa l'âme de Pierre. Maréchal avait été blond, blond comme Jean. Il se rappelait maintenant un petit portrait miniature vu autrefois, à Paris, sur la cheminée de leur salon, et disparu à présent. Où était-il ? Perdu, ou caché ? Oh ! s'il pouvait le tenir rien qu'une seconde ! Sa mère l'avait gardé peut-être dans le tiroir inconnu où l'on serre les reliques d'amour.

Sa détresse, à cette pensée, devint si déchirante qu'il poussa un gémissement, une de ces courtes plaintes arrachées à la gorge par les douleurs trop vives. Et soudain, comme si elle l'eût entendu, comme si elle l'eût compris et lui eût répondu, la sirène de la jetée hurla tout près de lui. Sa clameur de monstre surnaturel, plus retentissante que le tonnerre, rugissement sauvage et formidable fait pour dominer les voix du vent et des vagues, se répandit dans les ténèbres sur la mer insivible ensevelie sous les brouillards.

Alors, à travers la brume, proches ou lointains, des cris pareils s'élevèrent de nouveau dans la nuit. Ils étaient effrayants, ces appels poussés par les grands paquebots aveugles.

Puis tout se tut encore.

Pierre avait ouvert les yeux et regardait, surpris d'être là, réveillé de son cauchemar.

« Je suis fou, pensa-t-il, je soupçonne ma mère. » Et un flot d'amour et d'attendrissement, de repentir, de prière et de désolation noya son cœur. Sa mère ! La connaissant comme il la connaissait, comment avait-il pu la suspecter ? Est-ce que l'âme, est-ce que la vie de cette femme simple, chaste et loyale, n'étaient pas plus claires que l'eau ? Quand on l'avait vue et connue, comment ne pas la juger insoupçonnable ? Et c'était lui, le fils, qui avait douté d'elle ! Oh ! s'il avait pu la prendre en ses bras en ce moment, comme il l'eût embrassée, caressée, comme il se fût agenouillé pour demander grâce !

Elle aurait trompé son père, elle ?... Son père ! Certes, c'était un brave homme, honorable et probe en affaires, mais dont l'esprit n'avait jamais franchi l'horizon de sa boutique. Comment cette femme, fort jolie autrefois, il le savait et on le voyait encore, douée d'une âme délicate, affectueuse, attendrie, avait-elle accepté comme fiancé et comme mari un homme si différent d'elle ?

Pourquoi chercher ? Elle avait épousé comme les fillettes épousent le garçon doté que présentent les parents. Ils s'étaient installés aussitôt dans leur magasin de la rue Montmartre ; et la jeune femme, régnant au comptoir, animée par l'esprit du foyer nouveau, par ce sens subtil et sacré de l'intérêt commun qui remplace l'amour et même l'affection dans la plupart des ménages commerçants de Paris, s'était mise à travailler avec toute son intelligence active et fine à la fortune espérée de leur maison. Et sa vie s'était écoulée ainsi, uniforme, tranquille, honnête, sans tendresse !...

Sans tendresse ?... Était-il possible qu'une femme n'aimât point ? Une femme jeune, jolie, vivant à Paris, lisant des livres, applaudissant des actrices mourant de passion sur la scène, pouvait-elle aller de l'adolescence à la vieillesse sans qu'une fois seulement, son cœur fût touché ? D'une autre il ne le croirait pas, – pourquoi le croirait-il de sa mère ?

Certes, elle avait pu aimer, comme une autre ! car pourquoi serait-elle différente d'une autre, bien qu'elle fût sa mère ?

Elle avait été jeune, avec toutes les défaillances poétiques qui troublent le cœur des jeunes êtres ! Enfermée, emprisonnée dans la boutique à côté d'un mari vulgaire et parlant toujours commerce, elle avait rêvé de clairs de lune, de voyages, de baisers donnés dans l'ombre des soirs. Et puis un homme, un jour, était entré comme entrent les amoureux dans les livres, et il avait parlé comme eux.

Elle l'avait aimé. Pourquoi pas ? C'était sa mère ! Eh bien ! fallait-il être aveugle et stupide au point de rejeter l'évidence parce qu'il s'agissait de sa mère ?

S'était-elle donnée ?... Mais oui, puisque cet homme n'avait pas eu d'autre amie ; – mais oui, puisqu'il était resté fidèle à la femme éloignée et vieillie, – mais oui, puisqu'il avait laissé toute sa fortune à son fils, à leur fils !...

Et Pierre se leva, frémissant d'une telle fureur qu'il eût voulu tuer quelqu'un ! Son bras tendu, sa main grande ouverte avaient envie de frapper, de meurtrir, de broyer, d'étrangler ! Qui ? tout le monde, son père, son frère, le mort, sa mère !

Il s'élança pour rentrer. Qu'allait-il faire ?

Comme il passait devant une tourelle auprès du mât des signaux, le cri strident de la sirène lui partit dans la figure. Sa surprise fut si violente qu'il faillit tomber et recula jusqu'au parapet de granit. Il s'y assit, n'ayant plus de force, brisé par cette commotion.

Le vapeur qui répondit le premier semblait tout proche et se présentait à l'entrée, la marée étant haute.

Pierre se retourna et aperçut son œil rouge, terni de brume. Puis, sous la clarté diffuse des feux électriques du port, une grande ombre noire se dessina entre les deux jetées. Derrière lui, la voix du veilleur, voix enrouée de vieux capitaine en retraite, criait :

« Le nom du navire ? »

Et dans le brouillard la voix du pilote debout sur le pont, enrouée aussi, répondit :

« *Santa-Lucia.*
– Le pays ?
– Italie.
– Le port ?
– Naples. »

Et Pierre devant ses yeux troublés crut apercevoir le panache de feu du Vésuve tandis qu'au pied du volcan, des lucioles voltigeaient dans les bosquets d'orangers de Sorrente ou de Castellamare ! Que de fois il avait rêvé de ces noms familiers, comme s'il en connaissait les paysages ! Oh ! s'il avait pu partir, tout de suite, n'importe où, et ne jamais revenir, ne jamais écrire, ne jamais laisser savoir ce qu'il était devenu ! Mais non, il fallait rentrer, rentrer dans la maison paternelle et se coucher dans son lit.

Tant pis, il ne rentrerait pas, il attendrait le jour. La voix des sirènes lui plaisait. Il se releva et se mit à marcher comme un officier qui fait le quart sur un pont.

Un autre navire s'approchait derrière le premier, énorme et mystérieux. C'était un anglais qui revenait des Indes.

Il en vit venir encore plusieurs, sortant l'un après l'autre de l'ombre impénétrable. Puis, comme l'humidité du brouillard devenait intolérable, Pierre se remit en route vers la ville. Il avait si froid qu'il entra dans un café de matelots pour boire un grog ; et quand l'eau-de-vie poivrée et chaude lui eut brûlé le palais et la gorge, il sentit en lui renaître un espoir.

Il s'était trompé, peut-être ? Il la connaissait si bien, sa déraison vagabonde ! Il s'était trompé sans doute ? Il avait accumulé les preuves ainsi qu'on dresse un réquisitoire contre un innocent toujours facile à condamner quand on veut le croire coupable. Lorsqu'il aurait dormi, il penserait tout autrement.

Alors il rentra pour se coucher, et, à force de volonté, il finit par s'assoupir.

5

Mais le corps du docteur s'engourdit à peine une heure ou deux dans l'agitation d'un sommeil troublé. Quand il se réveilla, dans l'obscurité de sa chambre chaude et fermée, il ressentit, avant même que la pensée se fût rallumée en lui, cette oppression douloureuse, ce malaise de l'âme que laisse en nous le chagrin sur lequel on a dormi. Il semble que le malheur, dont le choc nous a seulement heurté la veille, se soit glissé, durant notre repos, dans notre chair elle-même, qu'il meurtrit et fatigue comme une fièvre. Brusquement le souvenir lui revint, et il s'assit dans son lit.

Alors il recommença lentement, un à un, tous les raisonnements qui avaient torturé son cœur sur la jetée pendant que criaient les sirènes. Plus il songeait, moins il doutait. Il se sentait traîné par sa logique, comme par une main qui attire et étrangle, vers l'intolérable certitude.

Il avait soif, il avait chaud, son cœur battait. Il se leva pour ouvrir sa fenêtre et respirer, et, quand il fut debout, un bruit léger lui parvint à travers le mur.

Jean dormait tranquille et ronflait doucement. Il

dormait, lui ! Il n'avait rien pressenti, rien deviné ! Un homme qui avait connu leur mère lui laissait toute sa fortune. Il prenait l'argent, trouvant cela juste et naturel.

Il dormait, riche et satisfait, sans savoir que son frère haletait de souffrance et de détresse. Et une colère se levait en lui contre ce ronfleur insouciant et content.

La veille, il eût frappé contre sa porte, serait entré, et, assis près du lit, lui aurait dit dans l'effarement de son réveil subit : « Jean, tu ne dois pas garder ce legs qui pourrait demain faire suspecter notre mère et la déshonorer. »

Mais aujourd'hui il ne pouvait plus parler, il ne pouvait pas dire à Jean qu'il ne le croyait point le fils de leur père. Il fallait à présent garder, enterrer en lui cette honte découverte par lui, cacher à tous la tache aperçue, et que personne ne devait découvrir, pas même son frère, surtout son frère.

Il ne songeait plus guère maintenant au vain respect de l'opinion publique. Il aurait voulu que tout le monde accusât sa mère pourvu qu'il la sût innocente, lui, lui seul ! Comment pourrait-il supporter de vivre près d'elle, tous les jours, et de croire, en la regardant, qu'elle avait enfanté son frère de la caresse d'un étranger ?

Comme elle était calme et sereine pourtant, comme elle paraissait sûre d'elle ! Était-il possible qu'une femme comme elle, d'une âme pure et d'un cœur droit, pût tomber, entraînée par la passion, sans que, plus tard, rien n'apparût de ses remords, des souvenirs de sa conscience troublée ?

Ah ! les remords ! les remords ! ils avaient dû, jadis, dans les premiers temps, la torturer, puis ils s'étaient effacés, comme tout s'efface. Certes, elle avait pleuré sa faute, et peu à peu, l'avait presque oubliée. Est-ce que toutes les femmes, toutes, n'ont pas cette faculté d'oubli prodigieuse qui leur fait reconnaître à peine, après quelques années, l'homme à qui elles ont donné leur bouche et tout leur corps à baiser ? Le baiser frappe comme la foudre, l'amour passe comme un orage, puis la vie, de nouveau, se calme comme le ciel, et recommence ainsi qu'avant. Se souvient-on d'un nuage ?

Pierre ne pouvait plus demeurer dans sa chambre ! Cette maison, la maison de son père l'écrasait. Il sentait peser le toit sur sa tête et les murs l'étouffer. Et comme il avait très soif, il alluma sa bougie afin d'aller boire un verre d'eau fraîche au filtre de la cuisine.

Il descendit les deux étages, puis, comme il remontait avec la carafe pleine, il s'assit en chemise sur une marche de l'escalier où circulait un courant d'air, et il but, sans verre, par longues gorgées, comme un coureur essoufflé. Quand il eut cessé de remuer, le silence de cette demeure l'émut ; puis, un à un, il en distingua les moindres bruits. Ce fut d'abord l'horloge de la salle à manger dont le battement lui paraissait grandir de seconde en seconde. Puis il entendit de nouveau un ronflement, un ronflement de vieux, court, pénible et dur, celui de son père sans aucun doute ; et il fut crispé par cette idée, comme si elle venait seulement de jaillir en lui, que ces deux hommes qui ronflaient dans ce même logis, le père et le fils, n'étaient rien l'un à l'autre ! Aucun lien, même le plus léger, ne les unissait, et ils ne le savaient pas ! Ils se parlaient avec tendresse, ils s'embrassaient, se réjouissaient et s'attendrissaient ensemble des mêmes choses, comme si le même sang eût coulé dans leurs veines. Et deux personnes nées aux deux extrémités du monde ne pouvaient pas être plus étrangères l'une à l'autre que ce père et que ce fils. Ils croyaient s'aimer parce qu'un mensonge avait grandi entre eux. C'était un mensonge qui faisait cet amour paternel et cet amour filial, un mensonge impossible à dévoiler et que personne ne connaîtrait jamais que lui, le vrai fils.

Pourtant, pourtant, s'il se trompait ? Comment le savoir ? Ah ! si une ressemblance, même légère, pouvait exister entre son père et Jean, une de ces ressemblances mystérieuses qui vont de l'aïeul aux arrière-petits-fils, montrant que toute une race descend directement du même baiser. Il aurait fallu si peu de chose, à lui médecin, pour reconnaître cela, la forme de la mâchoire, la courbure du nez, l'écartement des yeux, la nature des dents ou des poils, moins encore, un geste, une habitude, une manière d'être, un goût transmis, un signe quelconque bien caractéristique pour un œil exercé.

Il cherchait et ne se rappelait rien, non, rien. Mais il avait mal regardé, mal observé, n'ayant aucune raison pour découvrir ces imperceptibles indications.

Il se leva pour rentrer dans sa chambre et se mit à monter l'escalier, à pas lents, songeant toujours. En passant devant la porte de son frère, il s'arrêta net, la main tendue pour l'ouvrir. Un désir impérieux venait de surgir en lui de voir Jean tout de suite, de le regarder longuement, de le surprendre pendant le sommeil, pendant que la figure apaisée, que les traits détendus se reposent, que toute la grimace de la vie a disparu. Il saisirait ainsi le secret dormant de sa physionomie ; et si quelque ressemblance existait, appréciable, elle ne lui échapperait pas.

Mais si Jean s'éveillait, que dirait-il ? Comment expliquer cette visite ?

Il demeurait debout, les doigts crispés sur la serrure et cherchant une raison, un prétexte.

Il se rappela tout à coup que, huit jours plus tôt, il avait prêté à son frère une fiole de laudanum pour calmer une rage de dents. Il pouvait lui-même souffrir, cette nuit-là, et venir réclamer sa drogue. Donc il entra, mais d'un pied furtif, comme un voleur.

Jean, la bouche entrouverte, dormait d'un sommeil animal et profond. Sa barbe et ses cheveux blonds faisaient une tache d'or sur le linge blanc. Il ne s'éveilla point, mais il cessa de ronfler.

Pierre, penché vers lui, le contemplait d'un œil avide. Non, ce jeune homme-là ne ressemblait pas à Roland ; et, pour la seconde fois, s'éveilla dans son esprit le souvenir du petit portrait disparu de Maréchal. Il fallait qu'il le trouvât ! En le voyant, peut-être, il ne douterait plus.

Son frère remua, gêné sans doute par sa présence, ou par la lueur de sa bougie pénétrant ses paupières. Alors le docteur recula, sur la pointe des pieds, vers la porte, qu'il referma sans bruit ; puis il retourna dans sa chambre, mais il ne se coucha pas.

Le jour fut lent à venir. Les heures sonnaient, l'une après l'autre, à la pendule de la salle à manger, dont le timbre avait un son profond et grave, comme si ce petit instrument d'horlogerie eût avalé une cloche de cathédrale. Elles montaient, dans l'escalier vide, traversaient les murs et les portes, allaient mourir au fond des chambres dans l'oreille inerte des dormeurs. Pierre s'était mis à marcher de long en large, de son lit à sa fenêtre. Qu'allait-il faire ? Il se sentait trop bouleversé pour passer ce jour-là dans sa famille. Il voulait encore rester seul, au moins jusqu'au lendemain, pour réfléchir, se calmer, se fortifier pour la vie de chaque jour qu'il lui faudrait reprendre.

Eh bien ! il irait à Trouville, voir grouiller la foule sur la plage. Cela le distrairait, changerait l'air de sa pensée, lui donnerait le temps de se préparer à l'horrible chose qu'il avait découverte.

Dès que l'aurore parut, il fit sa toilette et s'habilla. Le brouillard s'était dissipé, il faisait beau, très beau. Comme le bateau de Trouville ne quittait le port qu'à neuf heures, le docteur songea qu'il lui faudrait embrasser sa mère avant de partir.

Il attendit le moment où elle se levait tous les jours, puis il descendit. Son cœur battait si fort en touchant sa porte qu'il s'arrêta pour respirer. Sa main, posée sur la serrure, était molle et vibrante, presque incapable du léger effort de tourner le bouton pour entrer. Il frappa. La voix de sa mère demanda :

« Qui est-ce ?
– Moi, Pierre.
– Qu'est-ce que tu veux ?
– Te dire bonjour parce que je vais passer la journée à Trouville avec des amis.
– C'est que je suis encore au lit.
– Bon, alors ne te dérange pas. Je t'embrasserai en rentrant, ce soir. »

Il espéra qu'il pourrait partir sans la voir, sans poser sur ses joues le baiser faux qui lui soulevait le cœur d'avance.

Mais elle répondit :

« Un moment, je t'ouvre. Tu attendras que je me sois recouchée. »

Il entendit ses pieds nus sur le parquet, puis le bruit du verrou glissant. Elle cria :

« Entre. »

Il entra. Elle était assise dans son lit tandis qu'à son côté, Roland, un foulard sur la tête et tourné vers le mur, s'obstinait à dormir. Rien ne l'éveillait tant qu'on ne l'avait pas secoué à lui arracher le bras. Les jours de pêche, c'était la bonne, sonnée à l'heure convenue par le matelot Papagris, qui venait tirer son maître de cet invincible repos.

Pierre, en allant vers elle, regardait sa mère ; et il lui semblait tout à coup qu'il ne l'avait jamais vue.

Elle lui tendit ses joues, il y mit deux baisers, puis s'assit sur une chaise basse.

« C'est hier soir que tu as décidé cette partie ? dit-elle.

– Oui, hier soir.

– Tu reviens pour dîner ?

– Je ne sais pas encore. En tout cas ne m'attendez point. »

Il l'examinait avec une curiosité stupéfaite. C'était sa mère, cette femme ! Toute cette figure, vue dès l'enfance, dès que son œil avait pu distinguer, ce sourire, cette voix si connue, si familière, lui paraissaient brusquement nouveaux et autres de ce qu'ils avaient été jusque-là pour lui. Il comprenait à présent que, l'aimant, il ne l'avait jamais regardée. C'était bien elle pourtant, et il n'ignorait rien des plus petits détails de son visage ; mais ces petits détails il les apercevait nettement pour la première fois. Son attention anxieuse, fouillant cette tête chérie, la lui révélait différente, avec une physionomie qu'il n'avait jamais découverte.

Il se leva pour partir, puis, cédant soudain à l'invincible envie de savoir qui lui mordait le cœur depuis la veille :

« Dis donc, j'ai cru me rappeler qu'il y avait autrefois, à Paris, un petit portrait de Maréchal dans notre salon. »

Elle hésita une seconde ou deux, ou du moins il se figura qu'elle hésitait ; puis elle dit :

« Mais oui.

— Et qu'est-ce qu'il est devenu, ce portrait ? »

Elle aurait pu encore répondre plus vite :

« Ce portrait... attends... je ne sais trop... Peut-être que je l'ai dans mon secrétaire.

— Tu serais bien aimable de le retrouver.

— Oui, je chercherai. Pourquoi le veux-tu ?

— Oh ! ce n'est pas pour moi. J'ai songé qu'il serait tout naturel de le donner à Jean, et que cela ferait plaisir à mon frère.

— Oui, tu as raison, c'est une bonne pensée. Je vais le chercher dès que je serai levée. »

Et il sortit.

C'était un jour bleu, sans un souffle d'air. Les gens dans la rue semblaient gais, les commerçants allant à leurs affaires, les employés allant à leur bureau, les jeunes filles allant à leur magasin. Quelques-uns chantonnaient, mis en joie par la clarté.

Sur le bateau de Trouville, les passagers montaient déjà. Pierre s'assit, tout à l'arrière, sur un banc de bois.

Il se demandait :

« A-t-elle été inquiétée par ma question sur le portrait, ou seulement surprise ? L'a-t-elle égaré ou caché ? Sait-elle où il est, ou bien ne sait-elle pas ? Si elle l'a caché, pourquoi ? »

Et son esprit, suivant toujours la même marche, de déduction en déduction, conclut ceci :

Le portrait, portrait d'ami, portrait d'amant, était resté dans le salon bien en vue, jusqu'au jour où la femme, où la mère s'était aperçue, la première, avant tout le monde, que ce portrait ressemblait à son fils. Sans doute, depuis longtemps, elle épiait cette ressemblance ; puis, l'ayant découverte, l'ayant vue naître et comprenant que chacun pourrait, un jour ou l'autre, l'apercevoir aussi, elle avait enlevé, un soir, la petite peinture redoutable et l'avait cachée, n'osant pas la détruire.

Et Pierre se rappelait fort bien maintenant que cette miniature avait disparu longtemps, longtemps avant leur départ de Paris ! Elle avait disparu, croyait-il, quand la barbe de Jean, se mettant à pousser, l'avait rendu tout à coup pareil au jeune homme blond qui souriait dans le cadre.

Le mouvement du bateau qui partait troubla sa pensée et la dispersa ! Alors, s'étant levé, il regarda la mer.

Le petit paquebot sortit des jetées, tourna à gauche et soufflant, haletant, frémissant, s'en alla vers la côte lointaine qu'on apercevait dans la brume matinale. De place en place la voile rouge d'un lourd bateau de pêche immobile sur la mer plate avait l'air d'un gros rocher sortant de l'eau. Et la Seine descendant de Rouen semblait un large bras de mer séparant deux terres voisines.

En moins d'une heure on parvint au port de Trouville, et comme c'était le moment du bain, Pierre se rendit sur la plage.

De loin, elle avait l'air d'un long jardin plein de fleurs éclatantes. Sur la grande dune de sable jaune, depuis la jetée jusqu'aux Roches noires, les ombrelles de toutes les couleurs, les chapeaux de toutes les formes, les toilettes de toutes les nuances, par groupes devant les cabines, par lignes le long du flot ou dispersées çà et là, ressemblaient vraiment à des bouquets énormes dans une prairie démesurée. Et le bruit confus, proche et lointain des voix égrenées dans l'air léger, les appels, les cris d'enfants qu'on baigne, les rires clairs des femmes faisaient une rumeur continue et douce, mêlée à la brise insensible et qu'on aspirait avec elle.

Pierre marchait au milieu de ces gens, plus perdu, plus séparé d'eux, plus isolé, plus noyé dans sa pensée torturante, que si on l'avait jeté à la mer du pont d'un navire, à cent lieues au large. Il les frôlait, entendait, sans écouter, quelques phrases ; et il voyait, sans regarder, les hommes parler aux femmes et les femmes sourire aux hommes.

Mais tout à coup, comme s'il s'éveillait, il les aperçut distinctement ; et une haine surgit en lui contre eux, car ils semblaient heureux et contents.

Il allait maintenant, frôlant les groupes, tournant autour, saisi par des pensées nouvelles. Toutes ces toilettes multicolores qui couvraient le sable comme un bouquet, ces étoffes jolies, ces ombrelles voyantes, la grâce factice des tailles emprisonnées, toutes ces inventions ingénieuses de la mode depuis la chaussure mignonne jusqu'au chapeau extravagant, la séduction du geste, de la voix et du sourire, la coquetterie enfin étalée sur cette plage lui apparaissaient soudain comme une immense floraison de la perversité féminine. Toutes ces femmes parées voulaient plaire, séduire, et tenter quelqu'un. Elles s'étaient faites belles pour les hommes, pour tous les hommes, excepté pour l'époux qu'elles n'avaient plus besoin de conquérir. Elles s'étaient faites belles pour l'amant d'aujourd'hui et l'amant de demain, pour l'inconnu rencontré, remarqué, attendu peut-être.

Et ces hommes, assis près d'elles, les yeux dans les yeux, parlant la bouche près de la bouche, les appelaient et les désiraient, les chassaient comme un gibier souple et fuyant, bien qu'il semblât si proche et si facile. Cette vaste plage n'était donc qu'une halle d'amour où les unes se vendaient, les autres se donnaient, celles-ci marchandaient leurs caresses et celles-là se promettaient seulement. Toutes ces femmes ne pensaient qu'à la même chose, offrir et faire désirer leur chair déjà donnée, déjà vendue, déjà promise à d'autres hommes. Et il songea que sur la terre entière c'était toujours la même chose.

Sa mère avait fait comme les autres, voilà tout ! Comme les autres ? – non ! Il existait des exceptions, et beaucoup, beaucoup ! Celles qu'il voyait autour de lui, des riches, des folles, des chercheuses d'amour, appartenaient en somme à la galanterie élégante et mondaine ou même à la galanterie tarifée, car on ne rencontrait pas sur les plages piétinées par la légion des désœuvrées, le peuple des honnêtes femmes enfermées dans la maison close.

La mer montait, chassant peu à peu vers la ville les premières lignes des baigneurs. On voyait les groupes se lever vivement et fuir, en emportant leurs sièges, devant le flot jaune qui s'en venait frangé d'une petite dentelle d'écume. Les cabines roulantes, attelées d'un cheval, remontaient aussi ; et sur les planches de la promenade, qui borde la plage d'un bout à l'autre, c'était maintenant une coulée continue, épaisse et lente, de foule élégante, formant deux courants contraires qui se coudoyaient et se mêlaient. Pierre, nerveux, exaspéré par ce frôlement, s'enfuit, s'enfonça dans la ville et s'arrêta pour déjeuner chez un simple marchand de vin, à l'entrée des champs.

Quand il eut pris son café, il s'étendit sur deux chaises devant la porte, et comme il n'avait guère dormi cette nuit-là, il s'assoupit à l'ombre d'un tilleul.

Après quelques heures de repos, s'étant secoué, il s'aperçut qu'il était temps de revenir pour reprendre le bateau, et il se mit en route, accablé par une courbature subite tombée sur lui pendant son assoupissement. Maintenant il voulait rentrer, il voulait savoir si sa mère avait retrouvé le portrait de Maréchal. En parlerait-elle la première, ou faudrait-il qu'il le demandât de nouveau ? Certes si elle attendait qu'on l'interrogât encore, elle avait une raison secrète de ne point montrer ce portrait.

Mais lorsqu'il fut rentré dans sa chambre, il hésita à descendre pour le dîner. Il souffrait trop. Son cœur soulevé n'avait pas encore eu le temps de s'apaiser. Il se décida pourtant, et il parut dans la salle à manger comme on se mettait à table.

Un air de joie animait les visages.

« Eh bien, dit Roland, ça avance-t-il, vos achats ? Moi, je ne veux rien voir avant que tout soit installé. »

Sa femme répondit :

« Mais oui, ça va. Seulement il faut longtemps réfléchir pour ne pas commettre d'impair. La question du mobilier nous préoccupe beaucoup. »

Elle avait passé la journée à visiter avec Jean des boutiques de tapissiers et des magasins d'ameublement. Elle voulait des étoffes riches, un peu pompeuses, pour frapper l'œil. Son fils, au contraire, désirait quelque chose de simple et de distingué. Alors, devant tous les échantillons proposés ils avaient répété, l'un et l'autre, leurs arguments. Elle prétendait que le client, le plaideur a besoin d'être impressionné, qu'il doit ressentir, en entrant dans le salon d'attente, l'émotion de la richesse.

Jean au contraire, désirant n'attirer que la clientèle élégante et opulente, voulait conquérir l'esprit des gens par son goût modeste et sûr.

Et la discussion, qui avait duré toute la journée, reprit dès le potage.

Roland n'avait pas d'opinion. Il répétait :

« Moi, je ne veux entendre parler de rien. J'irai voir quand ce sera fini. »

Mme Roland fit appel au jugement de son fils aîné :

« Voyons, toi, Pierre, qu'en penses-tu ? »

Il avait les nerfs tellement surexcités qu'il eut envie de répondre par un juron. Il dit cependant sur un ton sec, où vibrait son irritation :

« Oh ! moi, je suis tout à fait de l'avis de Jean. Je n'aime que la simplicité, qui est, quand il s'agit de goût, comparable à la droiture quand il s'agit de caractère. »

Sa mère reprit :

« Songe que nous habitons une ville de commerçants, où le bon goût ne court pas les rues. »

Pierre répondit :

« Et qu'importe ? Est-ce une raison pour imiter les sots ? Si mes compatriotes sont bêtes ou malhonnêtes, ai-je besoin de suivre leur exemple ? Une femme ne commettra pas une faute pour cette raison que ses voisines ont des amants. »

Jean se mit à rire :

« Tu as des arguments par comparaison qui semblent pris dans les maximes d'un moraliste. »

Pierre ne répliqua point. Sa mère et son frère recommencèrent à parler d'étoffes et de fauteuils.

Il les regardait comme il avait regardé sa mère, le matin, avant de partir pour Trouville ; il les regardait en étranger qui observe, et il se croyait en effet entré tout à coup dans une famille inconnue.

Son père, surtout, étonnait son œil et sa pensée. Ce gros homme flasque, content et niais, c'était son père, à lui ! Non, non, Jean ne lui ressemblait en rien.

Sa famille ! Depuis deux jours une main inconnue et malfaisante, la main d'un mort, avait arraché et cassé, un à un, tous les liens qui tenaient l'un à l'autre ces quatre êtres. C'était fini, c'était brisé. Plus de mère, car il ne pourrait plus la chérir, ne la pouvant vénérer avec ce respect absolu, tendre et pieux, dont a besoin le cœur des fils ; plus de frère, puisque ce frère était le fils d'un étranger ; il ne lui restait qu'un père, ce gros homme, qu'il n'aimait pas, malgré lui.

Et tout à coup :

« Dis donc, maman, as-tu retrouvé ce portrait ? »

Elle ouvrit des yeux surpris :

« Quel portrait ?

— Le portrait de Maréchal.

— Non... c'est-à-dire oui... je ne l'ai pas retrouvé, mais je crois savoir où il est.

— Quoi donc ? » demanda Roland.

Pierre lui dit :

« Un petit portrait de Maréchal qui était autrefois dans notre salon à Paris. J'ai pensé que Jean serait content de le posséder. »

Roland s'écria :

« Mais oui, mais oui, je m'en souviens parfaitement ; je l'ai même vu encore à la fin de l'autre semaine. Ta mère l'avait tiré de son secrétaire en rangeant ses papiers. C'était jeudi ou vendredi. Tu te rappelles bien, Louise ? J'étais en train de me raser quand tu l'as pris dans un tiroir et posé sur une chaise à côté de toi, avec un tas de lettres dont tu as brûlé la moitié. Hein ? est-ce drôle que tu aies touché à ce portrait deux ou trois jours à peine avant l'héritage de Jean ? Si je croyais aux pressentiments, je dirais que c'en est un ! »

Mme Roland répondit avec tranquillité :

« Oui, oui, je sais où il est ; j'irai le chercher tout à l'heure. »

Donc elle avait menti ! Elle avait menti en répondant, ce matin-là même, à son fils qui lui demandait ce qu'était devenue cette miniature : « Je ne sais pas trop... peut-être que je l'ai dans mon secrétaire. »

Elle l'avait vue, touchée, maniée, contemplée quelques jours auparavant, puis elle l'avait recachée dans le tiroir secret, avec des lettres, ses lettres à lui.

Pierre regardait sa mère qui avait menti. Il la regardait avec une colère exaspérée de fils trompé, volé dans son affection sacrée, et avec une jalousie d'homme longtemps aveugle qui découvre enfin une trahison honteuse. S'il avait été le mari de cette femme, lui, son enfant, il l'aurait saisie par les poignets, par les épaules ou par les cheveux et jetée à terre, frappée, meurtrie, écrasée ! Et il ne pouvait rien dire, rien faire, rien montrer, rien révéler. Il était son fils, il n'avait rien à venger, lui, on ne l'avait pas trompé.

Mais oui, elle l'avait trompé dans sa tendresse,

trompé dans son pieux respect. Elle se devait à lui irréprochable, comme se doivent toutes les mères à leurs enfants. Si la fureur dont il était soulevé arrivait presque à de la haine, c'est qu'il la sentait plus criminelle envers lui qu'envers son père lui-même.

L'amour de l'homme et de la femme est un pacte volontaire où celui qui faiblit n'est coupable que de perfidie ; mais quand la femme est devenue mère, son devoir a grandi puisque la nature lui confie une race. Si elle succombe alors, elle est lâche, indigne et infâme.

« C'est égal, dit tout à coup Roland en allongeant ses jambes sous la table, comme il faisait chaque soir pour siroter son verre de cassis, ça n'est pas mauvais de vivre à rien faire quand on a une petite aisance. J'espère que Jean nous offrira des dîners extra, maintenant. Ma foi, tant pis si j'attrape quelquefois mal à l'estomac. »

Puis se tournant vers sa femme :

« Va donc chercher ce portrait, ma chatte, puisque tu as fini de manger. Ça me fera plaisir aussi de le revoir. »

Elle se leva, prit une bougie et sortit. Puis, après une absence qui parut longue à Pierre, bien qu'elle n'eût pas duré trois minutes, Mme Roland rentra, souriante, et tenant par l'anneau un cadre doré de forme ancienne.

« Voilà, dit-elle, je l'ai retrouvé presque tout de suite. »

Le docteur, le premier, avait tendu la main. Il reçut le portrait, et, d'un peu loin, à bout de bras, l'examina. Puis, sentant bien que sa mère le regardait, il leva lentement les yeux sur son frère, pour comparer. Il faillit dire, emporté par sa violence :

« Tiens, cela ressemble à Jean. » S'il n'osa pas prononcer ces redoutables paroles, il manifesta sa pensée par la façon dont il comparait la figure vivante et la figure peinte.

Elles avaient, certes, des signes communs : la même barbe et le même front, mais rien d'assez précis pour permettre de déclarer : « Voilà le père, et voilà le fils. » C'était plutôt un air de famille, une parenté de physionomies qu'anime le même sang. Or, ce qui fut pour Pierre plus décisif encore que cette allure des visages, c'est que sa mère s'était levée, avait tourné le dos et feignait d'enfermer, avec trop de lenteur, le sucre et le cassis dans un placard.

Elle avait compris qu'il savait, ou du moins qu'il soupçonnait !

« Passe-moi donc ça », disait Roland.

Pierre tendit la miniature et son père attira la bougie pour bien voir ; puis il murmura d'une voix attendrie :

« Pauvre garçon ! dire qu'il était comme ça quand nous l'avons connu. Cristi ! comme ça va vite ! Il était joli homme, tout de même, à cette époque, et si plaisant de manières, n'est-ce pas, Louise ? »

Comme sa femme ne répondait pas, il reprit :

« Et quel caractère égal ! Je ne lui ai jamais vu de mauvaise humeur. Voilà, c'est fini, il n'en reste plus rien... que ce qu'il a laissé à Jean. Enfin, on pourra jurer que celui-là s'est montré bon ami et fidèle jusqu'au bout. Même en mourant il ne nous a pas oubliés. »

Jean, à son tour, tendit le bras pour prendre le portrait. Il le contempla quelques instants, puis avec regret :

« Moi, je ne le reconnais pas du tout. Je ne me le rappelle qu'avec ses cheveux blancs. »

Et il rendit la miniature à sa mère. Elle y jeta un regard rapide, vite détourné, qui semblait craintif ; puis de sa voix naturelle :

« Cela t'appartient maintenant, mon Jeannot, puisque tu es son héritier. Nous le porterons dans ton nouvel appartement. »

Et comme on entrait au salon, elle posa la miniature sur la cheminée, près de la pendule, où elle était autrefois.

Roland bourrait sa pipe, Pierre et Jean allumèrent des cigarettes. Ils les fumaient ordinairement l'un en marchant à travers la pièce, l'autre assis, enfoncé dans un fauteuil, et les jambes croisées. Le père se mettait toujours à cheval sur une chaise et crachait de loin dans la cheminée.

Mme Roland, sur un siège bas, près d'une petite table qui portait la lampe, brodait, tricotait ou marquait du linge.

Elle commençait, ce soir-là, une tapisserie destinée à la chambre de Jean. C'était un travail difficile et compliqué dont le début exigeait toute son attention. De temps en temps cependant son œil qui comptait les points se levait et allait, prompt et furtif, vers le petit portrait du mort appuyé contre la pendule. Et le docteur qui traversait l'étroit salon en quatre ou cinq enjambées, les mains derrière le dos et la cigarette aux lèvres, rencontrait chaque fois le regard de sa mère.

On eût dit qu'ils s'épiaient, qu'une lutte venait de se déclarer entre eux ; et un malaise douloureux, un malaise insoutenable crispait le cœur de Pierre. Il se disait, torturé et satisfait pourtant : « Doit-elle souffrir en ce moment, si elle sait que je l'ai devinée ! » Et à chaque retour vers le foyer, il s'arrêtait quelques secondes à contempler le visage blond de Maréchal, pour bien montrer qu'une idée fixe le hantait. Et ce petit portrait, moins grand qu'une main ouverte, semblait une personne vivante, méchante, redoutable, entrée soudain dans cette maison et dans cette famille.

Tout à coup la sonnette de la rue tinta. Mme Roland, toujours si calme, eut un sursaut qui révéla le trouble de ses nerfs au docteur.

Puis elle dit : « Ça doit être Mme Rosémilly. » Et son œil anxieux encore une fois se leva vers la cheminée.

Pierre comprit, ou crut comprendre sa terreur et son angoisse. Le regard des femmes est perçant, leur esprit agile, et leur pensée soupçonneuse. Quand celle qui allait entrer apercevrait cette miniature inconnue, du premier coup, peut-être, elle découvrirait la ressemblance entre cette figure et celle de Jean. Alors elle saurait et comprendrait tout ! Il eut peur, une peur brusque et horrible que cette honte fût dévoilée, et se retournant, comme la porte s'ouvrait, il prit la petite peinture et la glissa sous la pendule sans que son père et son frère l'eussent vu.

Rencontrant de nouveau les yeux de sa mère ils lui parurent changés, troubles et hagards.

« Bonjour, disait Mme Rosémilly, je viens boire avec vous une tasse de thé. »

Mais pendant qu'on s'agitait autour d'elle pour s'informer de sa santé, Pierre disparut par la porte restée ouverte.

Quand on s'aperçut de son départ, on s'étonna. Jean mécontent, à cause de la jeune veuve qu'il craignait blessée, murmurait :

« Quel ours ! »

Mme Roland répondit :

« Il ne faut pas lui en vouloir, il est un peu malade aujourd'hui et fatigué d'ailleurs de sa promenade à Trouville.

– N'importe, reprit Roland, ce n'est pas une raison pour s'en aller comme un sauvage. »

Mme Rosémilly voulut arranger les choses en affirmant :

« Mais non, mais non, il est parti à l'anglaise ; on se sauve toujours ainsi dans le monde quand on s'en va de bonne heure.

– Oh ! répondit Jean, dans le monde, c'est possible, mais on ne traite pas sa famille à l'anglaise, et mon frère ne fait que cela, depuis quelque temps. »

6

Rien ne survint chez les Roland pendant une semaine ou deux. Le père pêchait, Jean s'installait aidé de sa mère, Pierre, très sombre, ne paraissait plus qu'aux heures des repas.

Son père lui ayant demandé un soir :

« Pourquoi diable nous fais-tu une figure d'enterrement ? Ça n'est pas d'aujourd'hui que je le remarque. »

Le docteur répondit :

« C'est que je sens terriblement le poids de la vie. »

Le bonhomme n'y comprit rien et, d'un air désolé :

« Vraiment c'est trop fort. Depuis que nous avons

eu le bonheur de cet héritage, tout le monde semble malheureux. C'est comme s'il nous était arrivé un accident, comme si nous pleurions quelqu'un !

— Je pleure quelqu'un, en effet, dit Pierre.

— Toi ? Qui donc ?

— Oh ! quelqu'un que tu n'as pas connu, et que j'aimais trop. »

Roland s'imagina qu'il s'agissait d'une amourette, d'une personne légère courtisée par son fils, et il demanda :

« Une femme, sans doute ?

— Oui, une femme.

— Morte ?

— Non, c'est pis, perdue.

— Ah ! »

Bien qu'il s'étonnât de cette confidence imprévue, faite devant sa femme, et du ton bizarre de son fils, le vieux n'insista point, car il estimait que ces choses-là ne regardent pas les tiers.

Mme Roland semblait n'avoir point entendu ; elle paraissait malade, étant très pâle. Plusieurs fois déjà son mari, surpris de la voir s'asseoir comme si elle tombait sur son siège, de l'entendre souffler comme si elle ne pouvait plus respirer, lui avait dit :

« Vraiment, Louise, tu as mauvaise mine, tu te fatigues trop sans doute à installer Jean ! Repose-toi un peu, sacristi ! Il n'est pas pressé, le gaillard, puisqu'il est riche. »

Elle remuait la tête sans répondre.

Sa pâleur, ce jour-là, devint si grande que Roland, de nouveau, la remarqua.

« Allons, dit-il, ça ne va pas du tout, ma pauvre vieille, il faut te soigner. »

Puis se tournant vers son fils :

« Tu le vois bien, toi, qu'elle est souffrante, ta mère. L'as-tu examinée, au moins ? »

Pierre répondit :

« Non, je ne m'étais pas aperçu qu'elle eût quelque chose. »

Alors Roland se fâcha :

« Mais ça crève les yeux, nom d'un chien ! À quoi ça te sert-il d'être docteur alors, si tu ne t'aperçois même pas que ta mère est indisposée ? Mais regarde-la, tiens, regarde-la. Non, vrai, on pourrait crever, ce médecin-là ne s'en douterait pas ! »

Mme Roland s'était mise à haleter, si blême que son mari s'écria :

« Mais elle va se trouver mal !

– Non... non... ce n'est rien... ça va passer... ce n'est rien. »

Pierre s'était approché, et la regardant fixement :

« Voyons, qu'est-ce que tu as ? » dit-il.

Elle répétait, d'une voix basse, précipitée :

« Mais rien... rien... je t'assure... rien. »

Roland était parti chercher du vinaigre ; il rentra, et tendant la bouteille à son fils :

« Tiens... mais soulage-la donc, toi. As-tu tâté son cœur, au moins ? »

Comme Pierre se penchait pour prendre son pouls, elle retira sa main d'un mouvement si brusque qu'elle heurta une chaise voisine.

« Allons, dit-il d'une voix froide, laisse-toi soigner puisque tu es malade. »

Alors elle souleva et lui tendit son bras. Elle avait la peau brûlante, les battements du sang tumultueux et saccadés. Il murmura :

« En effet, c'est assez sérieux. Il faudra prendre des calmants. Je vais te faire une ordonnance. »

Et comme il écrivait, courbé sur son papier, un

bruit léger de soupirs pressés, de suffocation, de souffles courts et retenus le fit se retourner soudain.

Elle pleurait, les deux mains sur la face.

Roland, éperdu, demandait :

« Louise, Louise, qu'est-ce que tu as ? mais qu'est-ce que tu as donc ? »

Elle ne répondait pas et semblait déchirée par un chagrin horrible et profond.

Son mari voulut prendre ses mains et les ôter de son visage. Elle résista, répétant :

« Non, non, non. »

Il se tourna vers son fils :

« Mais qu'est-ce qu'elle a ? Je ne l'ai jamais vue ainsi.

– Ce n'est rien, dit Pierre, une petite crise de nerfs. »

Et il lui semblait que son cœur à lui se soulageait à la voir ainsi torturée, que cette douleur allégeait son ressentiment, diminuait la dette d'opprobre de sa mère. Il la contemplait comme un juge satisfait de sa besogne.

Mais soudain elle se leva, se jeta vers la porte, d'un élan si brusque qu'on ne put ni le prévoir ni l'arrêter ; et elle courut s'enfermer dans sa chambre.

Roland et le docteur demeurèrent face à face.

« Est-ce que tu y comprends quelque chose ? dit l'un.

– Oui, répondit l'autre, cela vient d'un simple petit malaise nerveux qui se déclare souvent à l'âge de maman. Il est probable qu'elle aura encore beaucoup de crises comme celle-là. »

Elle en eut d'autres en effet, presque chaque jour, et que Pierre semblait provoquer d'une parole, comme s'il avait eu le secret de son mal étrange et inconnu. Il guettait sur sa figure les intermittences de repos, et, avec des ruses de tortionnaire, réveillait par un seul mot la douleur un instant calmée.

Et il souffrait autant qu'elle, lui ! Il souffrait affreusement de ne plus l'aimer, de ne plus la respecter et de la torturer. Quand il avait bien avivé la plaie saignante, ouverte par lui dans ce cœur de femme et de mère, quand il sentait combien elle était misérable et désespérée, il s'en allait seul, par la ville, si tenaillé par les remords, si meurtri par la pitié, si désolé de l'avoir ainsi broyée sous son mépris de fils, qu'il avait envie de se jeter à la mer, de se noyer pour en finir.

Oh ! comme il aurait voulu pardonner, maintenant ! mais il ne le pouvait point, étant incapable d'oublier. Si seulement il avait pu ne pas la faire souffrir ; mais il ne le pouvait pas non plus, souffrant toujours lui-même. Il rentrait aux heures des repas, plein de résolutions attendries, puis dès qu'il l'apercevait, dès qu'il voyait son œil, autrefois si droit et si franc, et fuyant à présent, craintif, éperdu, il frappait malgré lui, ne pouvant garder la phrase perfide qui lui montait aux lèvres.

L'infâme secret, connu d'eux seuls, l'aiguillonnait contre elle. C'était un venin qu'il portait à présent dans les veines et qui lui donnait des envies de mordre à la façon d'un chien enragé.

Rien ne le gênait plus pour la déchirer sans cesse, car Jean habitait maintenant presque tout à fait son nouvel appartement, et il revenait seulement pour dîner et pour coucher, chaque soir, dans sa famille.

Il s'apercevait souvent des amertumes et des violences de son frère, qu'il attribuait à la jalousie. Il se promettait bien de le remettre à sa place, et de lui donner une leçon un jour ou l'autre, car la vie de famille devenait fort pénible à la suite de ces scènes continuelles. Mais comme il vivait à part maintenant, il souffrait moins de ces brutalités ; et son amour de la tranquillité le poussait à la patience. La fortune, d'ailleurs, l'avait grisé, et sa pensée ne s'arrêtait plus guère qu'aux choses ayant pour lui un intérêt direct. Il arrivait, l'esprit plein de petits soucis nouveaux, préoccupé de la coupe d'une jaquette, de la forme d'un chapeau de feutre, de la grandeur convenable pour des cartes de visite. Et il parlait avec persistance de tous les détails de sa maison, de planches posées dans le placard de sa chambre pour serrer le linge, de portemanteaux installés dans le vestibule, de sonneries électriques disposées pour prévenir toute pénétration clandestine dans le logis.

Il avait été décidé qu'à l'occasion de son installation, on ferait une partie de campagne à Saint-Jouin, et qu'on reviendrait prendre le thé, chez lui, après dîner. Roland voulait aller par mer, mais la distance et l'incertitude où l'on était d'arriver par cette voie, si le vent contraire soufflait, firent repousser son avis, et un break fut loué pour cette excursion.

On partit vers dix heures afin d'arriver pour le déjeuner. La grand-route poudreuse se déployait à travers la campagne normande que les ondulations des plaines et les fermes entourées d'arbres font ressembler à un parc sans fin. Dans la voiture emportée au trot lent de deux gros chevaux, la famille Roland, Mme Rosémilly et le capitaine Beausire se taisaient, assourdis par le bruit des roues, et fermaient les yeux dans un nuage de poussière.

C'était l'époque des récoltes mûres. À côté des

trèfles d'un vert sombre, et des betteraves d'un vert cru, les blés jaunes éclairaient la campagne d'une lueur dorée et blonde. Ils semblaient avoir bu la lumière du soleil tombée sur eux. On commençait à moissonner par places, et dans les champs attaqués par les faux, on voyait les hommes se balancer en promenant au ras du sol leur grande lame en forme d'aile.

Après deux heures de marche, le break prit un chemin à gauche, passa près d'un moulin à vent qui tournait, mélancolique épave grise, à moitié pourrie et condamnée, dernier survivant des vieux moulins, puis il entra dans une jolie cour et s'arrêta devant une maison coquette, auberge célèbre dans le pays.

La patronne, qu'on appelle la belle Alphonsine, s'en vint, souriante, sur sa porte, et tendit la main aux deux dames qui hésitaient devant le marche-pied trop haut.

Sous une tente, au bord de l'herbage ombragé de pommiers, des étrangers déjeunaient déjà, des Parisiens venus d'Étretat ; et on entendait dans l'intérieur de la maison des voix, des rires et des bruits de vaisselle.

On dut manger dans une chambre, toutes les salles étant pleines. Soudain Roland aperçut contre la muraille des filets à salicoques.

« Ah ! ah ! cria-t-il, on pêche du bouquet ici ?

— Oui, répondit Beausire, c'est même l'endroit où on en prend le plus de toute la côte.

— Bigre ! si nous y allions après déjeuner ? »

Il se trouvait justement que la marée était basse à trois heures ; et on décida que tout le monde passerait l'après-midi dans les rochers, à chercher des salicoques.

On mangea peu, pour éviter l'afflux de sang à la tête quand on aurait les pieds dans l'eau. On voulait d'ailleurs se réserver pour le dîner, qui fut commandé magnifique et qui devait être prêt dès six heures, quand on rentrerait.

Roland ne se tenait pas d'impatience. Il voulait acheter les engins spéciaux employés pour cette pêche, et qui ressemblent beaucoup à ceux dont on se sert pour attraper des papillons dans les prairies.

On les nomme lanets. Ce sont de petites poches en filet attachées sur un cercle de bois, au bout d'un long bâton. Alphonsine, souriant toujours, les lui prêta. Puis elle aida les deux femmes à faire une toilette improvisée pour ne point mouiller leur robe. Elle offrit des jupes, de gros bas de laine et des espadrilles. Les hommes ôtèrent leurs chaussettes et achetèrent chez le cordonnier du lieu des savates et des sabots.

Puis on se mit en route, le lanet sur l'épaule et la hotte sur le dos. Mme Rosémilly, dans ce costume, était tout à fait gentille, d'une gentillesse imprévue, paysanne et hardie.

La jupe prêtée par Alphonsine, coquettement relevée et fermée par un point de couture afin de pouvoir courir et sauter sans peur dans les roches, montrait la cheville et le bas du mollet, un ferme mollet de petite femme souple et forte. La taille était libre pour laisser aux mouvements leur aisance ; et elle avait trouvé, pour se couvrir la tête, un immense chapeau de jardinier, en paille jaune, aux bords démesurés, à qui une branche de tamaris, tenant un côté retroussé, donnait un air mousquetaire et crâne.

Jean, depuis son héritage, se demandait tous les jours s'il l'épouserait ou non. Chaque fois qu'il la revoyait, il se sentait décidé à en faire sa femme, puis, dès qu'il se trouvait seul, il songeait qu'en attendant on a le temps de réfléchir. Elle était moins riche que lui maintenant, car elle ne possédait qu'une douzaine de mille francs de revenu, mais en biens-fonds, en fermes et en terrains dans Le Havre, sur les bassins ; et cela, plus tard, pouvait valoir une grosse somme. La fortune était donc à peu près équivalente, et la jeune veuve assurément lui plaisait beaucoup.

En la regardant marcher devant lui ce jour-là, il pensait : « Allons, il faut que je me décide. Certes, je ne trouverai pas mieux. »

Ils suivirent un petit vallon en pente, descendant du village vers la falaise ; et la falaise, au bout de ce vallon, dominait la mer de quatre-vingts mètres. Dans l'encadrement des côtes vertes, s'abaissant à droite et à gauche, un grand triangle d'eau, d'un bleu d'argent sous le soleil, apparaissait au loin, et une voile, à peine visible, avait l'air d'un insecte là-bas. Le ciel plein de lumière se mêlait tellement à l'eau qu'on ne distinguait point du tout où finissait l'un et où commençait l'autre ; et les deux femmes, qui précédaient les trois hommes, dessinaient sur cet horizon clair leurs tailles serrées dans leurs corsages.

Jean, l'œil allumé, regardait fuir devant lui la cheville mince, la jambe fine, la hanche souple et le grand chapeau provocant de Mme Rosémilly. Et cette fuite activait son désir, le poussait aux résolutions décisives que prennent brusquement les hésitants et les timides. L'air tiède, où se mêlait à l'odeur des côtes, des ajoncs, des trèfles et des herbes, la senteur marine des roches découvertes, l'animait encore en le grisant doucement, et il se décidait un peu plus à chaque pas, à chaque seconde, à chaque regard jeté sur la silhouette alerte de la jeune femme ; il se décidait à ne plus hésiter, à lui dire qu'il l'aimait et qu'il désirait l'épouser. La pêche lui servirait, facilitant leur tête-à-tête ; et ce serait en outre un joli cadre, un joli endroit pour parler d'amour, les pieds dans un bassin d'eau limpide, en regardant fuir sous les varechs les longues barbes des crevettes.

Quand ils arrivèrent au bout du vallon, au bord de l'abîme, ils aperçurent un petit sentier qui descendait le long de la falaise, et sous eux, entre la mer et le pied de la montagne, à mi-côte à peu près, un surprenant chaos de rochers énormes, écroulés, renversés, entassés les uns sur les autres dans une espèce de plaine herbeuse et mouvementée qui courait à perte de vue vers le sud, formée par les éboulements anciens. Sur cette longue bande de broussailles et de gazon secouée, eût-on dit, par des sursauts de volcan, les rocs tombés semblaient les ruines d'une grande cité disparue qui regardait autrefois l'Océan, dominée elle-même par la muraille blanche et sans fin de la falaise.

« Ça, c'est beau », dit en s'arrêtant Mme Rosémilly.

Jean l'avait rejointe, et, le cœur ému, lui offrait la main pour descendre l'étroit escalier taillé dans la roche.

Ils partirent en avant, tandis que Beausire, se raidissant sur ses courtes jambes, tendait son bras replié à Mme Roland étourdie par le vide.

Roland et Pierre venaient les derniers, et le docteur dut traîner son père, tellement troublé par le vertige, qu'il se laissait glisser, de marche en marche, sur son derrière.

Les jeunes gens, qui dévalaient en tête, allaient vite, et soudain ils aperçurent à côté d'un banc de bois qui marquait un repos vers le milieu de la valleuse, un filet d'eau claire jaillissant d'un petit trou de la falaise. Il se répandait d'abord en un bassin grand comme une cuvette qu'il s'était creusé lui-même, puis tombant en cascade haute de deux pieds à peine, il s'enfuyait à travers le sentier, où avait poussé un tapis de cresson, puis disparaissait dans les ronces et les herbes, à travers la plaine soulevée où s'entassaient les éboulements.

« Oh ! que j'ai soif ! » s'écria Mme Rosémilly.

Mais comment boire ? Elle essayait de recueillir dans le fond de sa main l'eau qui lui fuyait à travers les doigts. Jean eut une idée, mit une pierre dans le chemin ; et elle s'agenouilla dessus afin de puiser à la source même avec ses lèvres qui se trouvaient ainsi à la même hauteur.

Quand elle releva sa tête, couverte de gouttelettes brillantes semées par milliers sur la peau, sur les cheveux, sur les cils, sur le corsage, Jean penché vers elle murmura :

« Comme vous êtes jolie ! »

Elle répondit, sur le ton qu'on prend pour gronder un enfant :

« Voulez-vous bien vous taire ? »

C'étaient les premières paroles un peu galantes qu'ils échangeaient.

« Allons, dit Jean fort troublé, sauvons-nous avant qu'on nous rejoigne. »

Il apercevait, en effet, tout près d'eux maintenant, le dos du capitaine Beausire qui descendait à reculons afin de soutenir par les deux mains Mme Roland, et, plus haut, plus loin, Roland se laissait toujours glisser, calé sur son fond de culotte en se traînant sur les pieds et sur les coudes avec une allure de tortue, tandis que Pierre le précédait en surveillant ses mouvements.

Le sentier moins escarpé devenait une sorte de chemin en pente contournant les blocs énormes tombés autrefois de la montagne. Mme Rosémilly et Jean se mirent à courir et furent bientôt sur le galet. Ils le traversèrent pour gagner les roches. Elles s'étendaient en une longue et plate surface couverte d'herbes marines et où brillaient d'innombrables flaques d'eau. La mer basse était là-bas, très loin, derrière cette plaine gluante de varechs, d'un vert luisant et noir.

Jean releva son pantalon jusqu'au-dessus du mollet et ses manches jusqu'au coude, afin de se mouiller sans crainte, puis il dit : « En avant ! » et sauta avec résolution dans la première mare rencontrée.

Plus prudente, bien que décidée aussi à entrer dans l'eau tout à l'heure, la jeune femme tournait autour de l'étroit bassin, à pas craintifs, car elle glissait sur les plantes visqueuses.

« Voyez-vous quelque chose ? disait-elle.

— Oui, je vois votre visage qui se reflète dans l'eau.

— Si vous ne voyez que cela, vous n'aurez pas une fameuse pêche. »

Il murmura d'une voix tendre :

« Oh ! de toutes les pêches c'est encore celle que je préférerais faire. »

Elle riait :

« Essayez donc, vous allez voir comme il passera à travers votre filet.

— Pourtant..., si vous vouliez ?

– Je veux vous voir prendre des salicoques... et rien de plus... pour le moment.
– Vous êtes méchante. Allons plus loin, il n'y a rien ici. »

Et il lui offrit la main pour marcher sur les rochers gras. Elle s'appuyait un peu craintive, et lui, tout à coup, se sentait envahi par l'amour, soulevé de désirs, affamé d'elle, comme si le mal qui germait en lui avait attendu ce jour-là pour éclore.

Ils arrivèrent bientôt auprès d'une crevasse plus profonde, où flottaient sous l'eau frémissante et coulant vers la mer lointaine par une fissure invisible, des herbes longues, fines, bizarrement colorées, des chevelures roses et vertes, qui semblaient nager.

Mme Rosémilly s'écria :
« Tenez, tenez, j'en vois une, une grosse, une très grosse là-bas ! »

Il l'aperçut à son tour, et descendit dans le trou résolument, bien qu'il se mouillât jusqu'à la ceinture.

Mais la bête remuant ses longues moustaches reculait doucement devant le filet. Jean la poussait vers les varechs, sûr de l'y prendre. Quand elle se sentit bloquée, elle glissa d'un brusque élan par-dessus le lanet, traversa la mare et disparut.

La jeune femme qui regardait, toute palpitante, cette chasse, ne put retenir ce cri :
« Oh ! maladroit ! »

Il fut vexé, et d'un mouvement irréfléchi traîna son filet dans un fond plein d'herbes. En le ramenant à la surface de l'eau, il vit dedans trois grosses salicoques transparentes, cueillies à l'aveuglette dans leur cachette invisible.

Il les présenta, triomphant, à Mme Rosémilly qui

n'osait point les prendre, par peur de la pointe aiguë et dentelée dont leur tête fine est armée.

Elle s'y décida pourtant, et pinçant entre deux doigts le bout effilé de leur barbe, elle les mit, l'une après l'autre, dans sa hotte, avec un peu de varech qui les conserverait vivantes. Puis ayant trouvé une flaque d'eau moins creuse, elle y entra, à pas hésitants, un peu suffoquée par le froid qui lui saisissait les pieds, et elle se mit à pêcher elle-même. Elle était adroite et rusée, ayant la main souple et le flair de chasseur qu'il fallait. Presque à chaque coup, elle ramenait des bêtes trompées et surprises par la lenteur ingénieuse de sa poursuite.

Jean maintenant ne trouvait rien, mais il la suivait pas à pas, la frôlait, se penchait sur elle, simulait un grand désespoir de sa maladresse, voulait apprendre.

« Oh ! montrez-moi, disait-il, montrez-moi ! »

Puis, comme leurs deux visages se reflétaient, l'un contre l'autre, dans l'eau si claire dont les plantes noires du fond faisaient une glace limpide, Jean souriait à cette tête voisine qui le regardait d'en bas, et parfois, du bout des doigts, lui jetait un baiser qui semblait tomber dessus.

« Ah ! que vous êtes ennuyeux ! disait la jeune femme ; mon cher, il ne faut jamais faire deux choses à la fois. »

Il répondit :

« Je n'en fais qu'une. Je vous aime. »

Elle se redressa, et d'un ton sérieux :

« Voyons, qu'est-ce qui vous prend depuis dix minutes, avez-vous perdu la tête ?

— Non, je n'ai pas perdu la tête. Je vous aime, et j'ose, enfin, vous le dire. »

Ils étaient debout maintenant dans la mare salée

qui les mouillait jusqu'aux mollets, et les mains ruisselantes appuyées sur leurs filets, ils se regardaient au fond des yeux.

Elle reprit, d'un ton plaisant et contrarié :

« Que vous êtes malavisé de me parler de ça en ce moment ! Ne pouviez-vous attendre un autre jour et ne pas me gâter ma pêche ? »

Il murmura :

« Pardon, mais je ne pouvais plus me taire. Je vous aime depuis longtemps. Aujourd'hui vous m'avez grisé à me faire perdre la raison. »

Alors, tout à coup, elle sembla en prendre son parti, se résigner à parler d'affaires et à renoncer aux plaisirs.

« Asseyons-nous sur ce rocher, dit-elle, nous pourrons causer tranquillement. »

Ils grimpèrent sur un roc un peu haut, et lorsqu'ils y furent installés côte à côte, les pieds pendants, en plein soleil, elle reprit :

« Mon cher ami, vous n'êtes plus un enfant et je ne suis pas une jeune fille. Nous savons fort bien l'un et l'autre de quoi il s'agit, et nous pouvons peser toutes les conséquences de nos actes. Si vous vous décidez aujourd'hui à me déclarer votre amour, je suppose naturellement que vous désirez m'épouser. »

Il ne s'attendait guère à cet exposé net de la situation, et il répondit niaisement :

« Mais oui.

– En avez-vous parlé à votre père et à votre mère ?

– Non, je voulais savoir si vous m'accepteriez. »

Elle lui tendit sa main encore mouillée, et comme il y mettait la sienne avec élan :

« Moi, je veux bien, dit-elle. Je vous crois bon et

loyal. Mais n'oubliez point que je ne voudrais pas déplaire à vos parents.

— Oh ! pensez-vous que ma mère n'a rien prévu et qu'elle vous aimerait comme elle vous aime si elle ne désirait pas un mariage entre nous ?

— C'est vrai, je suis un peu troublée. »

Ils se turent. Et il s'étonnait, lui, au contraire qu'elle fût si peu troublée, si raisonnable. Il s'attendait à des gentillesses galantes, à des refus qui disent « oui », à toute une coquette comédie d'amour mêlée à la pêche, dans le clapotement de l'eau ! Et c'était fini, il se sentait lié, marié, en vingt paroles. Ils n'avaient plus rien à se dire puisqu'ils étaient d'accord et ils demeuraient maintenant un peu embarrassés tous deux de ce qui s'était passé, si vite, entre eux, un peu confus même, n'osant plus parler, n'osant plus pêcher, ne sachant que faire.

La voix de Roland les sauva :

« Par ici, par ici, les enfants ! Venez voir Beausire. Il vide la mer, ce gaillard-là. »

Le capitaine, en effet, faisait une pêche merveilleuse. Mouillé jusqu'aux reins, il allait de mare en mare, reconnaissant d'un seul coup d'œil les meilleures places, et fouillant, d'un mouvement lent et sûr de son lanet, toutes les cavités cachées sous les varechs.

Et les belles salicoques transparentes, d'un blond-gris, frétillaient au fond de sa main quand il les prenait d'un geste sec pour les jeter dans sa hotte.

Mme Rosémilly surprise, ravie, ne le quitta plus, l'imitant de son mieux, oubliant presque sa promesse et Jean qui suivait, rêveur, pour se donner tout entière à cette joie enfantine de ramasser des bêtes sous les herbes flottantes.

Roland s'écria tout à coup :

« Tiens, Mme Roland qui nous rejoint. »

Elle était restée d'abord seule avec Pierre sur la plage, car ils n'avaient envie ni l'un ni l'autre de s'amuser à courir dans les roches et à barboter dans les flaques ; et pourtant ils hésitaient à demeurer ensemble. Elle avait peur de lui, et son fils avait peur d'elle et de lui-même, peur de sa cruauté qu'il ne maîtrisait point.

Ils s'assirent donc, l'un près de l'autre, sur le galet.

Et tous deux, sous la chaleur du soleil calmée par l'air marin, devant le vaste et doux horizon d'eau bleue moirée d'argent, pensaient en même temps : « Comme il aurait fait bon ici, autrefois ! »

Elle n'osait point parler à Pierre, sachant bien qu'il répondrait une dureté ; et il n'osait pas parler à sa mère sachant aussi que, malgré lui, il le ferait avec violence.

Du bout de sa canne il tourmentait les galets ronds, les remuait et les battait. Elle, les yeux vagues, avait pris entre ses doigts trois ou quatre petits cailloux qu'elle faisait passer d'une main dans l'autre, d'un geste lent et machinal. Puis son regard indécis, qui errait devant elle, aperçut, au milieu des varechs, son fils Jean qui pêchait avec Mme Rosémilly. Alors elle les suivit, épiant leurs mouvements, comprenant confusément, avec son instinct de mère, qu'ils ne causaient point comme tous les jours. Elle les vit se pencher côte à côte quand ils se regardaient dans l'eau, demeurer debout face à face quand ils interrogeaient leur cœur, puis grimper et s'asseoir sur le rocher pour s'engager l'un envers l'autre.

Leurs silhouettes se détachaient bien nettes,

semblaient seules au milieu de l'horizon, prenaient dans ce large espace de ciel, de mer, de falaises, quelque chose de grand et de symbolique.

Pierre aussi les regardait, et un rire sec sortit brusquement de ses lèvres.

Sans se tourner vers lui, Mme Roland lui dit :

« Qu'est-ce que tu as donc ? »

Il ricanait toujours :

« Je m'instruis. J'apprends comment on se prépare à être cocu. »

Elle eut un sursaut de colère, de révolte, choquée du mot, exaspérée de ce qu'elle croyait comprendre.

« Pour qui dis-tu ça ?

— Pour Jean, parbleu ! C'est très comique de les voir ainsi ! »

Elle murmura, d'une voix basse, tremblante d'émotion :

« Oh ! Pierre, que tu es cruel ! Cette femme est la droiture même. Ton frère ne pourrait trouver mieux. »

Il se mit à rire tout à fait, d'un rire voulu et saccadé :

« Ah ! ah ! ah ! La droiture même ! Toutes les femmes sont la droiture même... et tous leurs maris sont cocus. Ah ! ah ! ah ! »

Sans répondre elle se leva, descendit vivement la pente de galets, et, au risque de glisser, de tomber dans les trous cachés sous les herbes, de se casser la jambe ou le bras, elle s'en alla, courant presque, marchant à travers les mares, sans voir, tout droit devant elle, vers son autre fils.

En la voyant approcher, Jean lui cria :

« Eh bien ? maman, tu te décides ? »

Sans répondre elle lui saisit le bras comme pour lui dire : « Sauve-moi, défends-moi. »

Il vit son trouble et, très surpris :

« Comme tu es pâle ! Qu'est-ce que tu as ? »

Elle balbutia :

« J'ai failli tomber, j'ai eu peur sur ces rochers. »

Alors Jean la guida, la soutint, lui expliquant la pêche pour qu'elle y prît intérêt. Mais comme elle ne l'écoutait guère, et comme il éprouvait un besoin violent de se confier à quelqu'un, il l'entraîna plus loin et, à voix basse :

« Devine ce que j'ai fait ?

– Mais... mais... je ne sais pas.

– Devine.

– Je ne... je ne sais pas.

– Eh bien, j'ai dit à Mme Rosémilly que je désirais l'épouser. »

Elle ne répondit rien, ayant la tête bourdonnante, l'esprit en détresse au point de ne plus comprendre qu'à peine. Elle répéta :

« L'épouser ?

– Oui, ai-je bien fait ? Elle est charmante, n'est-ce pas ?

– Oui... charmante... tu as bien fait.

– Alors tu m'approuves ?

– Oui... je t'approuve.

– Comme tu dis ça drôlement. On croirait que... que... tu n'es pas contente.

– Mais oui... je suis... contente.

– Bien vrai ?

– Bien vrai. »

Et pour le lui prouver, elle le saisit à pleins bras et l'embrassa à plein visage, par grands baisers de mère.

Puis, quand elle se fut essuyé les yeux, où des

larmes étaient venues, elle aperçut là-bas sur la plage un corps étendu sur le ventre, comme un cadavre, la figure dans le galet : c'était l'autre, Pierre, qui songeait, désespéré.

Alors elle emmena son petit Jean plus loin encore, tout près du flot, et ils parlèrent longtemps de ce mariage où se rattachait son cœur.

La mer montant les chassa vers les pêcheurs qu'ils rejoignirent, puis tout le monde regagna la côte. On réveilla Pierre qui feignait de dormir ; et le dîner fut très long, arrosé de beaucoup de vins.

7

Dans le break, en revenant, tous les hommes, hormis Jean, sommeillèrent, Beausire et Roland s'abattaient, toutes les cinq minutes, sur une épaule voisine qui les repoussait d'une secousse. Ils se redressaient alors, cessaient de ronfler, ouvraient les yeux, murmuraient : « Bien beau temps », et retombaient, presque aussitôt, de l'autre côté.

Lorsqu'on entra dans Le Havre, leur engourdissement était si profond qu'ils eurent beaucoup de peine à le secouer, et Beausire refusa même de monter chez Jean où le thé les attendait. On dut le déposer devant sa porte.

Le jeune avocat, pour la première fois, allait coucher dans son logis nouveau ; et une grande joie, un peu puérile, l'avait saisi tout à coup de montrer, justement ce soir-là, à sa fiancée, l'appartement qu'elle habiterait bientôt.

La bonne était partie, Mme Roland ayant déclaré

qu'elle ferait chauffer l'eau et servirait elle-même, car elle n'aimait pas laisser veiller les domestiques, par crainte du feu.

Personne, autre qu'elle, son fils et les ouvriers, n'était encore entré, afin que la surprise fût complète quand on verrait combien c'était joli.

Dans le vestibule, Jean pria qu'on attendît. Il voulait allumer les bougies et les lampes, et il laissa dans l'obscurité Mme Rosémilly, son père et son frère, puis il cria : « Arrivez ! » en ouvrant toute grande la porte à deux battants.

La galerie vitrée, éclairée par un lustre et des verres de couleur cachés dans les palmiers, les caoutchoucs et les fleurs, apparaissait d'abord pareille à un décor de théâtre. Il y eut une seconde d'étonnement. Roland, émerveillé de ce luxe, murmura : « Nom d'un chien », saisi par l'envie de battre des mains comme devant les apothéoses.

Puis on pénétra dans le premier salon, petit, tendu avec une étoffe vieil or, pareille à celle des sièges. Le grand salon de consultation très simple, d'un rouge saumon pâle, avait grand air.

Jean s'assit dans le fauteuil devant son bureau chargé de livres, et d'une voix grave, un peu forcée :

« Oui, madame, les textes de lois sont formels et me donnent, avec l'assentiment que je vous avais annoncé, l'absolue certitude qu'avant trois mois l'affaire dont nous nous sommes entretenus recevra une heureuse solution. »

Il regardait Mme Rosémilly qui se mit à sourire en regardant Mme Roland ; et Mme Roland, lui prenant la main, la serra.

Jean, radieux, fit une gambade de collégien et s'écria :

« Hein, comme la voix porte bien. Il serait excellent pour plaider, ce salon. »

Il se mit à déclamer :

« Si l'humanité seule, si ce sentiment de bienveillance naturelle que nous éprouvons pour toute souffrance devait être le mobile de l'acquittement que nous sollicitons de vous, nous ferions appel à votre pitié, messieurs les jurés, à votre cœur de père et d'homme ; mais nous avons pour nous le droit, et c'est la seule question du droit que nous allons soulever devant vous... »

Pierre regardait ce logis qui aurait pu être le sien, et il s'irritait des gamineries de son frère, le jugeant, décidément, trop niais et pauvre d'esprit.

Mme Roland ouvrit une porte à droite.

« Voici la chambre à coucher », dit-elle.

Elle avait mis à la parer tout son amour de mère. La tenture était en cretonne de Rouen qui imitait la vieille toile normande. Un dessin Louis XV – une bergère dans un médaillon que fermaient les becs unis de deux colombes – donnait aux murs, aux rideaux, au lit, aux fauteuils un air galant et champêtre tout à fait gentil.

« Oh ! c'est charmant, dit Mme Rosémilly, devenue un peu sérieuse, en entrant dans cette pièce.
– Cela vous plaît ? demanda Jean.
– Énormément.
– Si vous saviez comme ça me fait plaisir. »

Ils se regardèrent une seconde, avec beaucoup de tendresse confiante au fond des yeux.

Elle était gênée un peu cependant, un peu confuse dans cette chambre à coucher qui serait sa chambre nuptiale. Elle avait remarqué, en entrant, que la couche était très large, une vraie couche de ménage, choisie par Mme Roland qui avait prévu sans doute et désiré le prochain mariage de son fils ; et cette précaution de mère lui faisait plaisir cependant, semblait lui dire qu'on l'attendait dans la famille.

Puis quand on fut rentré dans le salon, Jean ouvrit brusquement la porte de gauche et on aperçut la salle à manger ronde, percée de trois fenêtres, et décorée en lanterne japonaise. La mère et le fils avaient mis là toute la fantaisie dont ils étaient capables. Cette pièce à meubles de bambou, à magots, à potiches, à soieries pailletées d'or, à stores transparents où des perles de verre semblaient des gouttes d'eau, à éventails cloués aux murs pour maintenir les étoffes, avec ses écrans, ses sabres, ses masques, ses grues faites en plumes véritables, tous ses menus bibelots de porcelaine, de bois, de papier, d'ivoire, de nacre et de bronze avait l'aspect prétentieux et maniéré que donnent les mains inhabiles et les yeux ignorants aux choses qui exigent le plus de tact, de goût et d'éducation artiste. Ce fut elle cependant qu'on admira le plus. Pierre seul fit des réserves avec une ironie un peu amère dont son frère se sentit blessé.

Sur la table, les fruits se dressaient en pyramides, et les gâteaux s'élevaient en monuments.

On n'avait guère faim ; on suça les fruits et on grignota les pâtisseries plutôt qu'on ne les mangea. Puis, au bout d'une heure, Mme Rosémilly demanda la permission de se retirer.

Il fut décidé que le père Roland l'accompagnerait à sa porte et partirait immédiatement avec elle, tandis que Mme Roland, en l'absence de la bonne, jetterait son coup d'œil de mère sur le logis afin que son fils ne manquât de rien.

« Faut-il revenir te chercher ? » demanda Roland.

Elle hésita, puis répondit :

« Non, mon gros, couche-toi. Pierre me ramènera. »

Dès qu'ils furent partis, elle souffla les bougies, serra les gâteaux, le sucre et les liqueurs dans un meuble dont la clef fut remise à Jean ; puis elle passa dans la chambre à coucher, entrouvrit le lit, regarda si la carafe était remplie d'eau fraîche et la fenêtre bien fermée.

Pierre et Jean étaient demeurés dans le petit salon, celui-ci encore froissé de la critique faite sur son goût, et celui-là de plus en plus agacé de voir son frère dans ce logis.

Ils fumaient assis tous les deux, sans se parler. Pierre tout à coup se leva :

« Cristi ! dit-il, la veuve avait l'air bien vannée ce soir, les excursions ne lui réussissent pas. »

Jean se sentit soulevé soudain par une de ces promptes et furieuses colères de débonnaires blessés au cœur.

Le souffle lui manquait, tant son émotion était vive, et il balbutia :

« Je te défends désormais de dire "la veuve" quand tu parleras de Mme Rosémilly ! »

Pierre se tourna vers lui, hautain :

« Je crois que tu me donnes des ordres. Deviens-tu fou, par hasard ? »

Jean aussitôt s'était dressé :

« Je ne deviens pas fou, mais j'en ai assez de tes manières envers moi. »

Pierre ricana :

« Envers toi ? Est-ce que tu fais partie de Mme Rosémilly ?

– Sache que Mme Rosémilly va devenir ma femme. »

L'autre rit plus fort :

« Ah ! ah ! très bien. Je comprends maintenant pourquoi je ne devrai plus l'appeler "la veuve". Mais tu as pris une drôle de manière pour m'annoncer ton mariage.

— Je te défends de plaisanter... tu entends... je te le défends ! »

Jean s'était approché, pâle, la voix tremblante, exaspéré de cette ironie poursuivant la femme qu'il aimait et qu'il avait choisie.

Mais Pierre soudain devint aussi furieux. Tout ce qui s'amassait en lui de colères impuissantes, de rancunes écrasées, de révoltes domptées depuis quelque temps et de désespoir silencieux, lui montant à la tête, l'étourdit comme un coup de sang.

« Tu oses ?... Tu oses ?... Et moi je t'ordonne de te taire, tu entends, je te l'ordonne ! »

Jean, surpris de cette violence, se tut quelques secondes, cherchant, dans ce trouble d'esprit où nous jette la fureur, la chose, la phrase, le mot qui pourrait blesser son frère jusqu'au cœur.

Il reprit, en s'efforçant de se maîtriser pour bien frapper, de ralentir sa parole pour la rendre plus aiguë :

« Voilà longtemps que je te sais jaloux de moi, depuis le jour où tu as commencé à dire "la veuve" parce que tu as compris que cela me faisait mal. »

Pierre poussa un de ces rires stridents et méprisants qui lui étaient familiers :

« Ah ! ah ! mon Dieu ! Jaloux de toi !... moi ?... moi ?... moi ?... et de quoi ?... de quoi, mon Dieu ? de ta figure ou de ton esprit ?... »

Mais Jean sentit bien qu'il avait touché la plaie de cette âme :

« Oui, tu es jaloux de moi, et jaloux depuis l'enfance ; et tu es devenu furieux quand tu as vu que cette femme me préférait et qu'elle ne voulait pas de toi. »

Pierre bégayait, exaspéré de cette supposition :

« Moi... moi... jaloux de toi ? à cause de cette cruche, de cette dinde, de cette oie grasse ?... »

Jean qui voyait porter ses coups reprit :

« Et le jour où tu as essayé de ramer plus fort que moi, dans la *Perle* ? Et tout ce que tu dis devant elle pour te faire valoir ? Mais tu crèves de jalousie ! Et quand cette fortune m'est arrivée, tu es devenu enragé, et tu m'as détesté, et tu l'as montré de toutes les manières, et tu as fait souffrir tout le monde, et tu n'es pas une heure sans cracher la bile qui t'étouffe. »

Pierre ferma ses poings de fureur avec une envie irrésistible de sauter sur son frère et de le prendre à la gorge :

« Ah ! tais-toi, cette fois, ne parle point de cette fortune ! »

Jean se récria :

« Mais la jalousie te suinte de la peau. Tu ne dis pas un mot à mon père, à ma mère ou à moi, où elle n'éclate. Tu feins de me mépriser parce que tu es jaloux ! tu cherches querelle à tout le monde parce que tu es jaloux. Et maintenant que je suis riche, tu ne te contiens plus, tu es devenu venimeux, tu tortures notre mère comme si c'était sa faute !... »

Pierre avait reculé jusqu'à la cheminée, la bouche entrouverte, l'œil dilaté, en proie à une de ces folies de rage qui font commettre des crimes.

Il répéta d'une voix plus basse, mais haletante :

« Tais-toi, tais-toi donc !

— Non. Voilà longtemps que je voulais te dire ma

pensée entière ; tu m'en donnes l'occasion, tant pis pour toi. J'aime une femme ! Tu le sais et tu la railles devant moi, tu me pousses à bout ; tant pis pour toi. Mais je casserai tes dents de vipère, moi ! Je te forcerai à me respecter.

— Te respecter, toi ?

— Oui, moi !

— Te respecter... toi... qui nous as tous déshonorés, par ta cupidité ?

— Tu dis ? Répète... répète ?...

— Je dis qu'on n'accepte pas la fortune d'un homme quand on passe pour le fils d'un autre. »

Jean demeurait immobile, ne comprenant pas, effaré devant l'insinuation qu'il pressentait :

« Comment ? Tu dis... répète encore ?

— Je dis ce que tout le monde chuchote, ce que tout le monde colporte, que tu es le fils de l'homme qui t'a laissé sa fortune. Eh bien ! un garçon propre n'accepte pas l'argent qui déshonore sa mère.

— Pierre... Pierre... Pierre... y songes-tu ?... Toi... c'est toi... toi... qui prononces cette infamie ?

— Oui... moi... c'est moi. Tu ne vois donc point que j'en crève de chagrin depuis un mois, que je passe mes nuits sans dormir et mes jours à me cacher comme une bête, que je ne sais plus ce que je dis ni ce que je fais, ni ce que je deviendrai tant je souffre, tant je suis affolé de honte et de douleur, car j'ai deviné d'abord et je sais maintenant.

— Pierre... Tais-toi... Maman est dans la chambre à côté ! Songe qu'elle peut nous entendre... qu'elle nous entend. »

Mais il fallait qu'il vidât son cœur ! et il dit tout, ses soupçons, ses raisonnements, ses luttes, sa certitude, et l'histoire du portrait encore une fois disparu.

Il parlait par phrases courtes, hachées, presque sans suite, des phrases d'halluciné.

Il semblait maintenant avoir oublié Jean et sa mère dans la pièce voisine. Il parlait comme si personne ne l'écoutait, parce qu'il devait parler, parce qu'il avait trop souffert, trop comprimé et refermé sa plaie. Elle avait grossi comme une tumeur, et cette tumeur venait de crever, éclaboussant tout le monde. Il s'était mis à marcher comme il faisait presque toujours ; et les yeux fixes devant lui, gesticulant, dans une frénésie de désespoir, avec des sanglots dans la gorge, des retours de haine contre lui-même, il parlait comme s'il eût confessé sa misère et la misère des siens, comme s'il eût jeté sa peine à l'air invisible et sourd où s'envolaient ses paroles.

Jean éperdu, et presque convaincu soudain par l'énergie aveugle de son frère, s'était adossé contre la porte derrière laquelle il devinait que leur mère les avait entendus.

Elle ne pouvait point sortir ; il fallait passer par le salon. Elle n'était point revenue ; donc elle n'avait pas osé.

Pierre tout à coup, frappant du pied, cria :

« Tiens, je suis un cochon d'avoir dit ça ! »

Et il s'enfuit, nu-tête, dans l'escalier.

Le bruit de la grande porte de la rue, retombant avec fracas, réveilla Jean de la torpeur profonde où il était tombé. Quelques secondes s'étaient écoulées, plus longues que des heures, et son âme s'était engourdie dans un hébétement d'idiot. Il sentait bien qu'il lui faudrait penser tout à l'heure, et agir, mais il attendait, ne voulant même plus comprendre, savoir, se rappeler, par peur, par faiblesse, par lâcheté. Il était de la race des temporiseurs qui remettent toujours au lendemain ; et quand il lui fallait, sur-le-champ, prendre une résolution, il cherchait encore, par instinct, à gagner quelques moments.

Mais le silence profond qui l'entourait maintenant, après les vociférations de Pierre, ce silence subit des murs, des meubles, avec cette lumière vive des six bougies et des deux lampes, l'effraya si fort tout à coup qu'il eut envie de se sauver aussi.

Alors il secoua sa pensée, il secoua son cœur, et il essaya de réfléchir.

Jamais il n'avait rencontré une difficulté dans sa vie. Il est des hommes qui se laissent aller comme l'eau qui coule. Il avait fait ses classes avec soin, pour n'être pas puni, et terminé ses études de droit avec régularité parce que son existence était calme. Toutes les choses du monde lui paraissaient naturelles sans éveiller autrement son attention. Il aimait l'ordre, la sagesse, le repos par tempérament, n'ayant point de replis dans l'esprit ; et il demeurait, devant cette catastrophe, comme un homme qui tombe à l'eau sans avoir jamais nagé.

Il essaya de douter d'abord. Son frère avait menti par haine et par jalousie ?

Et pourtant, comment aurait-il été assez misérable pour dire de leur mère une chose pareille s'il n'avait pas été lui-même égaré par le désespoir ? Et puis Jean gardait dans l'oreille, dans le regard, dans les nerfs, jusque dans le fond de la chair, certaines paroles, certains cris de souffrance, des intonations et des gestes de Pierre, si douloureux qu'ils étaient irrésistibles, aussi irrécusables que la certitude.

Il demeurait trop écrasé pour faire un mouvement ou pour avoir une volonté. Sa détresse devenait intolérable ; et il sentait que, derrière la porte, sa mère était là qui avait tout entendu et qui attendait.

Que faisait-elle ? Pas un mouvement, pas un frisson, pas un souffle, pas un soupir ne révélait la présence d'un être derrière cette planche. Se serait-elle sauvée ? Mais par où ? Si elle s'était sauvée... elle avait donc sauté de la fenêtre dans la rue !

Un sursaut de frayeur le souleva, si prompt et si dominateur qu'il enfonça plutôt qu'il n'ouvrit la porte et se jeta dans sa chambre.

Elle semblait vide. Une seule bougie l'éclairait, posée sur la commode.

Jean s'élança vers la fenêtre, elle était fermée, avec des volets clos. Il se retourna, fouillant les coins noirs de son regard anxieux, et il s'aperçut que les rideaux du lit avaient été tirés. Il y courut et les ouvrit. Sa mère était étendue sur sa couche, la figure enfouie dans l'oreiller, qu'elle avait ramené de ses deux mains crispées sur sa tête, pour ne plus entendre.

Il la crut d'abord étouffée. Puis l'ayant saisie par les épaules, il la retourna sans qu'elle lâchât l'oreiller qui lui cachait le visage et qu'elle mordait pour ne pas crier.

Mais le contact de ce corps raidi, de ces bras crispés, lui communiqua la secousse de son indicible torture. L'énergie et la force dont elle retenait avec ses doigts et avec ses dents la toile gonflée de plumes sur sa bouche, sur ses yeux et sur ses oreilles pour qu'il ne la vît point et ne lui parlât pas, lui fit deviner, par la commotion qu'il reçut, jusqu'à quel point on peut souffrir. Et son cœur, son simple cœur, fut déchiré de pitié. Il n'était pas un juge, lui, même un juge miséricordieux, il était un homme plein de faiblesse et un fils plein de tendresse. Il ne se rappela rien de ce que l'autre lui avait dit, il ne raisonna pas et ne discuta point, il toucha seulement de ses deux mains le corps inerte de sa mère, et ne pouvant arracher l'oreiller de sa figure, il cria, en baisant sa robe :

« Maman, maman, ma pauvre maman, regarde-moi ! »

Elle aurait semblé morte si tous ses membres n'eussent été parcourus d'un frémissement presque insensible, d'une vibration de corde tendue. Il répétait :

« Maman, maman, écoute-moi. Ça n'est pas vrai. Je sais bien que ça n'est pas vrai. »

Elle eut un spasme, une suffocation, puis tout à coup elle sanglota dans l'oreiller. Alors tous ces nerfs se détendirent, ses muscles raidis s'amollirent, ses doigts s'entrouvrant lâchèrent la toile ; et il lui découvrit la face.

Elle était toute pâle, toute blanche, et de ses paupières fermées on voyait couler des gouttes d'eau. L'ayant enlacée par le cou, il lui baisa les yeux, lentement, par grands baisers désolés qui se mouillaient à ses larmes, et il disait toujours :

« Maman, ma chère maman, je sais bien que ça n'est pas vrai. Ne pleure pas, je le sais ! Ça n'est pas vrai ! »

Elle se souleva, s'assit, le regarda, et avec un de ces efforts de courage qu'il faut, en certains cas, pour se tuer, elle lui dit :

« Non, c'est vrai, mon enfant. »

Et ils restèrent sans paroles, l'un devant l'autre. Pendant quelques instants encore elle suffoqua, tendant la gorge, en renversant la tête pour respirer, puis elle se vainquit de nouveau, et reprit :

« C'est vrai, mon enfant. Pourquoi mentir ? C'est vrai. Tu ne me croirais pas, si je mentais. »

Elle avait l'air d'une folle. Saisi de terreur, il tomba à genoux près du lit en murmurant :

« Tais-toi, maman, tais-toi. »

Elle s'était levée, avec une résolution et une énergie effrayantes :

« Mais je n'ai plus rien à te dire, mon enfant, adieu. »

Et elle marcha vers la porte.

Il la saisit à pleins bras, criant :

« Qu'est-ce que tu fais, maman, où vas-tu ?

— Je ne sais pas... est-ce que je sais... je n'ai plus rien à faire... puisque je suis toute seule. »

Elle se débattait pour s'échapper. La retenant, il ne trouvait qu'un mot à lui répéter :

« Maman... maman... maman... »

Et elle disait dans ses efforts pour rompre cette étreinte :

« Mais non, mais non, je ne suis plus ta mère maintenant, je ne suis plus rien pour toi, pour personne, plus rien, plus rien ! Tu n'as plus ni père ni mère, mon pauvre enfant... adieu. »

Il comprit brusquement que s'il la laissait partir il ne la reverrait jamais, et, l'enlevant, il la porta sur un fauteuil, l'assit de force, puis s'agenouillant et formant une chaîne de ses bras :

« Tu ne sortiras point d'ici, maman ; moi je t'aime et je te garde. Je te garde toujours, tu es à moi. »

Elle murmura d'une voix accablée :

« Non, mon pauvre garçon, ça n'est plus possible. Ce soir tu pleures, et demain tu me jetterais dehors. Tu ne me pardonnerais pas non plus. »

Il répondit avec un si grand élan de si sincère

amour : « Oh ! moi ? moi ? Comme tu me connais peu ! » qu'elle poussa un cri, lui prit la tête par les cheveux, à pleines mains, l'attira avec violence et le baisa éperdument à travers la figure.

Puis elle demeura immobile, la joue contre la joue de son fils, sentant, à travers sa barbe, la chaleur de sa chair ; et elle lui dit, tout bas, dans l'oreille :

« Non, mon petit Jean. Tu ne me pardonnerais pas demain. Tu le crois et tu te trompes. Tu m'as pardonné ce soir, et ce pardon-là m'a sauvé la vie ; mais il ne faut plus que tu me voies. »

Il répéta, en l'étreignant :

« Maman, ne dis pas ça !

— Si, mon petit, il faut que je m'en aille. Je ne sais pas où, ni comment je m'y prendrai, ni ce que je dirai, mais il le faut. Je n'oserais plus te regarder, ni t'embrasser, comprends-tu ? »

Alors, à son tour, il lui dit, tout bas, dans l'oreille :

« Ma petite mère, tu resteras, parce que je le veux, parce que j'ai besoin de toi. Et tu vas me jurer de m'obéir, tout de suite.

— Non, mon enfant.

— Oh ! maman, il le faut, tu entends. Il le faut.

— Non, mon enfant, c'est impossible. Ce serait nous condamner tous à l'enfer. Je sais ce que c'est, moi, que ce supplice-là, depuis un mois. Tu es attendri, mais quand ce sera passé, quand tu me regarderas comme me regarde Pierre, quand tu te rappelleras ce que j'ai dit !... Oh !... mon petit Jean, songe... songe que je suis ta mère !...

— Je ne veux pas que tu me quittes, maman, je n'ai que toi.

— Mais pense, mon fils, que nous ne pourrons plus nous voir sans rougir tous les deux, sans que je me sente mourir de honte et sans que tes yeux fassent baisser les miens.

– Ça n'est pas vrai, maman.

– Oui, oui, oui, c'est vrai ! Oh ! j'ai compris, va, toutes les luttes de ton pauvre frère, toutes, depuis le premier jour. Maintenant, lorsque je devine son pas dans la maison, mon cœur saute à briser ma poitrine, lorsque j'entends sa voix, je sens que je vais m'évanouir. Je t'avais encore, toi ! Maintenant, je ne t'ai plus. Oh ! mon petit Jean, crois-tu que je pourrais vivre entre vous deux ?

– Oui, maman. Je t'aimerai tant que tu n'y penseras plus.

– Oh ! oh ! comme si c'était possible !

– Oui, c'est possible.

– Comment veux-tu que je n'y pense plus entre ton frère et toi ? Est-ce que vous n'y penserez plus, vous ?

– Moi, je te le jure !

– Mais tu y penseras à toutes les heures du jour.

– Non, je te le jure. Et puis, écoute : si tu pars, je m'engage et je me fais tuer. »

Elle fut bouleversée par cette menace puérile et étreignit Jean en le caressant avec une tendresse passionnée. Il reprit :

« Je t'aime plus que tu ne crois, va, bien plus, bien plus. Voyons, sois raisonnable. Essaie de rester seulement huit jours. Veux-tu me promettre huit jours ? Tu ne peux pas me refuser ça ? »

Elle posa ses deux mains sur les épaules de Jean, et le tenant à la longueur de ses bras :

« Mon enfant... tâchons d'être calmes et de ne pas nous attendrir. Laisse-moi te parler d'abord. Si je devais une seule fois entendre sur tes lèvres ce que j'entends depuis un mois dans la bouche de ton frère, si je devais une seule fois voir dans tes yeux ce que je lis dans les siens, si je devais deviner rien que par un mot ou par un regard que je te suis odieuse comme à lui... une heure après, tu entends, une heure après... je serais partie pour toujours.

— Maman, je te le jure...

— Laisse-moi parler... Depuis un mois j'ai souffert tout ce qu'une créature peut souffrir. À partir du moment où j'ai compris que ton frère, que mon autre fils me soupçonnait, et qu'il devinait, minute par minute, la vérité, tous les instants de ma vie ont été un martyre qu'il est impossible de t'exprimer. »

Elle avait une voix si douloureuse que la contagion de sa torture emplit de larmes les yeux de Jean.

Il voulut l'embrasser, mais elle le repoussa :

« Laisse-moi... écoute... j'ai encore tant de choses à te dire pour que tu comprennes... mais tu ne comprendras pas... c'est que... si je devais rester... il faudrait... Non, je ne peux pas !...

— Dis, maman, dis.

— Eh bien ! oui. Au moins je ne t'aurai pas trompé... Tu veux que je reste avec toi, n'est-ce pas ? Pour cela, pour que nous puissions nous voir encore, nous parler, nous rencontrer toute la journée dans la maison, car je n'ose plus ouvrir une porte dans la peur de trouver ton frère derrière elle, pour cela il faut, non pas que tu me pardonnes — rien ne fait plus de mal qu'un pardon —, mais que tu ne m'en veuilles pas de ce que j'ai fait... Il faut que tu te sentes assez fort, assez différent de tout le monde pour te dire que tu n'es pas le fils de Roland, sans rougir de cela et sans me mépriser !... Moi j'ai assez souffert... j'ai trop souffert, je ne peux plus, non, je ne peux plus ! Et ce n'est pas d'hier, va, c'est de longtemps... Mais tu ne pourras jamais comprendre ça, toi ! Pour que nous puissions encore vivre ensemble, et nous embrasser, mon petit Jean, dis-toi bien que si j'ai été la maîtresse de ton père, j'ai été encore plus sa femme, sa vraie femme, que je n'en ai pas honte au fond du cœur, que je ne regrette rien, que je l'aime encore tout mort qu'il est, que je l'aimerai toujours, que je n'ai aimé que lui, qu'il a été toute ma vie, toute ma joie, tout mon espoir, toute ma consolation, tout, tout, tout pour moi, pendant si longtemps ! Écoute, mon petit : devant Dieu qui m'entend, je n'aurais jamais rien eu de bon dans l'existence, si je ne l'avais pas rencontré, jamais rien, pas une tendresse, pas une douceur, pas une de ces heures qui nous font tant regretter de vieillir, rien ! Je lui dois tout ! Je n'ai eu que lui au monde, et puis vous deux, ton frère et toi. Sans vous ce serait vide, noir et vide comme la nuit. Je n'aurais jamais aimé rien, rien connu, rien désiré, je n'aurais pas seulement pleuré, car j'ai pleuré, mon petit Jean. Oh ! oui, j'ai pleuré, depuis que nous sommes venus ici. Je m'étais donnée à lui tout entière, corps et âme, pour toujours, avec bonheur, et pendant plus de dix ans j'ai été sa femme comme il a été mon mari devant Dieu qui nous avait faits l'un pour l'autre. Et puis, j'ai compris qu'il m'aimait moins. Il était toujours bon et prévenant, mais je n'étais plus pour lui ce que j'avais été. C'était fini ! Oh ! que j'ai pleuré !... Comme c'est misérable et trompeur, la vie !... Il n'y a rien qui dure... Et nous sommes arrivés ici ; et jamais je ne l'ai plus revu, jamais il n'est venu... Il promettait dans toutes ses lettres !... Je l'attendais toujours !... et je ne l'ai plus revu !... et voilà qu'il est mort !... Mais il nous aimait encore puisqu'il a pensé à toi. Moi je l'aimerai jusqu'à mon dernier soupir, et je ne le renierai jamais, et je t'aime parce que tu es son enfant, et je ne pourrais pas avoir honte de lui devant toi ! Comprends-tu ? je ne pourrais pas ! Si tu veux que je reste, il faut que tu acceptes d'être son fils et que nous parlions de lui quelquefois, et que tu l'aimes un peu, et que nous pensions à lui quand nous nous regarderons. Si tu ne veux pas, si tu ne peux pas, adieu, mon petit, il est impossible que nous restions ensemble maintenant ! Je ferai ce que tu décideras. »

Jean répondit d'une voix douce :

« Reste, maman. »

Elle le serra dans ses bras et se remit à pleurer ; puis elle reprit, la joue contre sa joue :

« Oui, mais Pierre ? Qu'allons-nous devenir avec lui ! »

Jean murmura :

« Nous trouverons quelque chose. Tu ne peux plus vivre auprès de lui. »

Au souvenir de l'aîné elle fut crispée d'angoisse :

« Non, je ne puis plus, non ! non ! »

Et se jetant sur le cœur de Jean, elle s'écria, l'âme en détresse :

« Sauve-moi de lui, toi, mon petit, sauve-moi, fais quelque chose, je ne sais pas... trouve... sauve-moi !

– Oui, maman, je chercherai.

– Tout de suite... il faut... Tout de suite... ne me quitte pas ! J'ai si peur de lui... si peur !

– Oui, je trouverai. Je te promets.

– Oh ! mais vite, vite ! Tu ne comprends pas ce qui se passe en moi quand je le vois. »

Puis elle lui murmura tout bas, dans l'oreille :

« Garde-moi ici, chez toi. »

Il hésita, réfléchit et comprit, avec son bon sens positif, le danger de cette combinaison.

Mais il dut raisonner longtemps, discuter, combattre avec des arguments précis son affolement et sa terreur.

« Seulement ce soir, disait-elle, seulement cette nuit. Tu feras dire demain à Roland que je me suis trouvée malade.

– Ce n'est pas possible, puisque Pierre est rentré. Voyons, aie du courage. J'arrangerai tout, je te le promets, dès demain. Je serai à neuf heures à la maison. Voyons, mets ton chapeau. Je vais te reconduire.

– Je ferai ce que tu voudras », dit-elle avec un abandon enfantin, craintif et reconnaissant.

Elle essaya de se lever ; mais la secousse avait été trop forte ; elle ne pouvait encore se tenir sur ses jambes.

Alors il lui fit boire de l'eau sucrée, respirer de l'alcali, et lui lava les tempes avec du vinaigre. Elle se laissait faire, brisée et soulagée comme après un accouchement.

Elle put enfin marcher et prit son bras. Trois heures sonnaient quand ils passèrent à l'hôtel de ville.

Devant la porte de leur logis il l'embrassa et lui dit : « Adieu, maman, bon courage. »

Elle monta, à pas furtifs, l'escalier silencieux, entra dans sa chambre, se dévêtit bien vite, et se glissa, avec l'émotion retrouvée des adultères anciens, auprès de Roland qui ronflait.

Seul dans la maison, Pierre ne dormait pas et l'avait entendue revenir.

8

Quand il fut rentré dans son appartement, Jean s'affaissa sur un divan, car les chagrins et les soucis qui donnaient à son frère des envies de courir et de fuir comme une bête chassée, agissant diversement sur sa nature somnolente, lui cassaient les jambes et les bras. Il se sentait mou à ne plus faire un mouvement, à ne pouvoir gagner son lit, mou de corps et d'esprit, écrasé et désolé. Il n'était point frappé, comme l'avait été Pierre, dans la pureté de son amour filial, dans cette dignité secrète qui est l'enveloppe des cœurs fiers, mais accablé par un coup du destin qui menaçait en même temps ses intérêts les plus chers.

Quand son âme enfin se fut calmée, quand sa pensée se fut éclaircie ainsi qu'une eau battue et remuée, il envisagea la situation qu'on venait de lui révéler. S'il eût appris de toute autre manière le secret de sa naissance, il se serait assurément indigné et aurait ressenti un profond chagrin ; mais après sa querelle avec son frère, après cette délation violente et brutale ébranlant ses nerfs, l'émotion poignante de la confession de sa mère le laissa sans énergie pour se révolter. Le choc reçu par sa sensibilité avait été assez fort pour emporter, dans un irrésistible attendrissement, tous les préjugés et toutes les saintes susceptibilités de la morale naturelle. D'ailleurs, il n'était pas un homme de résistance. Il n'aimait lutter contre personne et encore moins contre lui-même ; il se résigna donc, et, par un penchant instinctif, par un amour inné du repos, de la vie douce et tranquille, il s'inquiéta aussitôt des perturbations qui allaient surgir autour de lui et l'atteindre du même coup. Il les pressentait inévitables, et, pour les écarter, il se décida à des efforts surhumains d'énergie et d'activité. Il fallait que tout de suite, dès le lendemain, la difficulté fût tranchée, car il avait aussi par instants ce besoin impérieux des solutions immédiates qui constitue toute la force des faibles, incapables de vouloir longtemps. Son esprit d'avocat, habitué d'ailleurs à démêler et à étudier les situations compliquées, les questions d'ordre intime, dans les familles troublées, découvrit immédiatement toutes les conséquences prochaines de l'état d'âme de son frère... Malgré lui il en envisageait les suites à un point de vue presque professionnel, comme s'il eût réglé les relations futures de clients après une catastrophe d'ordre moral. Certes un contact continuel avec Pierre lui devenait impossible. Il l'éviterait facilement en restant chez lui, mais il était encore inadmissible que leur mère continuât à demeurer sous le même toit que son fils aîné.

Et longtemps il médita, immobile sur les coussins, imaginant et rejetant des combinaisons sans trouver rien qui pût le satisfaire.

Mais une idée soudain l'assaillit : – Cette fortune qu'il avait reçue, un honnête homme la garderait-il ?

Il se répondit : « Non », d'abord, et se décida à la donner aux pauvres. C'était dur, tant pis. Il vendrait son mobilier et travaillerait comme un autre, comme travaillent tous ceux qui débutent. Cette résolution virile et douloureuse fouettant son courage, il se leva et vint poser son front contre les vitres. Il avait été pauvre, il redeviendrait pauvre. Il n'en mourrait pas, après tout. Ses yeux regardaient le bec de gaz qui brûlait en face de lui de l'autre côté de la rue. Or, comme une femme attardée passait sur le trottoir, il songea brusquement à Mme Rosémilly, et il reçut au cœur la secousse des émotions profondes nées en nous d'une pensée cruelle. Toutes les conséquences désespérantes de sa décision lui apparurent en même temps. Il devrait renoncer à épouser cette femme, renoncer au bonheur, renoncer à tout. Pouvait-il agir ainsi, maintenant qu'il s'était engagé vis-à-vis d'elle ? Elle l'avait accepté le sachant riche. Pauvre, elle l'accepterait encore ; mais avait-il le droit de lui demander, de lui imposer ce sacrifice ? Ne valait-il pas mieux garder cet argent comme un dépôt qu'il restituerait plus tard aux indigents ?

Et dans son âme où l'égoïsme prenait des masques honnêtes, tous les intérêts déguisés luttaient et se combattaient. Les scrupules premiers cédaient la place aux raisonnements ingénieux, puis reparaissaient, puis s'effaçaient de nouveau.

Il revint s'asseoir, cherchant un motif décisif, un prétexte tout-puissant pour fixer ses hésitations et convaincre sa droiture native. Vingt fois déjà il s'était posé cette question : « Puisque je suis le fils de cet homme, que je le sais et que je l'accepte, n'est-il pas naturel que j'accepte aussi son héritage ? » Mais cet argument ne pouvait empêcher le « non » murmuré par la conscience intime.

Soudain il songea : « Puisque je ne suis pas le fils de celui que j'avais cru être mon père, je ne puis plus rien accepter de lui, ni de son vivant, ni après sa mort. Ce ne serait ni digne ni équitable. Ce serait voler mon frère. »

Cette nouvelle manière de voir l'ayant soulagé, ayant apaisé sa conscience, il retourna vers la fenêtre.

« Oui, se disait-il, il faut que je renonce à l'héritage de ma famille, que je le laisse à Pierre tout entier, puisque je ne suis pas l'enfant de son père. Cela est juste. Alors n'est-il pas juste aussi que je garde l'argent de mon père à moi ? »

Ayant reconnu qu'il ne pouvait profiter de la fortune de Roland, s'étant décidé à l'abandonner intégralement, il consentit donc et se résigna à garder celle de Maréchal, car en repoussant l'une et l'autre, il se trouverait réduit à la pure mendicité.

Cette affaire délicate une fois réglée, il revint à la question de la présence de Pierre dans la famille. Comment l'écarter ? Il désespérait de découvrir une solution pratique, quand le sifflet d'un vapeur entrant au port sembla lui jeter une réponse en lui suggérant une idée.

Alors il s'étendit tout habillé sur son lit et rêvassa jusqu'au jour.

Vers neuf heures, il sortit pour s'assurer si l'exécution de son projet était possible. Puis, après quelques démarches et quelques visites, il se rendit à la maison de ses parents. Sa mère l'attendait enfermée dans sa chambre.

« Si tu n'étais pas venu, dit-elle, je n'aurais jamais osé descendre. »

On entendit aussitôt Roland qui criait dans l'escalier :

« On ne mange donc point aujourd'hui, nom d'un chien ! »

On ne répondit pas, et il hurla :

« Joséphine, nom de Dieu ! qu'est-ce que vous faites ? »

La voix de la bonne sortit des profondeurs du sous-sol :

« V'là, M'sieu, qué qui faut ?

– Où est Madame ?
– Madame est en haut avec m'sieu Jean. »

Alors il vociféra en levant la tête vers l'étage supérieur :

« Louise ? »

Mme Roland entrouvrit la porte et répondit :

« Quoi ? mon ami.
– On ne mange donc pas, nom d'un chien !
– Voilà, mon ami, nous venons. »

Et elle descendit, suivie de Jean.

Roland s'écria en apercevant le jeune homme :

« Tiens, te voilà, toi ! Tu t'embêtes déjà dans ton logis ?
– Non, père, mais j'avais à causer avec maman ce matin. »

Jean s'avança, la main ouverte, et quand il sentit se refermer sur ses doigts l'étreinte paternelle du vieillard, une émotion bizarre et imprévue le crispa, l'émotion des séparations et des adieux sans espoir de retour.

Mme Roland demanda :

« Pierre n'est pas arrivé ? »

Son mari haussa les épaules :

« Non, mais tant pis, il est toujours en retard. Commençons sans lui. »

Elle se tourna vers Jean :

« Tu devrais aller le chercher, mon enfant ; ça le blesse quand on ne l'attend pas.
– Oui, maman, j'y vais. »

Et le jeune homme sortit.

Il monta l'escalier, avec la résolution fiévreuse d'un craintif qui va se battre.

Quand il eut heurté la porte, Pierre répondit :

« Entrez. »

Il entra.

L'autre écrivait, penché sur sa table.

« Bonjour », dit Jean.

Pierre se leva :

« Bonjour. »

Et ils se tendirent la main comme si rien ne s'était passé.

« Tu ne descends pas déjeuner ?

— Mais... c'est que... j'ai beaucoup à travailler. »

La voix de l'aîné tremblait, et son œil anxieux demandait au cadet ce qu'il allait faire.

« On t'attend.

— Ah ! est-ce que... est-ce que notre mère est en bas ?...

— Oui, c'est même elle qui m'a envoyé te chercher.

— Ah ! alors... je descends. »

Devant la porte de la salle il hésita à se montrer le premier ; puis il l'ouvrit d'un geste saccadé, et il aperçut son père et sa mère assis à table, face à face.

Il s'approcha d'elle d'abord sans lever les yeux, sans prononcer un mot, et s'étant penché il lui tendit son front à baiser comme il faisait depuis quelque temps, au lieu de l'embrasser sur les joues comme jadis. Il devina qu'elle approchait sa bouche, mais il ne sentit point les lèvres sur sa peau, et il se redressa, le cœur battant, après ce simulacre de caresse.

Il se demandait : « Que se sont-ils dit, après mon départ ? »

Jean répétait avec tendresse « mère » et « chère maman », prenait soin d'elle, la servait et lui versait à boire. Pierre alors comprit qu'ils avaient pleuré ensemble, mais il ne put pénétrer leur pensée ! Jean croyait-il sa mère coupable ou son frère un misérable ?

Et tous les reproches qu'il s'était faits d'avoir dit l'horrible chose l'assaillirent de nouveau, lui serrant la gorge et lui fermant la bouche, l'empêchant de manger et de parler.

Il était envahi maintenant par un besoin de fuir intolérable, de quitter cette maison qui n'était plus sienne, ces gens qui ne tenaient plus à lui que par d'imperceptibles liens. Et il aurait voulu partir sur l'heure, n'importe où, sentant que c'était fini, qu'il ne pouvait plus rester près d'eux, qu'il les torturerait toujours malgré lui, rien que par sa présence, et qu'ils lui feraient souffrir sans cesse un insoutenable supplice.

Jean parlait, causait avec Roland. Pierre n'écoutait pas, n'entendait point. Il crut sentir cependant une intention dans la voix de son frère et prit garde au sens des paroles.

Jean disait :

« Ce sera, paraît-il, le plus beau bâtiment de leur flotte. On parle de six mille cinq cents tonneaux. Il fera son premier voyage le mois prochain. »

Roland s'étonnait :

« Déjà ! Je croyais qu'il ne serait pas en état de prendre la mer cet été.

— Pardon ; on a poussé les travaux avec ardeur pour que la première traversée ait lieu avant l'automne. J'ai passé ce matin aux bureaux de la Compagnie et j'ai causé avec un des administrateurs.

— Ah ! ah ! lequel ?

— M. Marchand, l'ami particulier du président du conseil d'administration.

— Tiens, tu le connais ?

— Oui. Et puis j'avais un petit service à lui demander.

– Ah ! alors tu me feras visiter en grand détail la *Lorraine* dès qu'elle entrera dans le port, n'est-ce pas ?

– Certainement, c'est très facile ! »

Jean paraissait hésiter, chercher ses phrases, poursuivre une introuvable transition. Il reprit :

« En somme, c'est une vie très acceptable qu'on mène sur ces grands transatlantiques. On passe plus de la moitié des mois à terre dans deux villes superbes, New York et Le Havre, et le reste en mer avec des gens charmants. On peut même faire là des connaissances très agréables et très utiles pour plus tard, oui, très utiles, parmi les passagers. Songe que le capitaine, avec les économies sur le charbon, peut arriver à vingt-cinq mille francs par an, sinon plus... »

Roland fit un « bigre ! » suivi d'un sifflement qui témoignaient d'un profond respect pour la somme et pour le capitaine.

Jean reprit :

« Le commissaire de bord peut atteindre dix mille, et le médecin a cinq mille de traitement fixe, avec logement, nourriture, éclairage, chauffage, service, etc., etc. Ce qui équivaut à dix mille au moins, c'est très beau. »

Pierre, qui avait levé les yeux, rencontra ceux de son frère, et le comprit.

Alors, après une hésitation, il demanda :

« Est-ce très difficile à obtenir, les places de médecin sur un transatlantique ?

– Oui et non. Tout dépend des circonstances et des protections. »

Il y eut un long silence, puis le docteur reprit :

« C'est le mois prochain que part la *Lorraine* ?

– Oui, le 7. »

Et ils se turent.

Pierre songeait. Certes ce serait une solution s'il pouvait s'embarquer comme médecin sur ce paquebot. Plus tard on verrait ; il le quitterait peut-être. En attendant il y gagnerait sa vie sans demander rien à sa famille. Il avait dû, l'avant-veille, vendre sa montre, car maintenant il ne tendait plus la main devant sa mère ! Il n'avait donc aucune ressource, hors celle-là, aucun moyen de manger d'autre pain que le pain de la maison inhabitable, de dormir dans un autre lit, sous un autre toit. Il dit alors, en hésitant un peu :

« Si je pouvais, je partirais volontiers là-dessus, moi. »

Jean demanda :

« Pourquoi ne pourrais-tu pas ?

— Parce que je ne connais personne à la Compagnie transatlantique. »

Roland demeurait stupéfait :

« Et tous tes beaux projets de réussite, que deviennent-ils ? »

Pierre murmura :

« Il y a des jours où il faut savoir tout sacrifier, et renoncer aux meilleurs espoirs. D'ailleurs, ce n'est qu'un début, un moyen d'amasser quelques milliers de francs pour m'établir ensuite. »

Son père, aussitôt, fut convaincu :

« Ça, c'est vrai. En deux ans tu peux mettre de côté six ou sept mille francs, qui bien employés te mèneront loin. Qu'en penses-tu, Louise ? »

Elle répondit d'une voix basse, presque inintelligible :

« Je pense que Pierre a raison. »

Roland s'écria :

« Mais je vais en parler à M. Poulin, que je

connais beaucoup ! Il est juge au tribunal de commerce et il s'occupe des affaires de la Compagnie. J'ai aussi M. Lenient, l'armateur, qui est intime avec un des vice-présidents. »

Jean demanda à son frère :

« Veux-tu que je tâte aujourd'hui même M. Marchand ?

— Oui, je veux bien. »

Pierre reprit, après avoir songé quelques instants :

« Le meilleur moyen serait peut-être encore d'écrire à mes maîtres de l'École de médecine qui m'avaient en grande estime. On embarque souvent sur ces bateaux-là des sujets médiocres. Des lettres très chaudes des professeurs Mas-Roussel, Rémusot, Flache et Borriquel enlèveraient la chose en une heure mieux que toutes les recommandations douteuses. Il suffirait de faire présenter ces lettres par ton ami M. Marchand au conseil d'administration. »

Jean approuvait tout à fait :

« Ton idée est excellente, excellente ! »

Et il souriait, rassuré, presque content, sûr du succès, étant incapable de s'affliger longtemps.

« Tu vas leur écrire aujourd'hui même, dit-il.

— Tout à l'heure, tout de suite. J'y vais. Je ne prendrai pas de café ce matin, je suis trop nerveux. »

Il se leva et sortit.

Alors Jean se tourna vers sa mère :

« Toi, maman, qu'est-ce que tu fais ?

— Rien... Je ne sais pas.

— Veux-tu venir avec moi jusque chez Mme Rosémilly ?

— Mais... oui... oui...

— Tu sais... il est indispensable que j'y aille aujourd'hui...

— Oui... oui... C'est vrai.

— Pourquoi ça, indispensable ? — demanda Roland, habitué d'ailleurs à ne jamais comprendre ce qu'on disait devant lui.

— Parce que je lui ai promis d'y aller.

— Ah ! très bien. C'est différent, alors. »

Et il se mit à bourrer sa pipe, tandis que la mère et le fils montaient l'escalier pour prendre leurs chapeaux.

Quand ils furent dans la rue, Jean lui demanda :
« Veux-tu mon bras, maman ? »

Il ne le lui offrait jamais, car ils avaient l'habitude de marcher côte à côte. Elle accepta et s'appuya sur lui.

Ils ne parlèrent point pendant quelque temps, puis il lui dit :

« Tu vois que Pierre consent parfaitement à s'en aller. »

Elle murmura :

« Le pauvre garçon !

— Pourquoi ça, le pauvre garçon ? Il ne sera pas malheureux du tout sur la *Lorraine*.

— Non... je sais bien, mais je pense à tant de choses. »

Longtemps elle songea, la tête baissée, marchant du même pas que son fils, puis avec cette voix bizarre qu'on prend par moments pour conclure une longue et secrète pensée :

« C'est vilain, la vie ! Si on y trouve une fois un peu de douceur, on est coupable de s'y abandonner et on le paie bien cher plus tard. »

Il dit, très bas :

« Ne parle plus de ça, maman.

– Est-ce possible ? j'y pense tout le temps.
– Tu oublieras. »
Elle se tut encore, puis, avec un regret profond :
« Ah ! comme j'aurais pu être heureuse en épousant un autre homme ! »

À présent, elle s'exaspérait contre Roland, rejetant sur sa laideur, sur sa bêtise, sur sa gaucherie, sur la pesanteur de son esprit et l'aspect commun de sa personne toute la responsabilité de sa faute et de son malheur. C'était à cela, à la vulgarité de cet homme, qu'elle devait de l'avoir trompé, d'avoir désespéré un de ses fils et fait à l'autre la plus douloureuse confession dont pût saigner le cœur d'une mère.

Elle murmura : « C'est si affreux pour une jeune fille d'épouser un mari comme le mien. » Jean ne répondait pas. Il pensait à celui dont il avait cru être jusqu'ici le fils, et peut-être la notion confuse qu'il portait depuis longtemps de la médiocrité paternelle, l'ironie constante de son frère, l'indifférence dédaigneuse des autres et jusqu'au mépris de la bonne pour Roland avaient-ils préparé son âme à l'aveu terrible de sa mère. Il lui en coûtait moins d'être le fils d'un autre ; et après la grande secousse d'émotion de la veille, s'il n'avait pas eu le contre-coup de révolte, d'indignation et de colère redouté par Mme Roland, c'est que depuis bien longtemps il souffrait inconsciemment de se sentir l'enfant de ce lourdaud bonasse.

Ils étaient arrivés devant la maison de Mme Rosémilly.

Elle habitait, sur la route de Sainte-Adresse, le deuxième étage d'une grande construction qui lui appartenait. De ses fenêtres on découvrait toute la rade du Havre.

En apercevant Mme Roland qui entrait la première, au lieu de lui tendre les mains comme toujours, elle ouvrit les bras et l'embrassa, car elle devinait l'intention de sa démarche.

Le mobilier du salon, en velours frappé, était toujours recouvert de housses. Les murs, tapissés de papiers à fleurs, portaient quatre gravures achetées par le premier mari, le capitaine. Elles représentaient des scènes maritimes et sentimentales. On voyait sur la première la femme d'un pêcheur agitant un mouchoir sur une côte, tandis que disparaît à l'horizon la voile qui emporte son homme. Sur la seconde, la même femme, à genoux sur la même côte, se tord les bras en regardant au loin, sous un ciel plein d'éclairs, sur une mer de vagues invraisemblables, la barque de l'époux qui va sombrer.

Les deux autres gravures représentaient des scènes analogues dans une classe supérieure de la société.

Une jeune femme blonde rêve, accoudée sur le bordage d'un grand paquebot qui s'en va. Elle regarde la côte lointaine d'un œil mouillé de larmes et de regrets.

Qui a-t-elle laissé derrière elle ?

Puis, la même jeune femme assise près d'une fenêtre ouverte sur l'Océan est évanouie dans un fauteuil. Une lettre vient de tomber de ses genoux sur le tapis.

Il est donc mort, quel désespoir !

Les visiteurs, généralement, étaient émus et séduits par la tristesse banale de ces sujets transparents et poétiques. On comprenait tout de suite, sans explication et sans recherche, et on plaignait les pauvres femmes, bien qu'on ne sût pas au juste la nature du chagrin de la plus distinguée. Mais ce doute même aidait à la rêverie. Elle avait dû perdre son fiancé ! L'œil, dès l'entrée, était attiré invinciblement vers ces quatre sujets et retenu comme par une fascination. Il ne s'en écartait que pour y revenir toujours, et toujours contempler les quatre expressions des deux femmes qui se ressemblaient comme deux sœurs. Il se dégageait surtout du dessin net, bien fini, soigné, distingué à la façon d'une gravure de mode, ainsi que du cadre bien luisant, une sensation de propreté et de rectitude qu'accentuait encore le reste de l'ameublement.

Les sièges demeuraient rangés suivant un ordre invariable, les uns contre la muraille, les autres autour du guéridon. Les rideaux blancs, immaculés, avaient des plis si droits et si réguliers qu'on avait envie de les friper un peu ; et jamais un grain de poussière ne ternissait le globe où la pendule dorée, de style Empire, une mappemonde portée par un Atlas agenouillé, semblait mûrir comme un melon d'appartement.

Les deux femmes, en s'asseyant, modifièrent un peu la place normale de leurs chaises.

« Vous n'êtes pas sortie aujourd'hui ? demanda Mme Roland.

– Non. Je vous avoue que je suis un peu fatiguée. »

Et elle rappela, comme pour en remercier Jean et sa mère, tout le plaisir qu'elle avait pris à cette excursion et à cette pêche.

« Vous savez, disait-elle, que j'ai mangé ce matin mes salicoques. Elles étaient délicieuses. Si vous voulez, nous recommencerons un jour ou l'autre cette partie-là... »

Le jeune homme l'interrompit :

« Avant d'en commencer une seconde, si nous terminions la première ?

– Comment ça ? Mais il me semble qu'elle est finie.

– Oh ! madame, j'ai fait, de mon côté, dans ce rocher de Saint-Jouin, une pêche que je veux aussi rapporter chez moi. »

Elle prit un air naïf et malin :

« Vous ? Quoi donc ? Qu'est-ce que vous avez trouvé ?

– Une femme ! Et nous venons, maman et moi, vous demander si elle n'a pas changé d'avis ce matin. »

Elle se mit à sourire :

« Non, monsieur, je ne change jamais d'avis, moi. »

Ce fut lui qui lui tendit alors sa main toute grande, où elle fit tomber la sienne d'un geste vif et résolu. Et il demanda :

« Le plus tôt possible, n'est-ce pas ?

– Quand vous voudrez.

– Six semaines ?

– Je n'ai pas d'opinion. Qu'en pense ma future belle-mère ? »

Mme Roland répondit avec un sourire un peu mélancolique :

« Oh ! moi, je ne pense rien. Je vous remercie seulement d'avoir bien voulu Jean, car vous le rendrez très heureux.

– On fera ce qu'on pourra, maman. »

Un peu attendrie, pour la première fois, Mme Rosémilly se leva et, prenant à pleins bras Mme Roland, l'embrassa longtemps comme un enfant ; et sous cette caresse nouvelle une émotion puissante gonfla le cœur malade de la pauvre femme. Elle n'aurait pu dire ce qu'elle éprouvait. C'était triste et doux en même temps. Elle avait perdu un fils, un grand fils, et on lui rendait à la place une fille, une grande fille.

Quand elles se retrouvèrent face à face, sur leurs sièges, elles se prirent les mains et restèrent ainsi, se regardant et se souriant, tandis que Jean semblait presque oublié d'elles.

Puis elles parlèrent d'un tas de choses auxquelles il fallait songer pour ce prochain mariage, et quand tout fut décidé, réglé, Mme Rosémilly parut soudain se souvenir d'un détail et demanda :

« Vous avez consulté M. Roland, n'est-ce pas ? »

La même rougeur couvrit soudain les joues de la mère et du fils. Ce fut la mère qui répondit :

« Oh ! non, c'est inutile ! »

Puis elle hésita, sentant qu'une explication était nécessaire, et elle reprit :

« Nous faisons tout sans lui rien dire. Il suffit de lui annoncer ce que nous avons décidé. »

Mme Rosémilly, nullement surprise, souriait, jugeant cela bien naturel, car le bonhomme comptait si peu.

Quand Mme Roland se retrouva dans la rue avec son fils :

« Si nous allions chez toi, dit-elle. Je voudrais bien me reposer. »

Elle se sentait sans abri, sans refuge, ayant l'épouvante de sa maison.

Ils entrèrent chez Jean.

Dès qu'elle sentit la porte fermée derrière elle, elle poussa un gros soupir comme si cette serrure l'avait mise en sûreté ; puis, au lieu de se reposer, comme elle l'avait dit, elle commença à ouvrir les armoires, à vérifier les piles de linge, le nombre des mouchoirs et des chaussettes. Elle changeait l'ordre établi pour chercher des arrangements plus harmonieux, qui plaisaient davantage à son œil de ménagère ; et quand elle eut disposé les choses à son gré, aligné les serviettes, les caleçons et les chemises sur leurs tablettes spéciales, divisé tout le linge en trois classes principales, linge de corps, linge de maison et linge de table, elle se recula pour contempler son œuvre, et elle dit :

« Jean, viens donc voir comme c'est joli. »

Il se leva et admira pour lui faire plaisir.

Soudain, comme il s'était rassis, elle s'approcha de son fauteuil à pas légers, par-derrière, et, lui enlaçant le cou de son bras droit, elle l'embrassa en posant sur la cheminée un petit objet enveloppé dans un papier blanc, qu'elle tenait de l'autre main.

Il demanda :

« Qu'est-ce que c'est ? »

Comme elle ne répondait pas, il comprit, en reconnaissant la forme du cadre :

« Donne ! » dit-il.

Mais elle feignit de ne pas entendre, et retourna vers ses armoires. Il se leva, prit vivement cette relique douloureuse et, traversant l'appartement, alla l'enfermer à double tour, dans le tiroir de son bureau. Alors elle essuya du bout de ses doigts une larme au bord de ses yeux, puis elle dit, d'une voix un peu chevrotante :

« Maintenant, je vais voir si ta nouvelle bonne tient bien ta cuisine. Comme elle est sortie en ce moment, je pourrai tout inspecter pour me rendre compte. »

9

Les lettres de recommandation des professeurs Mas-Roussel, Rémusot, Flache et Borriquel, écrites dans les termes les plus flatteurs pour le docteur Pierre Roland, leur élève, avaient été soumises par M. Marchand au conseil de la Compagnie transatlantique, appuyées par MM. Poulin, juge au tribunal de commerce, Lenient, gros armateur, et Marival, adjoint au maire du Havre, ami particulier du capitaine Beausire.

Il se trouvait que le médecin de la *Lorraine* n'était pas encore désigné, et Pierre eut la chance d'être nommé en quelques jours.

Le pli qui l'en prévenait lui fut remis par la bonne Joséphine, un matin, comme il finissait sa toilette.

Sa première émotion fut celle du condamné à mort à qui on annonce sa peine commuée ; et il sentit immédiatement sa souffrance adoucie un peu par la pensée de ce départ et de cette vie calme toujours bercée par l'eau qui roule, toujours errante, toujours fuyante.

Il vivait maintenant dans la maison paternelle en étranger muet et réservé. Depuis le soir où il avait laissé s'échapper devant son frère l'infâme secret découvert par lui, il sentait qu'il avait brisé les dernières attaches avec les siens. Un remords le harcelait d'avoir dit cette chose à Jean. Il se jugeait odieux, malpropre, méchant, et cependant il était soulagé d'avoir parlé.

Jamais il ne rencontrait plus le regard de sa mère ou le regard de son frère. Leurs yeux pour s'éviter avaient pris une mobilité surprenante et des ruses d'ennemis qui redoutent de se croiser. Toujours il se demandait : « Qu'a-t-elle pu dire à Jean ? A-t-elle avoué ou a-t-elle nié ? Que croit mon frère ? Que pense-t-il d'elle, que pense-t-il de moi ? » Il ne devinait pas et s'en exaspérait. Il ne leur parlait presque plus d'ailleurs, sauf devant Roland, afin d'éviter ses questions.

Quand il eut reçu la lettre lui annonçant sa nomination, il la présenta, le jour même, à sa famille. Son père, qui avait une grande tendance à se réjouir de tout, battit des mains. Jean répondit d'un ton sérieux, mais l'âme pleine de joie :

« Je te félicite de tout mon cœur, car je sais qu'il y avait beaucoup de concurrents. Tu dois cela certainement aux lettres de tes professeurs. »

Et sa mère baissa la tête en murmurant :

« Je suis bien heureuse que tu aies réussi. »

Il alla, après le déjeuner, aux bureaux de la Compagnie, afin de se renseigner sur mille choses ; et il demanda le nom du médecin de la *Picardie* qui devait partir le lendemain, pour s'informer près de lui de tous les détails de sa vie nouvelle et des particularités qu'il y devait rencontrer.

Le Dr Pirette étant à bord, il s'y rendit et il fut reçu dans une petite chambre de paquebot par un jeune homme à barbe blonde qui ressemblait à son frère. Ils causèrent longtemps.

On entendait dans les profondeurs sonores de l'immense bâtiment une grande agitation confuse et continue, où la chute des marchandises entassées dans les cales se mêlait aux pas, aux voix, au mouvement des machines chargeant les caisses, aux sifflets des contremaîtres et à la rumeur des chaînes traînées ou enroulées sur les treuils par l'haleine rauque de la vapeur qui faisait vibrer un peu le corps entier du gros navire.

Mais lorsque Pierre eut quitté son collègue et se retrouva dans la rue, une tristesse nouvelle s'abattit sur lui, et l'enveloppa comme ces brumes qui courent sur la mer, venues du bout du monde et qui portent dans leur épaisseur insaisissable quelque chose de mystérieux et d'impur comme le souffle pestilentiel de terres malfaisantes et lointaines.

En ses heures de plus grande souffrance il ne s'était jamais senti plongé ainsi dans un cloaque de misère. C'est que la dernière déchirure était faite ; il ne tenait plus à rien. En arrachant de son cœur les racines de toutes ses tendresses, il n'avait pas éprouvé encore cette détresse de chien perdu qui venait soudain de le saisir.

Ce n'était plus une douleur morale et torturante, mais l'affolement d'une bête sans abri, une angoisse matérielle d'être errant qui n'a plus de toit et que la pluie, le vent, l'orage, toutes les forces brutales du monde vont assaillir. En mettant le pied sur ce paquebot, en entrant dans cette chambrette balancée sur les vagues, la chair de l'homme qui a toujours dormi dans un lit immobile et tranquille s'était révoltée contre l'insécurité de tous les lendemains futurs. Jusqu'alors elle s'était sentie protégée, cette chair, par le mur solide enfoncé dans la terre qui le tient, et par la certitude du repos à la même place, sous le toit qui résiste au vent. Maintenant, tout ce qu'on aime braver dans la chaleur du logis fermé deviendrait un danger et une constante souffrance.

Plus de sol sous les pas, mais la mer qui roule, qui gronde et engloutit. Plus d'espace autour de soi pour se promener, courir, se perdre par les chemins, mais quelques mètres de planches pour marcher comme un condamné au milieu d'autres prisonniers. Plus d'arbres, de jardins, de rues, de maisons, rien que de l'eau et des nuages. Et sans cesse il sentirait remuer ce navire sous ses pieds. Les jours d'orage il faudrait s'appuyer aux cloisons, s'accrocher aux portes, se cramponner aux bords de la couchette étroite pour ne point rouler par terre. Les jours de calme il entendrait la trépidation ronflante de l'hélice et sentirait fuir ce bateau qui le porte, d'une fuite continue, régulière, exaspérante.

Et il se trouvait condamné à cette vie de forçat vagabond, uniquement parce que sa mère s'était livrée aux caresses d'un homme.

Il allait devant lui, défaillant à présent sous la mélancolie désolée des gens qui vont s'expatrier.

Il ne se sentait plus au cœur ce mépris hautain, cette haine dédaigneuse pour les inconnus qui passent, mais une triste envie de leur parler, de leur dire qu'il allait quitter la France, d'être écouté et consolé. C'était, au fond de lui, un besoin honteux de pauvre qui va tendre la main, un besoin timide et fort de sentir quelqu'un souffrir de son départ.

Il songea à Marowsko. Seul le vieux Polonais l'aimait assez pour ressentir une vraie et poignante émotion ; et le docteur se décida tout de suite à l'aller voir.

Quand il entra dans la boutique, le pharmacien, qui pilait des poudres au fond d'un mortier de marbre, eut un petit tressaillement et quitta sa besogne.

« On ne vous aperçoit plus jamais ? » dit-il.

Le jeune homme expliqua qu'il avait eu à entreprendre des démarches nombreuses, sans en dévoiler le motif, et il s'assit en demandant :

« Eh bien, les affaires vont-elles ? »

Elles n'allaient pas, les affaires. La concurrence était terrible, le malade rare et pauvre dans ce quartier travailleur. On n'y pouvait vendre que des médicaments à bon marché ; et les médecins n'y ordonnaient point ces remèdes rares et compliqués sur lesquels on gagne cinq cents pour cent. Le bonhomme conclut :

« Si ça dure encore trois mois comme ça, il faudra fermer boutique. Si je ne comptais pas sur vous, mon bon docteur, je me serais déjà mis à cirer des bottes. »

Pierre sentit son cœur se serrer, et il se décida brusquement à porter le coup, puisqu'il le fallait :

« Oh ! moi... moi... je ne pourrai plus vous être d'aucun secours. Je quitte Le Havre au commencement du mois prochain. »

Marowsko ôta ses lunettes, tant son émotion fut vive :

« Vous... vous... qu'est-ce que vous dites là ?

– Je dis que je m'en vais, mon pauvre ami. »

Le vieux demeurait atterré, sentant crouler son dernier espoir, et il se révolta soudain contre cet homme qu'il avait suivi, qu'il aimait, en qui il avait eu tant de confiance, et qui l'abandonnait ainsi.

Il bredouilla :

« Mais vous n'allez pas me trahir à votre tour, vous ? »

Pierre se sentait tellement attendri qu'il avait envie de l'embrasser :

« Mais je ne vous trahis pas. Je n'ai point trouvé à me caser ici et je pars comme médecin sur un paquebot transatlantique.

– Oh ! monsieur Pierre ! Vous m'aviez si bien promis de m'aider à vivre !

– Que voulez-vous ! Il faut que je vive moi-même. Je n'ai pas un sou de fortune. »

Marowsko répétait :

« C'est mal, c'est mal, ce que vous faites. Je n'ai plus qu'à mourir de faim, moi. À mon âge, c'est fini. C'est mal. Vous abandonnez un pauvre vieux qui est venu pour vous suivre. C'est mal. »

Pierre voulait s'expliquer, protester, donner ses raisons, prouver qu'il n'avait pu faire autrement ; le Polonais n'écoutait point, révolté de cette désertion, et il finit par dire, faisant allusion sans doute à des événements politiques :

« Vous autres Français, vous ne tenez pas vos promesses. »

Alors Pierre se leva, froissé à son tour, et le prenant d'un peu haut :

« Vous êtes injuste, père Marowsko. Pour se décider à ce que j'ai fait, il faut de puissants motifs ; et vous devriez le comprendre. Au revoir. J'espère que je vous retrouverai plus raisonnable. »

Et il sortit.

« Allons, pensait-il, personne n'aura pour moi un regret sincère. »

Sa pensée cherchait, allant à tous ceux qu'il connaissait, ou qu'il avait connus, et elle retrouva, au milieu de tous les visages défilant dans son souvenir, celui de la fille de brasserie qui lui avait fait soupçonner sa mère.

Il hésita, gardant contre elle une rancune instinctive, puis soudain, se décidant, il pensa : « Elle avait raison, après tout. » Et il s'orienta pour retrouver sa rue.

La brasserie était, par hasard, remplie de monde

Pierre et Jean

et remplie aussi de fumée. Les consommateurs, bourgeois et ouvriers, car c'était un jour de fête, appelaient, riaient, criaient, et le patron lui-même servait, courant de table en table, emportant des bocks vides et les rapportant pleins de mousse.

Quand Pierre eut trouvé une place, non loin du comptoir, il attendit, espérant que la bonne le verrait et le reconnaîtrait.

Mais elle passait et repassait devant lui, sans un coup d'œil, trottant menu sous ses jupes avec un petit dandinement gentil.

Il finit par frapper la table d'une pièce d'argent. Elle accourut :

« Que désirez-vous, monsieur ? »

Elle ne le regardait pas, l'esprit perdu dans le calcul des consommations servies.

« Eh bien, fit-il, c'est comme ça qu'on dit bonjour à ses amis ? »

Elle fixa ses yeux sur lui, et d'une voix pressée :

« Ah ! c'est vous. Vous allez bien. Mais je n'ai pas le temps aujourd'hui. C'est un bock que vous voulez ?

– Oui, un bock. »

Quand elle l'apporta, il reprit :

« Je viens te faire mes adieux. Je pars. »

Elle répondit avec indifférence :

« Ah bah ! Où allez-vous ?

– En Amérique.

– On dit que c'est un beau pays. »

Et rien de plus. Vraiment il fallait être bien malavisé pour lui parler ce jour-là. Il y avait trop de monde au café !

Et Pierre s'en alla vers la mer. En arrivant sur la jetée, il vit la *Perle* qui rentrait portant son père et le capitaine Beausire. Le matelot Papagris ramait ;

et les deux hommes, assis à l'arrière, fumaient leur pipe avec un air de parfait bonheur. Le docteur songea en les voyant passer : « Bienheureux les simples d'esprit. »

Et il s'assit sur un des bancs du brise-lames pour tâcher de s'engourdir dans une somnolence de brute.

Quand il rentra, le soir, à la maison, sa mère lui dit, sans oser lever les yeux sur lui :

« Il va te falloir un tas d'affaires pour partir, et je suis un peu embarrassée. Je t'ai commandé tantôt ton linge de corps et j'ai passé chez le tailleur pour les habits ; mais n'as-tu besoin de rien d'autre, de choses que je ne connais pas, peut-être ? »

Il ouvrit la bouche pour dire : « Non, de rien. » Mais il songea qu'il lui fallait au moins accepter de quoi se vêtir décemment, et ce fut d'un ton très calme qu'il répondit :

« Je ne sais pas encore, moi ; je m'informerai à la Compagnie. »

Il s'informa, et on lui remit la liste des objets indispensables. Sa mère, en la recevant de ses mains, le regarda pour la première fois depuis bien longtemps, et elle avait au fond des yeux l'expression si humble, si douce, si triste, si suppliante des pauvres chiens battus qui demandent grâce.

Le 1er octobre, la *Lorraine*, venant de Saint-Nazaire, entra au port du Havre, pour en repartir le 7 du même mois à destination de New York ; et Pierre Roland dut prendre possession de la petite cabine flottante où serait désormais emprisonnée sa vie.

Le lendemain, comme il sortait, il rencontra dans l'escalier sa mère qui l'attendait et qui murmura d'une voix à peine intelligible :

« Tu ne veux pas que je t'aide à t'installer sur ce bateau ?

– Non, merci, tout est fini. »

Elle murmura :

« Je désire tant voir ta chambrette.

– Ce n'est pas la peine. C'est très laid et très petit. »

Il passa, la laissant atterrée, appuyée au mur, et la face blême.

Or Roland, qui visita la *Lorraine* ce jour-là même, ne parla pendant le dîner que de ce magnifique navire et s'étonna beaucoup que sa femme n'eût aucune envie de le connaître puisque leur fils allait s'embarquer dessus.

Pierre ne vécut guère dans sa famille pendant les jours qui suivirent. Il était nerveux, irritable, dur, et sa parole brutale semblait fouetter tout le monde. Mais la veille de son départ il parut soudain très changé, très adouci. Il demanda, au moment d'embrasser ses parents avant d'aller coucher à bord pour la première fois :

« Vous viendrez me dire adieu, demain sur le bateau ? »

Roland s'écria :

« Mais oui, mais oui, parbleu. N'est-ce pas, Louise ?

– Mais certainement », dit-elle tout bas.

Pierre reprit :

« Nous partons à onze heures juste. Il faut être là-bas à neuf heures et demie au plus tard.

– Tiens ! s'écria son père, une idée. En te quittant nous courrons bien vite nous embarquer sur la *Perle* afin de t'attendre hors des jetées et de te voir encore une fois. N'est-ce pas, Louise ?

– Oui, certainement. »

Roland reprit :

« De cette façon, tu ne nous confondras pas avec la foule qui encombre le môle quand partent les transatlantiques. On ne peut jamais reconnaître les siens dans le tas. Ça te va ?

— Mais oui, ça me va. C'est entendu. »

Une heure plus tard il était étendu dans son petit lit marin, étroit et long comme un cercueil. Il y resta longtemps, les yeux ouverts, songeant à tout ce qui s'était passé depuis deux mois dans sa vie, et surtout dans son âme. À force d'avoir souffert et fait souffrir les autres, sa douleur agressive et vengeresse s'était fatiguée, comme une lame émoussée. Il n'avait presque plus le courage d'en vouloir à quelqu'un et de quoi que ce fût, et il laissait aller sa révolte à vau-l'eau à la façon de son existence. Il se sentait tellement las de lutter, las de frapper, las de détester, las de tout, qu'il n'en pouvait plus et tâchait d'engourdir son cœur dans l'oubli, comme on tombe dans le sommeil. Il entendait vaguement autour de lui les bruits nouveaux du navire, bruits légers, à peine perceptibles en cette nuit calme du port ; et de sa blessure jusque-là si cruelle il ne sentait plus aussi que les tiraillements douloureux des plaies qui se cicatrisent.

Il avait dormi profondément quand le mouvement des matelots le tira de son repos. Il faisait jour, le train de marée arrivait au quai amenant les voyageurs de Paris.

Alors il erra sur le navire au milieu de ces gens affairés, inquiets, cherchant leurs cabines, s'appelant, se questionnant et se répondant au hasard, dans l'effarement du voyage commencé. Après qu'il eut salué le capitaine et serré la main de son compagnon le commissaire du bord, il entra dans le salon où quelques Anglais sommeillaient déjà dans les coins. La grande pièce aux murs de marbre blanc encadrés de filets d'or prolongeait indéfiniment dans les glaces la perspective de ses longues tables flanquées de deux lignes illimitées de sièges tournants, en velours grenat. C'était bien là le vaste hall flottant et cosmopolite où devaient manger en commun les gens riches de tous les continents. Son luxe opulent était celui des grands hôtels, des théâtres, des lieux publics, le luxe imposant et banal qui satisfait l'œil des millionnaires. Le docteur allait passer dans la partie du navire réservée à la seconde classe, quand il se souvint qu'on avait embarqué la veille au soir un grand troupeau d'émigrants, et il descendit dans l'entrepont. En y pénétrant, il fut saisi par une odeur nauséabonde d'humanité pauvre et malpropre, puanteur de chair nue plus écœurante que celle du poil ou de la laine des bêtes. Alors, dans une sorte de souterrain obscur et bas, pareil aux galeries des mines, Pierre aperçut des centaines d'hommes, de femmes et d'enfants étendus sur des planches superposées ou grouillant par tas sur le sol. Il ne distinguait point les visages mais voyait vaguement cette foule sordide en haillons, cette foule de misérables vaincus par la vie, épuisés, écrasés, partant avec une femme maigre et des enfants exténués pour une terre inconnue, où ils espéraient ne point mourir de faim, peut-être.

Et songeant au travail passé, au travail perdu, aux efforts stériles, à la lutte acharnée, reprise chaque jour en vain, à l'énergie dépensée par ces gueux, qui allaient recommencer encore, sans savoir où, cette existence d'abominable misère, le docteur eut envie de leur crier : « Mais foutez-vous donc à l'eau avec vos femelles et vos petits ! » Et son cœur fut tellement étreint par la pitié qu'il s'en alla, ne pouvant supporter leur vue.

Son père, sa mère, son frère et Mme Rosémilly l'attendaient déjà dans sa cabine.

« Si tôt, dit-il.

– Oui, répondit Mme Roland d'une voix tremblante, nous voulions avoir le temps de te voir un peu. »

Il la regarda. Elle était en noir, comme si elle eût porté un deuil, et il s'aperçut brusquement que ses cheveux, encore gris le mois dernier, devenaient tout blancs à présent.

Il eut grand-peine à faire asseoir les quatre personnes dans sa petite demeure, et il sauta sur son lit. Par la porte restée ouverte on voyait passer une foule nombreuse comme celle d'une rue un jour de fête, car tous les amis des embarqués et une armée de simples curieux avaient envahi l'immense paquebot. On se promenait dans les couloirs, dans les salons, partout, et des têtes s'avançaient jusque dans la chambre tandis que des voix murmuraient au-dehors : « C'est l'appartement du docteur. »

Alors Pierre poussa la porte ; mais dès qu'il se sentit enfermé avec les siens, il eut envie de la rouvrir, car l'agitation du navire trompait leur gêne et leur silence.

Mme Rosémilly voulut enfin parler :

« Il vient bien peu d'air par ces petites fenêtres, dit-elle.

– C'est un hublot », répondit Pierre.

Il en montra l'épaisseur qui rendait le verre capable de résister aux chocs les plus violents, puis il expliqua longuement le système de fermeture. Roland à son tour demanda :

« Tu as ici même la pharmacie ? »

Le docteur ouvrit une armoire et fit voir une bibliothèque de fioles qui portaient des noms latins sur des carrés de papier blanc.

Il en prit une pour énumérer les propriétés de la matière qu'elle contenait, puis une seconde, puis une troisième, et il fit un vrai cours de thérapeutique qu'on semblait écouter avec une grande attention.

Roland répétait en remuant la tête :

« Est-ce intéressant, cela ! »

On frappa doucement contre la porte.

« Entrez ! » cria Pierre.

Et le capitaine Beausire parut.

Il dit, en tendant la main :

« Je viens tard parce que je n'ai pas voulu gêner vos épanchements. »

Il dut aussi s'asseoir sur le lit. Et le silence recommença.

Mais, tout à coup, le capitaine prêta l'oreille. Des commandements lui parvenaient à travers la cloison, et il annonça :

« Il est temps de nous en aller si nous voulons embarquer dans la *Perle* pour vous voir encore à la sortie, et vous dire adieu en pleine mer. »

Roland père y tenait beaucoup, afin d'impressionner les voyageurs de la *Lorraine* sans doute, et il se leva avec empressement :

« Allons, adieu, mon garçon. »

Il embrassa Pierre sur ses favoris, puis rouvrit la porte.

Mme Roland ne bougeait point et demeurait les yeux baissés, très pâle.

Son mari lui toucha le bras :

« Allons, dépêchons-nous, nous n'avons pas une minute à perdre. »

Elle se dressa, fit un pas vers son fils et lui tendit, l'une après l'autre, deux joues de cire blanche, qu'il baisa sans dire un mot. Puis il serra la main de Mme Rosémilly, et celle de son frère en lui demandant :

« À quand ton mariage ?

— Je ne sais pas encore au juste. Nous le ferons coïncider avec un de tes voyages. »

Tout le monde enfin sortit de la chambre et remonta sur le pont encombré de public, de porteurs de paquets et de marins.

La vapeur ronflait dans le ventre énorme du navire qui semblait frémir d'impatience.

« Adieu, dit Roland toujours pressé.

— Adieu », répondit Pierre debout au bord d'un des petits ponts de bois qui faisaient communiquer la *Lorraine* avec le quai.

Il serra de nouveau toutes les mains et sa famille s'éloigna.

« Vite, vite, en voiture ! » criait le père.

Un fiacre les attendait qui les conduisit à l'avant-port où Papagris tenait la *Perle* toute prête à prendre le large.

Il n'y avait aucun souffle d'air ; c'était un de ces jours secs et calmes d'automne, où la mer polie semble froide et dure comme de l'acier.

Jean saisit un aviron, le matelot borda l'autre et ils se mirent à ramer. Sur le brise-lames, sur les jetées, jusque sur les parapets de granit, une foule innombrable, remuante et bruyante, attendait la *Lorraine*.

La *Perle* passa entre ces deux vagues humaines et fut bientôt hors du môle.

Le capitaine Beausire, assis entre les deux femmes, tenait la barre et il disait :

« Vous allez voir que nous nous trouverons juste sur sa route, mais là, juste. »

Et les deux rameurs tiraient de toute leur force pour aller le plus loin possible. Tout à coup Roland s'écria :

« La voilà. J'aperçois sa mâture et ses deux cheminées. Elle sort du bassin.

– Hardi ! les enfants », répétait Beausire.

Mme Roland prit son mouchoir dans sa poche et le posa sur ses yeux.

Roland était debout, cramponné au mât ; il annonçait :

« En ce moment elle évolue dans l'avant-port... Elle ne bouge plus... Elle se remet en mouvement... Elle a dû prendre son remorqueur... Elle marche... bravo !... Elle s'engage dans les jetées !... Entendez-vous la foule qui crie... bravo !... c'est le *Neptune* qui la tire... je vois son avant maintenant... la voilà, la voilà... Nom de Dieu, quel bateau ! Nom de Dieu ! regardez donc !... »

Mme Rosémilly et Beausire se retournèrent ; les deux hommes cessèrent de ramer ; seule Mme Roland ne remua point.

L'immense paquebot, traîné par un puissant remorqueur qui avait l'air, devant lui, d'une chenille, sortait lentement et royalement du port. Et le peuple havrais massé sur les môles, sur la plage, aux fenêtres, emporté soudain par un élan patriotique se mit à crier : « Vive la *Lorraine* ! » acclamant et applaudissant ce départ magnifique, cet enfantement d'une grande ville maritime qui donnait à la mer sa plus belle fille. Mais Elle, dès qu'elle eut franchi l'étroit passage enfermé entre deux murs de granit, se sentant libre enfin, abandonna son remorqueur, et elle partit toute seule comme un énorme monstre courant sur l'eau.

« La voilà... la voilà !... criait toujours Roland. Elle vient droit sur nous. »

Et Beausire, radieux, répétait :

« Qu'est-ce que je vous avais promis, hein ? Est-ce que je connais leur route ? »

Jean, tout bas, dit à sa mère :

« Regarde, maman, elle approche. »

Et Mme Roland découvrit ses yeux aveuglés par les larmes.

La *Lorraine* arrivait, lancée à toute vitesse dès sa sortie du port, par ce beau temps clair, calme. Beausire, la lunette braquée, annonça :

« Attention ! monsieur Pierre est à l'arrière, tout seul, bien en vue. Attention ! »

Haut comme une montagne et rapide comme un train, le navire, maintenant, passait presque à toucher la *Perle*. Et Mme Roland éperdue, affolée, tendit les bras vers lui, et elle vit son fils, son fils Pierre, coiffé de sa casquette galonnée, qui lui jetait à deux mains des baisers d'adieu. Mais il s'en allait, il fuyait, disparaissait, devenu déjà tout petit, effacé comme une tache imperceptible sur le gigantesque bâtiment. Elle s'efforçait de le reconnaître encore et ne le distinguait plus.

Jean lui avait pris la main.

« Tu as vu ? dit-il.

– Oui, j'ai vu. Comme il est bon ! »

Et on retourna vers la ville.

« Cristi ! ça va vite », déclarait Roland avec une conviction enthousiaste.

Le paquebot, en effet, diminuait de seconde en seconde comme s'il eût fondu dans l'Océan.

Mme Roland tournée vers lui le regardait s'enfoncer à l'horizon vers une terre inconnue, à l'autre bout du monde. Sur ce bateau que rien ne pouvait arrêter, sur ce bateau qu'elle n'apercevrait plus tout à l'heure, était son fils, son pauvre fils. Et il lui semblait que la moitié de son cœur s'en allait avec lui, il lui semblait aussi que sa vie était finie, il lui semblait encore qu'elle ne reverrait jamais plus son enfant.

« Pourquoi pleures-tu, demanda son mari, puisqu'il sera de retour avant un mois ? »

Elle balbutia :

« Je ne sais pas. Je pleure parce que j'ai mal. »

Lorsqu'ils furent revenus à terre, Beausire les quitta tout de suite pour aller déjeuner chez un ami. Alors Jean partit en avant avec Mme Rosémilly, et Roland dit à sa femme :

« Il a une belle tournure, tout de même, notre Jean.

— Oui », répondit la mère.

Et comme elle avait l'âme trop troublée pour songer à ce qu'elle disait, elle ajouta :

« Je suis bien heureuse qu'il épouse Mme Rosémilly. »

Le bonhomme fut stupéfait :

« Ah bah ! Comment ? Il va épouser Mme Rosémilly ?

— Mais oui. Nous comptions te demander ton avis aujourd'hui même.

— Tiens ! Tiens ! Y a-t-il longtemps qu'il est question de cette affaire-là ?

— Oh ! non. Depuis quelques jours seulement. Jean voulait être sûr d'être agréé par elle avant de te consulter. »

Roland se frottait les mains :

« Très bien, très bien. C'est parfait. Moi je l'approuve absolument. »

Comme ils allaient quitter le quai et prendre le boulevard François-Ier, sa femme se retourna encore une fois pour jeter un dernier regard sur la haute mer ; mais elle ne vit plus rien qu'une petite fumée grise, si lointaine, si légère qu'elle avait l'air d'un peu de brume.

Les Dimanches
d'un bourgeois de Paris

1

Préparatifs de voyage

M. Patissot, né à Paris, après avoir fait, comme beaucoup d'autres, de mauvaises études au collège Henri-IV, était entré dans un ministère par la protection d'une de ses tantes, qui tenait un débit de tabac où s'approvisionnait un chef de division.

Il avança très lentement et serait peut-être mort commis de quatrième classe, sans le paterne hasard qui dirige parfois nos destinées.

Il a aujourd'hui cinquante-deux ans, et c'est à cet âge seulement qu'il commence à parcourir, en touriste, toute cette partie de la France qui s'étend entre les fortifications et la province.

L'histoire de son avancement peut être utile à beaucoup d'employés, comme le récit de ses promenades servira sans doute à beaucoup de Parisiens qui les prendront pour itinéraires de leurs propres excursions, et sauront, par son exemple, éviter certaines mésaventures qui lui sont advenues.

M. Patissot, en 1854, ne touchait encore que mille huit cents francs. Par un effet singulier de sa nature, il déplaisait à tous ses chefs, qui le laissaient languir dans l'attente éternelle et désespérée de l'augmentation, cet idéal de l'employé.

Il travaillait pourtant ; mais il ne savait pas le faire valoir : et puis il était trop fier, disait-il. Et puis sa fierté consistait à ne jamais saluer ses supérieurs d'une façon vile et obséquieuse, comme le faisaient, à son avis, certains de ses collègues qu'il ne voulait pas nommer. Il ajoutait encore que sa franchise gênait bien des gens, car il s'élevait, comme tous les autres d'ailleurs, contre les passe-droits, les injustices, les tours de faveur donnés à des inconnus, étrangers à la bureaucratie. Mais sa voix indignée ne passait jamais la porte de la case où il besognait, selon son mot : « Je besogne... dans les deux sens, monsieur. »

Comme employé d'abord, comme Français ensuite, comme homme d'ordre enfin, il se ralliait, par principe, à tout gouvernement établi, étant fanatique du pouvoir... autre que celui des chefs.

Chaque fois qu'il en trouvait l'occasion, il se postait sur le passage de l'empereur afin d'avoir l'honneur de se découvrir : et il s'en allait tout orgueilleux d'avoir salué le chef de l'État.

À force de contempler le souverain, il fit comme beaucoup : l'imita dans la coupe de sa barbe, l'arrangement de ses cheveux, la forme de sa redingote, sa démarche, son geste – combien d'hommes, dans chaque pays, semblent des portraits du prince ! Il avait peut-être une vague ressemblance avec Napoléon III, mais ses cheveux étaient noirs – il les teignit. Alors la similitude fut absolue ; et, quand il rencontrait dans la rue un autre monsieur représentant aussi la figure impériale, il en était jaloux et le regardait dédaigneusement. Ce besoin d'imitation devint bientôt son idée fixe, et, ayant entendu un huissier des Tuileries contrefaire la voix de l'empereur, il en prit à son tour les intonations et la lenteur calculée.

Il devint ainsi tellement pareil à son modèle

qu'on les aurait confondus, et des gens au ministère, des hauts fonctionnaires, murmuraient, trouvant la chose inconvenante, grossière même ; on en parla au ministre, qui manda cet employé devant lui. Mais à sa vue, il se mit à rire, et répéta deux ou trois fois : « C'est drôle, vraiment drôle ! » On l'entendit, et le lendemain, le supérieur direct de Patissot proposa son subordonné pour un avancement de trois cents francs, qu'il obtint immédiatement.

Depuis lors, il marcha d'une façon régulière, grâce à cette faculté simiesque d'imitation. Même une inquiétude vague, comme le pressentiment d'une haute fortune suspendue sur sa tête, gagnait ses chefs, qui lui parlaient avec déférence.

Mais quand la République arriva, ce fut un désastre pour lui. Il se sentit noyé, fini, et, perdant la tête, cessa de se teindre, se rasa complètement et fit couper ses cheveux court, obtenant ainsi un aspect paterne et doux fort peu compromettant.

Alors, les chefs se vengèrent de la longue intimidation qu'il avait exercée sur eux, et, devenant tous républicains par instinct de conservation, ils le persécutèrent dans ses gratifications et entravèrent son avancement. Lui aussi changea d'opinion ; mais la République n'étant pas un personnage palpable et vivant à qui l'on peut ressembler, et les présidents se suivant avec rapidité, il se trouva plongé dans le plus cruel embarras, dans une détresse épouvantable, arrêté dans tous ses besoins d'imitation, après l'insuccès d'une tentative vers son idéal dernier : M. Thiers.

Mais il lui fallait une manifestation nouvelle de sa personnalité. Il chercha longtemps ; puis, un matin, il se présenta au bureau avec un chapeau neuf qui portait comme cocarde, au côté droit, une très petite rosette tricolore. Ses collègues furent stupéfaits ; on en rit toute la journée, et le lendemain encore, et la semaine, et le mois. Mais la gravité de son attitude à la fin les déconcerta ; et les chefs encore une fois furent inquiets. Quel mystère cachait ce signe ? Était-ce une simple affirmation de patriotisme ? – ou le témoignage de son ralliement à la République ? – ou peut-être la marque secrète de quelque affiliation puissante ? Mais alors, pour la porter si obstinément, il fallait être bien assuré d'une protection occulte et formidable. Dans tous les cas il était sage de se tenir sur ses gardes, d'autant plus que son imperturbable sang-froid devant toutes les plaisanteries augmentait encore les inquiétudes. On le ménagea derechef, et son courage à la Gribouille le sauva, car il fut enfin nommé commis principal, le 1er janvier 1880.

Toute sa vie avait été sédentaire. Resté garçon par amour du repos et de la tranquillité, il exécrait le mouvement et le bruit. Ses dimanches étaient généralement passés à lire des romans d'aventures et à régler avec soin des transparents qu'il offrait ensuite à ses collègues. Il n'avait pris, en son existence, que trois congés, de huit jours chacun, pour déménager. Mais quelquefois, aux grandes fêtes, il partait par un train de plaisir à destination de Dieppe ou du Havre, afin d'élever son âme au spectacle imposant de la mer.

Il était plein de ce bon sens qui confine à la bêtise. Il vivait depuis longtemps tranquille, avec économie, tempérant par prudence, chaste d'ailleurs par tempérament, quand une inquiétude horrible l'envahit. Dans la rue, un soir, tout à coup, un étourdissement le prit qui lui fit craindre une attaque. S'étant transporté chez un médecin, il en obtint, moyennant cent sous, cette ordonnance :

> M. X..., cinquante-deux ans, célibataire, employé. – Nature sanguine, menace de congestion. – Lotions d'eau froide, nourriture modérée, beaucoup d'exercice.
>
> Montellier, D. M. P.

Patissot fut atterré, et pendant un mois, dans son bureau, il garda tout le jour, autour du front, sa serviette mouillée, roulée en manière de turban, tandis que des gouttes d'eau, sans cesse, tombaient sur ses expéditions, qu'il lui fallait recommencer. Il relisait à tout instant l'ordonnance, avec l'espoir, sans doute d'y trouver un sens inaperçu, de pénétrer la pensée secrète du médecin, et de découvrir aussi quel exercice favorable pourrait bien le mettre à l'abri de l'apoplexie.

Alors il consulta ses amis, en leur exhibant le funeste papier. L'un d'eux lui conseilla la boxe. Il s'enquit aussitôt d'un professeur et reçut, dès le premier jour, sur le nez, un coup de poing droit qui le détacha à jamais de ce divertissement salutaire. La canne le fit râler d'essoufflement, et il fut si bien courbaturé par l'escrime, qu'il en demeura deux nuits sans dormir. Alors il eut une illumination. C'était de visiter à pied, chaque dimanche, les environs de Paris et même certaines parties de la capitale qu'il ne connaissait pas.

Son équipement pour ces voyages occupa son esprit toute une semaine, et le dimanche, trentième jour de mai, il commença les préparatifs.

Après avoir lu toutes les réclames les plus baroques, que de pauvres diables, borgnes ou boiteux, distribuent au coin des rues avec importunité, il se rendit dans les magasins avec la simple intention de voir, se réservant d'acheter plus tard.

Il visita d'abord l'établissement d'un bottier soi-disant américain, demandant qu'on lui montrât de forts souliers pour voyages ! On lui exhiba des espèces d'appareils blindés en cuivre comme des navires de guerre, hérissés de pointes comme une herse de fer, et qu'on lui affirma être confectionnés en cuir de bison des montagnes Rocheuses. Il fut tellement enthousiasmé qu'il en aurait volontiers acheté deux paires. Une seule lui suffisait cependant. Il s'en contenta ; et il partit, la portant sous son bras, qui fut bientôt tout engourdi.

Il se procura un pantalon de fatigue en velours à côtes, comme ceux des ouvriers charpentiers ; puis des guêtres de toile à voile passées à l'huile et montant jusqu'aux genoux.

Il lui fallut encore un sac de soldat pour ses provisions, une lunette marine afin de reconnaître les villages éloignés, pendus aux flancs des coteaux ; enfin une carte de l'état-major qui lui permettrait de se diriger, sans demander sa route aux paysans courbés au milieu des champs.

Puis, pour supporter plus facilement la chaleur, il se résolut à acquérir un léger vêtement d'alpaga que la célèbre maison Raminau livrait en première qualité, suivant ses annonces, pour la modique somme de six francs cinquante centimes.

Il se rendit dans cet établissement, et un grand jeune homme distingué, avec une chevelure entretenue à la Capoul, des ongles roses comme ceux des dames, et un sourire toujours aimable, lui fit voir le vêtement demandé. Il ne répondait pas à la magnificence de l'annonce. Alors Patissot, hésitant, interrogea : « Mais enfin, monsieur, est-ce d'un bon usage ? » L'autre détourna les yeux avec un embarras bien joué comme un honnête homme qui ne veut pas tromper la confiance d'un client, et, baissant le ton d'un air hésitant : « Mon Dieu, monsieur, vous comprenez que pour six francs cinquante on ne peut pas livrer un article pareil à celui-ci, par exemple... » Et il prit un veston sensiblement mieux que le premier. Après l'avoir examiné, Patissot s'informa du prix. « Douze francs cinquante. » C'était tentant. Mais, avant de se décider, il interrogea de nouveau le grand jeune homme, qui le regardait fixement, en observateur. « Et... c'est très bon cela ? vous le garantissez ? – Oh ! certainement, monsieur, c'est excellent et souple ! Il ne faudrait pas, bien entendu, qu'il fût mouillé ! Oh ! pour être bon, c'est bon ; mais vous comprenez bien qu'il y a marchandise et marchandise. Pour le prix, c'est parfait. Douze francs cinquante, songez donc, ce n'est rien. Il est bien certain qu'une jaquette de vingt-cinq francs vaudra mieux. Pour vingt-cinq francs, vous avez tout ce qu'il y a de supérieur ; aussi fort que le drap, plus durable même. Quand il a plu, un coup de fer la remet à neuf. Cela ne change jamais de couleur, ne rougit pas au soleil. C'est en même temps plus chaud et plus léger. » Et il déployait sa marchandise, faisait miroiter l'étoffe, la froissait, la secouait, la tendait pour faire valoir l'excellence de la qualité. Il parlait interminablement, avec conviction, dissipant les hésitations par le geste et par la rhétorique.

Patissot fut convaincu, il acheta. L'aimable vendeur ficela le paquet, parlant encore, et devant la caisse, près de la porte, il continuait à vanter avec emphase la valeur de l'acquisition. Quand elle fut payée, il se tut soudain, salua d'un : « Au plaisir, monsieur », qu'accompagnait un sourire d'homme supérieur, et tenant le vantail ouvert, il regardait partir son client, qui tâchait en vain de le saluer, ses deux mains étant chargées de paquets.

M. Patissot, rentré chez lui, étudia avec soin son premier itinéraire et voulut essayer ses souliers, dont les garnitures ferrées faisaient des sortes de patins. Il glissa sur le plancher, tomba et se promit de faire attention. Puis il étendit sur des chaises toutes ses emplettes, qu'il considéra longtemps, et il s'endormit avec cette pensée : « C'est étrange que je n'aie pas songé plus tôt à faire des excursions à la campagne ! »

2

Première sortie

M. Patissot travailla mal, toute la semaine, à son ministère. Il rêvait à l'excursion projetée pour le dimanche suivant, et un grand désir de campagne lui était venu tout à coup, un besoin de s'attendrir devant les arbres, cette soif d'idéal champêtre qui hante au printemps les Parisiens.

Il se coucha le samedi de bonne heure, et dès le jour il fut debout.

Sa fenêtre donnait sur une cour étroite et sombre, une sorte de cheminée où montaient sans cesse toutes les puanteurs des ménages pauvres. Il leva les yeux aussitôt vers le petit carré de ciel qui apparaissait entre les toits, et il aperçut un morceau de bleu foncé, plein de soleil déjà, traversé sans cesse par des vols d'hirondelles qu'on ne pouvait suivre qu'une seconde. Il se dit que, de là-haut, elles devaient découvrir la campagne lointaine, la verdure des coteaux boisés, tout un déploiement d'horizons.

Alors une envie désordonnée lui vint de se perdre dans la fraîcheur des feuilles. Il s'habilla bien vite, chaussa ses formidables souliers et demeura très longtemps à sangler ses guêtres dont il n'avait point l'habitude. Après avoir chargé sur le dos son sac bourré de viande, de fromages et de bouteilles de vin (car l'exercice assurément lui creuserait l'estomac), il partit, sa canne à la main.

Il prit un pas de marche bien rythmé (celui des chasseurs, pensait-il), en sifflotant des airs gaillards qui rendaient plus légère son allure. Des gens se retournaient pour le voir, un chien jappa ; un cocher, en passant, lui cria : « Bon voyage, monsieur Dumolet ! » Mais lui s'en fichait carrément, et il allait sans se retourner, toujours plus vite, faisant, d'un air crâne, le moulinet avec sa canne.

La ville s'éveillait joyeuse, dans la chaleur et la lumière d'une belle journée de printemps. Les façades des maisons luisaient, les serins chantaient dans leurs cages, et une gaieté courait les rues, éclairait les visages, mettait un rire partout, comme un contentement des choses sous le clair soleil levant.

Il gagnait la Seine pour prendre l'*Hirondelle* qui le déposerait à Saint-Cloud et, au milieu de l'ahurissement des passants, il suivit la rue de la Chaussée-d'Antin, le boulevard, la rue Royale, se comparant mentalement au Juif errant. En remontant sur un trottoir, les armatures ferrées de ses chaussures encore une fois glissèrent sur le granit, et lourdement, il s'abattit, avec un bruit terrible dans son sac. Des passants le relevèrent, et il se remit en marche plus doucement, jusqu'à la Seine où il attendit une *Hirondelle.*

Là-bas, très loin, sous les ponts, il la vit apparaître, toute petite d'abord, puis plus grosse, grandissant toujours, et elle prenait en son esprit des allures de paquebot, comme s'il allait partir pour un long voyage ; passer les mers, voir des peuples nouveaux et des choses inconnues. Elle accosta et il prit place. Des gens endimanchés étaient déjà dessus, avec des toilettes voyantes, des rubans de chapeau éclatants et de grosses figures écarlates. Patissot se plaça, tout à l'avant, debout, les jambes écartées à la façon des matelots, pour faire croire qu'il avait beaucoup navigué. Mais, comme il redoutait les petits remous des *Mouches*, il s'arcboutait sur sa canne, afin de bien maintenir son équilibre.

Après la station du Point-du-Jour, la rivière s'élargissait, tranquille sous la lumière éclatante ; puis, lorsqu'on eut passé entre deux îles, le bateau suivit un coteau tournant dont la verdure était pleine de maisons blanches. Une voix annonça le Bas-Meudon, puis Sèvres, enfin Saint-Cloud, et Patissot descendit.

Aussitôt sur le quai, il ouvrit sa carte de l'étatmajor, pour ne commettre aucune erreur.

C'était, du reste, très clair. Il allait par ce chemin trouver La Celle, tourner à gauche, obliquer un peu à droite, et gagner, par cette route, Versailles dont il visiterait le parc avant dîner.

Le chemin montait et Patissot soufflait, écrasé

sous le sac, les jambes meurtries par ses guêtres, et traînant dans la poussière ses gros souliers, plus lourds que des boulets. Tout à coup, il s'arrêta avec un geste de désespoir. Dans la précipitation de son départ, il avait oublié sa lunette marine !

Enfin, voici les bois. Alors, malgré l'effroyable chaleur, malgré la sueur qui lui coulait du front, et le poids de son harnachement, et les soubresauts de son sac, il courut, ou plutôt il trotta vers la verdure, avec de petits bonds, comme les vieux chevaux poussifs.

Il entra sous l'ombre, dans une fraîcheur délicieuse, et un attendrissement le prit devant les multitudes de petites fleurs diverses, jaunes, rouges, bleues, violettes, fines, mignonnes, montées sur de longs fils, épanouies le long des fossés. Des insectes de toutes couleurs, de toutes les formes, trapus, allongés, extraordinaires de construction, des monstres effroyables et microscopiques, faisaient péniblement des ascensions de brins d'herbe qui ployaient sous leur poids. Et Patissot admira sincèrement la Création. Mais, comme il était exténué, il s'assit.

Alors il voulut manger. Une stupeur le prit devant l'intérieur de son sac. Une des bouteilles s'était cassée, dans sa chute assurément, et le liquide, retenu par l'imperméable toile cirée, avait fait une soupe au vin de ses nombreuses provisions.

Il mangea cependant une tranche de gigot bien essuyée, un morceau de jambon, des croûtes de pain ramollies et rouges, en se désaltérant avec du bordeaux fermenté, couvert d'une écume rose désagréable à l'œil.

Et, quand il se fut reposé plusieurs heures, après avoir de nouveau consulté sa carte, il repartit.

Au bout de quelque temps, il se trouva dans un carrefour que rien ne faisait prévoir. Il regarda le soleil, tâcha de s'orienter, réfléchit, étudia longtemps toutes les petites lignes croisées qui, sur le papier, figuraient des routes, et se convainquit bientôt qu'il était absolument égaré.

Devant lui s'ouvrait une ravissante allée dont le feuillage un peu grêle laissait pleuvoir partout, sur le sol, des gouttes de soleil qui illuminaient des marguerites blanches cachées dans les herbes. Elle était allongée interminablement, et vide, et calme. Seul, un gros frelon solitaire et bourdonnant la suivait, s'arrêtant parfois sur une fleur qu'il inclinait, et repartait presque aussitôt pour se reposer encore un peu plus loin. Son corps énorme semblait en velours brun rayé de jaune, porté par des ailes transparentes, et démesurément petites. Patissot l'observait avec un profond intérêt, quand quelque chose remua sous ses pieds. Il eut peur d'abord, et sauta de côté ; puis, se penchant avec précaution, il aperçut une grenouille, grosse comme une noisette, qui faisait des bonds énormes.

Il se baissa pour la prendre, mais elle lui glissa dans les mains. Alors, avec des précautions infinies, il se traîna vers elle, sur les genoux, avançant tout doucement, tandis que son sac, sur son dos, semblait une carapace énorme et lui donnait l'air d'une grosse tortue en marche. Quand il fut près de l'endroit où la bestiole s'était arrêtée, il prit ses mesures, jeta ses deux mains en avant, tomba le nez dans le gazon, se releva avec deux poignées de terre et point de grenouille. Il eut beau chercher, il ne la retrouva pas.

Dès qu'il se fut remis debout, il aperçut là-bas,

très loin, deux personnes qui venaient vers lui en faisant des signes. Une femme agitait son ombrelle, et un homme, en manches de chemise, portait sa redingote sur son bras. Puis la femme se mit à courir, appelant : « Monsieur ! Monsieur ! » Il s'essuya le front et répondit : « Madame ! – Monsieur, nous sommes perdus, tout à fait perdus ! » Une pudeur l'empêcha de faire le même aveu et il affirma gravement : « Vous êtes sur la route de Versailles. – Comment, sur la route de Versailles ? mais nous allons à Rueil. » Il se troubla, puis répondit néanmoins effrontément : « Madame, je vais vous montrer, avec ma carte d'état-major, que vous êtes bien sur la route de Versailles. » Le mari s'approchait. Il avait un aspect éperdu, désespéré. La femme, jeune, jolie, une brunette énergique, s'emporta, dès qu'il fut près d'elle : « Viens voir ce que tu as fait : nous sommes à Versailles, maintenant. Tiens, regarde la carte d'état-major que monsieur aura la bonté de te montrer. Sauras-tu lire, seulement ? Mon Dieu ! mon Dieu ! comme il y a des gens stupides ! Je t'avais dit pourtant de prendre à droite, mais tu n'as pas voulu ; tu crois toujours tout savoir. » Le pauvre garçon semblait désolé. Il répondit : « Mais, ma bonne amie, c'est toi... » Elle ne le laissa pas achever, et lui reprocha toute sa vie, depuis leur mariage, jusqu'à l'heure présente. Lui, tournait des yeux lamentables vers les taillis, dont il semblait vouloir pénétrer la profondeur et, de temps en temps, comme pris de folie, il poussait un cri perçant, quelque chose comme « tiiit » qui ne semblait nullement étonner sa femme, mais qui emplissait Patissot de stupéfaction.

La jeune dame, tout à coup, se tournant vers

l'employé avec un sourire : « Si monsieur veut bien le permettre, nous ferons route avec lui pour ne pas nous égarer de nouveau et nous exposer à coucher dans le bois. » Ne pouvant refuser, il s'inclina, le cœur torturé d'inquiétudes, et ne sachant où il allait les conduire.

Ils marchèrent longtemps ; l'homme toujours criait : « tiiit » ; le soir tomba. Le voile de brume qui couvre la campagne au crépuscule se déployait lentement, et une poésie flottait, faite de cette sensation de fraîcheur particulière et charmante qui emplit le bois à l'approche de la nuit. La petite femme avait pris le bras de Patissot et elle continuait, de sa bouche rose, à cracher des reproches pour son mari, qui, sans lui répondre, hurlait sans cesse : « tiiit », de plus en plus fort. Le gros employé, à la fin lui demanda : « Pourquoi criez-vous comme ça ? » L'autre, avec des larmes dans les yeux, lui répondit : « C'est mon pauvre chien que j'ai perdu. – Comment ! vous avez perdu votre chien ? – Oui, nous l'avions élevé à Paris ; il n'était jamais venu à la campagne, et, quand il a vu des feuilles, il fut tellement content qu'il s'est mis à courir comme un fou. Il est entré dans le bois, et j'ai eu beau l'appeler, il n'est pas revenu. Il va mourir de faim là-dedans... tiiit... » La femme haussait les épaules. « Quand on est aussi bête que toi, on n'a pas de chien ! » Mais il s'arrêta, se tâtant le corps fiévreusement. Elle le regardait : « Eh bien, quoi ! – Je n'ai pas fait attention que j'avais ma redingote sur mon bras. J'ai perdu mon portefeuille... Mon argent était dedans. » – Cette fois, elle suffoqua de colère : « Eh bien, va le chercher ! » Il répondit doucement : « Oui, mon amie, où vous retrouverai-je ? » Patissot répondit hardiment : « Mais à Versailles ! » – Et, ayant entendu parler de l'hôtel des Réservoirs, il l'indiqua. Le mari se retourna et, courbé vers la terre que son œil anxieux parcourait, criant : « tiiit » à tout moment, il s'éloigna. – Il fut longtemps à disparaître ; l'ombre plus épaisse l'enveloppa, et sa voix encore, de très loin, envoyait son « tiiit » lamentable, plus aigu à mesure que la nuit se faisait plus noire et que son espoir s'éteignait.

Patissot fut délicieusement ému quand il se trouva seul, sous l'ombre touffue du bois, à cette heure langoureuse du crépuscule, avec cette petite femme inconnue qui s'appuyait à son bras. Et, pour la première fois de sa vie égoïste, il pressentit le charme des poétiques amours, la douceur des abandons, et la participation de la nature à nos tendresses qu'elle enveloppe. Il cherchait des mots galants, qu'il ne trouvait pas, d'ailleurs. Mais une grand-route se montra, des maisons apparurent à droite ; un homme passa. Patissot, tremblant, demanda le nom du pays. « Bougival. – Comment ! Bougival ? vous êtes sûr ? – Parbleu ! j'en suis. »

La femme riait comme une petite folle. – L'idée de son mari perdu la rendait malade de rire. – On dîna au bord de l'eau, dans un restaurant champêtre. Elle fut charmante, enjouée, racontant mille histoires drôles, qui tournaient un peu la cervelle à son voisin. – Puis, au départ, elle s'écria : « Mais j'y pense, je n'ai pas le sou, puisque mon mari a perdu son portefeuille. » – Patissot s'empressa, ouvrit sa bourse, offrit de prêter ce qu'il faudrait, tira un louis, s'imaginant qu'il ne pourrait présenter moins. Elle ne disait rien, mais elle tendit la main, prit l'argent, prononça un « merci » grave qu'un sourire suivit bientôt, noua en minaudant son chapeau devant la glace, ne permit pas qu'on l'accompagnât, maintenant qu'elle savait où aller, et partit finalement comme un oiseau qui s'envole, tandis que Patissot, très morne, faisait mentalement le compte des dépenses de la journée.

Il n'alla pas au ministère le lendemain, tant il avait la migraine.

3

Chez un ami

Pendant toute la semaine, Patissot raconta son aventure, et il dépeignait poétiquement les lieux qu'il avait traversés, s'indignant de rencontrer si peu d'enthousiasme autour de lui. Seul un vieil expéditionnaire toujours taciturne, M. Boivin, surnommé Boileau, lui prêtait une attention soutenue. Il habitait lui-même la campagne, avait un petit jardin qu'il cultivait avec soin ; il se contentait de peu, et était parfaitement heureux, disait-on. Patissot, maintenant, comprenait ses goûts, et la concordance de leurs aspirations les rendit tout de suite amis. Le père Boivin, pour cimenter cette sympathie naissante, l'invita à déjeuner pour le dimanche suivant dans sa petite maison de Colombes.

Patissot prit le train de huit heures et, après de nombreuses recherches, découvrit, juste au milieu de la ville, une espèce de ruelle obscure, un cloaque fangeux entre deux hautes murailles et, tout au bout, une porte pourrie, fermée avec une ficelle enroulée à deux clous. Il ouvrit et se trouva face à face avec un être innommable qui devait cependant être une femme. La poitrine semblait enveloppée de torchons sales, des jupons en loques pendaient autour des hanches, et, dans ses cheveux embroussaillés, des plumes de pigeons voltigeaient. Elle regardait le visiteur d'un air furieux avec ses petits yeux gris ; puis, après un moment de silence, elle demanda :

« Qu'est-ce que vous désirez ?
– M. Boivin.
– C'est ici. Qu'est-ce que vous lui voulez, à M. Boivin ? » Patissot, troublé, hésitait.

« Mais il m'attend. »

Elle eut l'air encore plus féroce et reprit :

« Ah ! c'est vous qui venez pour le déjeuner ? »

Il balbutia un « oui » tremblant. Alors, se tournant vers la maison, elle cria d'une voix rageuse :

« Boivin, voilà ton homme ! »

Le petit père Boivin aussitôt parut sur le seuil d'une sorte de baraque en plâtre, couverte en zinc, avec un rez-de-chaussée seulement, et qui ressemblait à une chaufferette. Il avait un pantalon de coutil blanc maculé de taches de café et un panama crasseux. Après avoir serré les mains de Patissot, il l'emmena dans ce qu'il appelait son jardin : c'était, au bout d'un nouveau couloir fangeux, un petit carré de terre grand comme un mouchoir et entouré de maisons, si hautes, que le soleil y donnait seulement pendant deux ou trois heures par jour. Des pensées, des œillets, des ravenelles, quelques rosiers, agonisaient au fond de ce puits sans air et chauffé comme un four par la réverbération des toits.

« Je n'ai pas d'arbres, disait Boivin, mais les murs

des voisins m'en tiennent lieu, et j'ai de l'ombre comme dans un bois. »

Puis, prenant Patissot par un bouton :

« Vous allez me rendre un service. Vous avez vu la bourgeoise : elle n'est pas commode, hein ! Mais vous n'êtes pas au bout, attendez le déjeuner. Figurez-vous que, pour m'empêcher de sortir, elle ne me donne pas mes habits de bureau, et ne me laisse que des hardes trop usées pour la ville. Aujourd'hui j'ai des effets propres ; je lui ai dit que nous dînions ensemble. C'est entendu. Mais je ne peux pas arroser, de peur de tacher mon pantalon. Si je tache mon pantalon, tout est perdu ! J'ai compté sur vous n'est-ce pas ? »

Patissot y consentit, ôta sa redingote, retroussa ses manches et se mit à fatiguer à tour de bras une espèce de pompe qui sifflait, soufflait, râlait comme un poitrinaire, pour lâcher un filet d'eau pareil à l'écoulement d'une fontaine Wallace. Il fallut dix minutes pour emplir un arrosoir. Patissot était en nage. Le père Boivin le guidait :

« Ici, à cette plante... encore un peu... Assez ! À cette autre. »

Mais l'arrosoir, percé, coulait, et les pieds de Patissot recevaient plus d'eau que les fleurs ; le bas de son pantalon, trempé, s'imprégnait de boue. Et vingt fois de suite, il recommença, retrempa ses pieds, ressua en faisant geindre le volant de la pompe ; et quand, exténué, il voulait s'arrêter, le père Boivin, suppliant, le tirait par le bras.

« Encore un arrosoir, un seul, et c'est fini. »

Pour le remercier, il lui fit don d'une rose ; mais d'une rose tellement épanouie qu'au contact de la redingote de Patissot elle s'effeuilla complètement, laissant à sa boutonnière une sorte de poire verdâtre qui l'étonna beaucoup. Il n'osa rien dire, par discrétion. Boivin fit semblant de ne pas voir.

Mais la voix éloignée de Mme Boivin se fit entendre :

« Viendrez-vous à la fin ? Quand on vous dit que c'est prêt ! »

Ils se dirigèrent vers la chaufferette, aussi tremblants que deux coupables.

Si le jardin se trouvait à l'ombre, la maison, par contre, était en plein soleil, et aucune chaleur d'étuve n'égalait celle de ses appartements.

Trois assiettes, flanquées de couverts en étain mal lavés, se collaient sur la graisse ancienne d'une table de sapin, au milieu de laquelle un vase en terre contenait des filaments de vieux bouilli réchauffés dans un liquide quelconque, où nageaient des pommes de terre tachetées. On s'assit. On mangea.

Une grande carafe pleine d'eau légèrement teintée de rouge tirait l'œil de Patissot. Boivin, un peu confus, dit à sa femme :

« Dis donc, ma chérie, pour l'occasion, ne vas-tu pas nous donner un peu de vin pur ? »

Elle le dévisagea furieusement :

« Pour que vous vous grisiez tous les deux, n'est-ce pas, et que vous restiez à crier chez moi toute la journée ? Merci de l'occasion ! »

Il se tut. Après le ragoût, elle apporta un autre plat de pommes de terre accommodées avec un peu de lard tout à fait rance ; quand ce nouveau mets fut achevé, toujours en silence, elle déclara :

« C'est tout. Filez maintenant. »

Boivin la contemplait, stupéfait.

« Mais le pigeon ? le pigeon que tu plumais ce matin ? »

Elle mit ses mains sur ses hanches.

« Vous n'en avez pas assez peut-être ? Parce que tu amènes des gens, ce n'est pas une raison pour dévorer tout ce qu'il y a dans la maison. Qu'est-ce que je mangerai, moi, ce soir, monsieur ? »

Les deux hommes se levèrent, sortirent devant la porte, et le petit père Boivin, dit Boileau, coula dans l'oreille de Patissot :

« Attendez-moi une minute et nous filons ! »

Puis il passa dans la pièce à côté pour compléter sa toilette ; alors Patissot entendit ce dialogue :

« Donne-moi vingt sous, ma chérie ?
– Qu'est-ce que tu veux faire avec vingt sous ?
– Mais on ne sait pas ce qui peut arriver ; il est toujours bon d'avoir de l'argent. »

Elle hurla, pour être entendue du dehors :

« Non, monsieur, je ne te les donnerai pas ; puisque cet homme a déjeuné chez toi, c'est bien le moins qu'il paye tes dépenses de la journée. »

Le père Boivin revint prendre Patissot ; mais celui-ci, voulant être poli, s'inclina devant la maîtresse du logis, et balbutia :

« Madame... remerciements... gracieux accueil... »

Elle répondit :

« C'est bon – mais n'allez pas me le ramener soûl, parce que vous auriez affaire à moi – vous savez ! »

Et ils partirent.

On gagna le bord de la Seine, en face d'une île plantée de peupliers. Boivin, regardant la rivière avec tendresse, serra le bras de son voisin :

« Hein ! dans huit jours, on y sera, monsieur Patissot.
– Où sera-t-on, monsieur Boivin ?
– Mais... à la pêche : elle ouvre le 15. »

Patissot eut un petit frémissement, comme lorsqu'on rencontre pour la première fois la femme qui ravagera votre âme. Il répondit :

« Ah !... vous êtes pêcheur, monsieur Boivin ?

— Si je suis pêcheur, monsieur ! Mais c'est ma passion, la pêche ! »

Alors Patissot l'interrogea avec un profond intérêt. Boivin lui nomma tous les poissons qui folâtraient sous cette eau noire... Et Patissot croyait les voir. Boivin énuméra les hameçons, les appâts, les lieux, les temps convenables pour chaque espèce... Et Patissot se sentait devenir plus pêcheur que Boivin lui-même. Ils convinrent que, le dimanche suivant, ils feraient l'ouverture ensemble, pour l'instruction de Patissot, qui se félicitait d'avoir découvert un initiateur aussi expérimenté.

On s'arrêta pour dîner devant une sorte de bouge obscur que fréquentaient les mariniers et toute la crapule des environs. Devant la porte, le père Boivin eut soin de dire :

« Ça n'a pas d'apparence, mais on y est fort bien. »

Ils se mirent à table. Dès le second verre d'argenteuil, Patissot comprit pourquoi Mme Boivin ne servait que de l'abondance à son mari : le petit bonhomme perdait la tête ; il pérorait, se leva, voulut faire des tours de force, se mêla, en pacificateur, à la querelle de deux ivrognes qui se battaient ; et il aurait été assommé avec Patissot sans l'intervention du patron. Au café, il était ivre à ne pouvoir marcher, malgré les efforts de son ami pour l'empêcher de boire ; et, quand ils partirent, Patissot le soutenait par les bras.

Ils s'enfoncèrent dans la nuit à travers la plaine, perdirent le sentier, errèrent longtemps ; puis, tout à coup, se trouvèrent au milieu d'une forêt de pieux, qui leur arrivaient à la hauteur du nez. C'était une vigne avec ses échalas. Ils circulèrent longtemps au travers, vacillants, affolés, revenant sur leurs pas sans parvenir à trouver le bout. À la fin, le petit père Boivin, dit Boileau, s'abattit sur un bâton qui lui déchira la figure et, sans s'émouvoir autrement, il demeura assis par terre, poussant de tout son gosier, avec une obstination d'ivrogne, des « la-i-tou » prolongés et retentissants, pendant que Patissot, éperdu, criait aux quatre points cardinaux :

« Holà, quelqu'un ! Holà, quelqu'un ! »

Un paysan attardé les secourut et les remit dans leur chemin.

Mais l'approche de la maison Boivin épouvantait Patissot. Enfin, on parvint à la porte, qui s'ouvrit brusquement devant eux, et, pareille aux antiques Furies, Mme Boivin parut, une chandelle à la main. Dès qu'elle aperçut son mari, elle s'élança vers Patissot en vociférant :

« Ah ! canaille ! je savais bien que vous alliez le soûler. »

Le pauvre bonhomme eut une peur folle, lâcha son ami qui s'écroula dans la boue huileuse de la ruelle, et s'enfuit à toutes jambes jusqu'à la gare.

4

Pêche à la ligne

La veille du jour où il devait, pour la première fois de sa vie, lancer un hameçon dans une rivière,

M. Patissot se procura, contre la somme de quatre-vingts centimes, le *Parfait Pêcheur à la ligne*. Il apprit, dans cet ouvrage, mille choses utiles, mais il fut particulièrement frappé par le style, et il retint le passage suivant :

« En un mot, voulez-vous, sans soins, sans documents, sans préceptes, voulez-vous réussir et pêcher avec succès à droite, à gauche ou devant vous, en descendant ou en remontant, avec cette allure de conquête qui n'admet pas de difficulté ? Eh bien ! pêchez avant, pendant et après l'orage, quand le ciel s'entrouvre et se zèbre de lignes de feu, quand la terre s'émeut par les roulements prolongés du tonnerre : alors, soit avidité, soit terreur, tous les poissons agités, turbulents, confondent leurs habitudes dans une sorte de galop universel.

« Dans cette confusion, suivez ou négligez tous les diagnostics des chances favorables, allez à la pêche, vous marchez à la victoire ! »

Puis, afin de pouvoir captiver en même temps des poissons de toutes grosseurs, il acheta trois instruments perfectionnés, cannes pour la ville, lignes sur le fleuve, se déployant démesurément au moyen d'une simple secousse. Pour le goujon, il eut des hameçons n° 15, du numéro 12 pour la brème et il comptait bien, avec le numéro 7, emplir son panier de carpes et de barbillons. Il n'acheta pas de vers de vase qu'il était sûr de trouver partout, mais il s'approvisionna d'asticots. Il en avait un grand pot tout plein ; et le soir, il les contempla. Les hideuses bêtes, répandant une puanteur immonde, grouillaient dans leur bain de son, comme elles font dans les viandes pourries ; et Patissot voulut s'exercer d'avance à les accrocher aux hameçons. Il en prit une avec répugnance ; mais, à peine l'eut-il posée sur la pointe aiguë de l'acier courbé qu'elle creva et se vida complètement. Il recommença vingt fois de suite sans plus de succès, et il aurait peut-être continué toute la nuit s'il n'eût craint d'épuiser toute sa provision de vermine.

Il partit par le premier train. La gare était pleine de gens armés de cannes à pêche. Les unes, comme celles de Patissot, semblaient de simples bambous ; mais les autres, d'un seul morceau, montaient dans l'air en s'amincissant. C'était comme une forêt de fines baguettes qui se heurtaient à tout moment, se mêlaient, semblaient se battre comme des épées, ou se balancer comme des mâts au-dessus d'un océan de chapeaux de paille à larges bords.

Quand la locomotive se mit en marche, on en voyait sortir de toutes les portières, et les impériales, d'un bout à l'autre du convoi, en étant hérissées, le train avait l'air d'une longue chenille qui se déroulait par la plaine.

On descendit à Courbevoie, et la diligence de Bezons fut emportée d'assaut. Un amoncellement de pêcheurs se tassa sur le toit, et comme ils tenaient leurs lignes à la main, la guimbarde prit tout à coup l'aspect d'un gros porc-épic.

Tout le long de la route on voyait des hommes se diriger dans le même sens, comme pour un immense pèlerinage vers une Jérusalem inconnue. Ils portaient leurs longs bâtons effilés, rappelant ceux des anciens fidèles revenus de Palestine, et une boîte en fer-blanc leur battait le dos. Ils se hâtaient.

À Bezons, le fleuve apparut. Sur ses deux bords, une file de personnes, des hommes en redingote, d'autres en coutil, d'autres en blouse, des femmes, des enfants, même des jeunes filles prêtes à marier, pêchaient.

Patissot se rendit au barrage, où son ami Boivin l'attendait. L'accueil de ce dernier fut froid. Il venait de faire connaissance avec un gros monsieur de cinquante ans environ, qui paraissait très fort, et dont la figure était brûlée du soleil. Tous les trois ayant loué un grand bateau, allèrent s'accrocher presque sous la chute du barrage, dans les remous où l'on prend le plus de poisson.

Boivin fut tout de suite prêt, et ayant amorcé sa ligne il la lança, puis il demeura immobile, fixant le petit flotteur avec une attention extraordinaire. Mais de temps en temps il retirait son fil de l'eau pour le jeter un peu plus loin. Le gros monsieur, quand il eut envoyé dans la rivière ses hameçons bien appâtés, posa la ligne à son côté, bourra sa pipe, l'alluma, se croisa les bras, et, sans un coup d'œil au bouchon, il regarda l'eau couler. Patissot recommença à crever des asticots. Au bout de cinq minutes, il interpella Boivin : « Monsieur Boivin, vous seriez bien aimable de mettre ces bêtes à mon hameçon. J'ai beau essayer, je n'arrive pas. » Boivin releva la tête : « Je vous prierai de ne pas me déranger, monsieur Patissot ; nous ne sommes pas ici pour nous amuser. » Cependant il amorça la ligne, que Patissot lança, imitant avec soin tous les mouvements de son ami.

La barque contre la chute d'eau dansait follement ; des vagues la secouaient, de brusques retours de courant la faisaient virer comme une toupie, quoiqu'elle fût amarrée par les deux bouts ; et Patissot, tout absorbé par la pêche, éprouvait un malaise vague, une lourdeur de tête, un étourdissement étrange.

On ne prenait rien cependant : le petit père Boivin, très nerveux, avait des gestes secs, des hochements de front désespérés ; Patissot en souffrait comme d'un désastre ; seul le gros monsieur, toujours immobile, fumait tranquillement, sans s'occuper de sa ligne. À la fin, Patissot, navré, se tourna vers lui, et, d'une voix triste :

« Ça ne mord pas ? »

L'autre répondit simplement :

« Parbleu ! »

Patissot, étonné, le considéra.

« En prenez-vous quelquefois beaucoup ?

– Jamais !

– Comment, jamais ? »

Le gros homme, tout en fumant comme une cheminée de fabrique, lâcha ces mots qui révolutionnèrent son voisin :

« Ça me gênerait rudement si ça mordait. Je ne viens pas pour pêcher, moi, je viens parce qu'on est très bien ici : on est secoué comme en mer ; si je prends une ligne, c'est pour faire comme les autres. »

M. Patissot, au contraire, ne se trouvait plus bien du tout. Son malaise, vague d'abord, augmentant toujours, prit une forme enfin. On était, en effet, secoué comme en mer, et il souffrait du mal des paquebots.

Après la première atteinte un peu calmée, il proposa de s'en aller ; mais Boivin, furieux, faillit lui sauter à la face. Cependant, le gros homme, pris de pitié, ramena la barque d'autorité, et, lorsque les étourdissements de Patissot furent dissipés, on s'occupa de déjeuner.

Deux restaurants se présentaient.

L'un tout petit, avec un aspect de guinguette, était fréquenté par le fretin des pêcheurs. L'autre, qui portait le nom de Chalet des Tilleuls, ressemblait à une villa bourgeoise et avait pour clientèle l'aristocratie de la ligne. Les deux patrons, ennemis de naissance, se regardaient haineusement par-dessus un grand terrain qui les séparait, et où s'élevait la maison blanche du garde-pêche et du barragiste. Ces autorités, d'ailleurs, tenaient l'une pour la guinguette, l'autre pour les Tilleuls, et les dissentiments intérieurs de ces trois maisons isolées reproduisaient l'histoire de toute l'humanité.

Boivin, qui connaissait la guinguette, y voulait aller : « On y est très bien servi, et ça n'est pas cher ; vous verrez. Du reste, monsieur Patissot, ne vous attendez pas à me griser comme vous avez fait dimanche dernier ; ma femme était furieuse, savez-vous, et elle a juré qu'elle ne vous pardonnerait jamais ! »

Le gros monsieur déclara qu'il ne mangerait qu'aux Tilleuls, parce que c'était, affirmait-il, une maison excellente, où l'on faisait la cuisine comme dans les meilleurs restaurants de Paris. « Faites comme vous voudrez, déclara Boivin ; moi, je vais où j'ai mes habitudes. » Et il partit. Patissot, mécontent de son ami, suivit le gros monsieur.

Ils déjeunèrent en tête à tête, échangèrent leurs manières de voir, se communiquèrent leurs impressions et reconnurent qu'ils étaient faits pour s'entendre.

Après le repas, on se remit à pêcher, mais les deux nouveaux amis partirent ensemble le long de la berge, s'arrêtèrent contre le pont du chemin de fer et jetèrent leurs lignes à l'eau, tout en causant. Ça continuait à ne pas mordre ; Patissot maintenant en prenait son parti.

Une famille s'approcha. Le père, avec des favoris de magistrat, tenait une ligne démesurée ; trois enfants du sexe mâle, de tailles différentes, portaient des bambous de longueurs diverses, selon leur âge, et la mère, très forte, manœuvrait avec grâce une charmante canne à pêche, ornée d'une faveur à la poignée. Le père salua : « L'endroit est-il bon, messieurs ? » Patissot allait parler, quand son voisin répondit : « Excellent ! » – Toute la famille sourit et s'installa autour des deux pêcheurs. Alors Patissot fut saisi d'une envie folle de prendre un poisson, un seul, n'importe lequel, gros comme une mouche, pour inspirer de la considération à tout ce monde ; et il se mit à manœuvrer sa ligne comme il avait vu Boivin le faire dans la matinée. Il laissait le flotteur suivre le courant jusqu'au bout du fil, donnait une secousse, tirait les hameçons de la rivière ; puis, leur faisant décrire en l'air un large cercle, il les rejetait à l'eau quelques mètres plus haut. Il avait même, pensait-il, attrapé le chic pour faire ce mouvement avec élégance, quand sa ligne, qu'il venait d'enlever d'un coup de poignet rapide, se trouva arrêtée quelque part derrière lui. Il fit un effort ; un grand cri éclata dans son dos, et il aperçut, décrivant dans le ciel une courbe de météore, et accroché à l'un de ses hameçons, un magnifique chapeau de femme, chargé de fleurs, qu'il déposa, toujours au bout de sa ficelle, juste au beau milieu du fleuve.

Il se retourna effaré, lâchant sa ligne, qui suivit le chapeau, filant avec le courant, pendant que le gros monsieur, son nouvel ami, renversé sur le dos, riait à pleine gorge. La dame, décoiffée et stupéfaite, suffoquait de colère ; le mari se fâcha tout à fait, et il réclamait le prix du chapeau, que Patissot paya bien le triple de sa valeur.

Puis la famille partit avec dignité.

Patissot prit une autre canne, et, jusqu'au soir, il baigna des asticots. Son voisin dormait tranquillement sur l'herbe. Il se réveilla vers sept heures.

« Allons-nous-en ! » dit-il.

Alors Patissot retira sa ligne, poussa un cri, tomba d'étonnement sur le derrière. Au bout du fil, un tout petit poisson se balançait. Quand on le considéra de plus près, on vit qu'il était accroché par le milieu du ventre ; un hameçon l'avait happé au passage en sortant de l'eau.

Ce fut un triomphe, une joie démesurée. Patissot voulut qu'on le fît frire pour lui tout seul.

Pendant le dîner, l'intimité s'accrut avec sa nouvelle connaissance. Il apprit que ce particulier habitait Argenteuil, canotait à la voile depuis trente ans sans découragement, et il accepta à déjeuner chez lui pour le dimanche suivant, avec la promesse d'une bonne partie de canot dans le *Plongeon*, clipper de son ami.

La conversation l'intéressa si fort qu'il en oublia sa pêche.

La pensée lui en vint seulement après le café, et il exigea qu'on la lui apportât. C'était, au milieu de l'assiette, une sorte d'allumette jaunâtre et tordue. Il la mangea cependant avec orgueil, et, le soir, sur l'omnibus, il racontait à ses voisins qu'il avait pris dans la journée quatorze livres de friture.

5

Deux hommes célèbres

M. Patissot avait promis à son ami le canotier qu'il passerait avec lui la journée du dimanche suivant. Une circonstance imprévue dérangea ses projets. Il rencontra un soir, sur le boulevard, un de ses cousins qu'il voyait fort rarement. C'était un journaliste aimable, très lancé dans tous les mondes, et qui proposa son concours à Patissot pour lui montrer bien des choses intéressantes.

« Que faites-vous dimanche, par exemple ?
– Je vais à Argenteuil, canoter.
– Allons donc, c'est assommant, votre canotage ; c'est ça qui ne change jamais. Tenez, je vous emmène avec moi. Je vous ferai connaître deux hommes illustres et visiter deux maisons d'artistes.
– Mais on m'a ordonné d'aller à la campagne !
– C'est à la campagne que nous irons. Je ferai, en passant, une visite à Meissonier, dans sa propriété de Poissy ; puis nous gagnerons à pied Médan, où habite Zola, à qui j'ai mission de demander son prochain roman pour notre journal. »

Patissot, délirant de joie, accepta.

Il acheta même une redingote neuve, la sienne étant un peu usée, afin de se présenter convenablement, et il avait une peur horrible de dire des bêtises, soit au peintre, soit à l'homme de lettres, comme tous les gens qui parlent des arts qu'ils n'ont jamais pratiqués.

Il communiqua ses craintes à son cousin, qui se mit à rire, en lui répondant : « Bah ! faites seulement des compliments, rien que des compliments,

toujours des compliments ; ça fait passer les bêtises quand on en dit. Vous connaissez les tableaux de Meissonier ?
— Je crois bien.
— Vous avez lu *Les Rougon-Macquart* ?
— D'un bout à l'autre.
— Ça suffit. Nommez un tableau de temps en temps, citez un roman par-ci, par-là, et ajoutez : Superbe ! ! ! Extraordinaire ! ! ! Délicieux d'exécution ! ! ! Étrangement puissant, etc. De cette façon on s'en tire toujours. Je sais bien que ces deux hommes-là sont rudement blasés sur tout ; mais, voyez-vous, les louanges, ça fait toujours plaisir à un artiste. »

Le dimanche matin, ils partirent pour Poissy.

À quelques pas de la gare, au bout de la place de l'église, ils trouvèrent la propriété de Meissonier. Après avoir passé sous une porte basse peinte en rouge et que continue un magnifique berceau de vignes, le journaliste s'arrêta et, se tournant vers son compagnon :

« Comment vous figurez-vous Meissonier ? »

Patissot hésitait. Enfin il se décida : « Un petit homme, très soigné, rasé, d'allure militaire. »
— L'autre sourit : « C'est bien. Venez. » Un bâtiment en forme de chalet, fort bizarre, apparaissait à gauche ; et, à droite, presque en face, un peu en contrebas, la maison principale. C'était une construction singulière où il y avait de tout, de la forteresse gothique, du manoir, de la villa, de la chaumière, de l'hôtel, de la cathédrale, de la mosquée, de la pyramide, du gâteau de Savoie, de l'oriental et de l'occidental. Un style supérieurement compliqué, à rendre fou un architecte classique, quelque chose de fantastique et de joli cepen-

dant, inventé par le peintre et exécuté sous ses ordres.

Ils entrèrent ; des malles encombraient un petit salon. Un homme parut, vêtu d'une vareuse et petit. Mais ce qui frappait en lui, c'était sa barbe, une barbe de prophète, invraisemblable, un fleuve, un ruissellement, un Niagara de barbe. Il salua le journaliste : « Je vous demande pardon, cher monsieur ; je suis arrivé hier seulement, et tout est encore bouleversé chez moi. Asseyez-vous. » – L'autre refusa, s'excusant : « Mon cher maître, je n'étais venu qu'en passant, vous présenter mes hommages. » Patissot, très troublé, s'inclinait à chaque parole de son ami, comme par un mouvement automatique, et il murmura, en bégayant un peu : « Quelle su-su-perbe propriété ! » Le peintre, flatté, sourit et proposa de la visiter.

Il les mena d'abord dans un petit pavillon d'aspect féodal, où se trouvait son ancien atelier, donnant sur une terrasse. Puis ils traversèrent un salon, une salle à manger, un vestibule plein d'œuvres d'art merveilleuses, de tapisseries adorables de Beauvais, des Gobelins et des Flandres. Mais le luxe bizarre d'ornementation du dehors devenait, au-dedans, un luxe d'escaliers prodigieux. Escalier d'honneur magnifique, escalier dérobé dans une tour, escalier de service dans une autre, escalier partout ! Patissot, par hasard, ouvre une porte et recule stupéfait. C'était un temple, cet endroit dont les gens respectables ne prononcent le nom qu'en anglais, un sanctuaire original et charmant, d'un goût exquis, orné comme une pagode, et dont la décoration avait assurément coûté de grands efforts de pensée.

Ils visitèrent ensuite le parc, compliqué, mouvementé, torturé, plein de vieux arbres. Mais le journaliste voulut absolument prendre congé, et, remerciant beaucoup, quitta le maître. Ils rencontrèrent, en sortant, un jardinier; Patissot lui demanda : « Y a-t-il longtemps que M. Meissonier possède cela ? » Le bonhomme répondit : « Oh, monsieur, faudrait s'expliquer. Il a bien acheté la terre en 1846, mais la maison ! ! ! il l'a démolie et reconstruite déjà cinq ou six fois depuis... Je suis sûr qu'il y a deux millions là-dedans, monsieur ! »

Et Patissot, en s'en allant, fut pris d'une immense considération pour cet homme, non pas tant à cause de ses grands succès, de sa gloire et de son talent, mais parce qu'il mettait tant d'argent pour une fantaisie, tandis que les bourgeois ordinaires se privent de toute fantaisie pour amasser de l'argent !

Après avoir traversé Poissy, ils prirent, à pied, la route de Médan. Le chemin suit d'abord la Seine, peuplée d'îles charmantes en cet endroit, puis remonte pour traverser le joli village de Villennes, redescend un peu, et pénètre enfin au pays habité par l'auteur des *Rougon-Macquart.*

Une église ancienne et coquette, flanquée de deux tourelles, se présenta d'abord sur la gauche. Ils firent encore quelques pas, et un paysan qui passait leur indiqua la porte du romancier.

Avant d'entrer, ils examinèrent l'habitation. Une grande construction carrée et neuve, très haute, semblait avoir accouché, comme la montagne de la fable, d'une toute petite maison blanche blottie à son pied. Cette dernière maison, la demeure primitive, a été bâtie par l'ancien propriétaire. La tour fut édifiée par Zola.

Ils sonnèrent. Un chien énorme, croisement de montagnard et de terre-neuve, se mit à hurler si terriblement que Patissot éprouvait un vague désir de retourner sur ses pas. Mais un domestique, accourant, calma Bertrand, ouvrit la porte et reçut la carte du journaliste pour la porter à son maître.

« Pourvu qu'il nous reçoive ! murmurait Patissot ; ça m'ennuierait rudement d'être venu jusqu'ici sans le voir. »

Son compagnon souriait :

« Ne craignez rien ; j'ai mon idée pour entrer. »

Mais le domestique, qui revenait, les pria simplement de le suivre.

Ils pénétrèrent dans la construction neuve, et Patissot, fort ému, soufflait en gravissant un escalier de forme ancienne, qui les conduisit au second étage.

Il cherchait en même temps à se figurer cet homme dont le nom sonore et glorieux résonne en ce moment à tous les coins du monde, au milieu de la haine exaspérée des uns, de l'indignation vraie ou feinte des gens du monde, du mépris envieux de quelques confrères, du respect de toute une foule de lecteurs, et de l'admiration frénétique d'un grand nombre ; et il s'attendait à voir apparaître une sorte de géant barbu, d'aspect terrible, avec une voix retentissante, et d'abord peu engageant.

La porte s'ouvrit sur une pièce démesurément grande et haute qu'un vitrage, donnant sur la plaine, éclairait dans toute sa largeur. Des tapisseries anciennes couvraient les murs ; à gauche, une cheminée monumentale, flanquée de deux bonshommes de pierre, aurait pu brûler un chêne centenaire en un jour ; et une table immense, chargée de livres, de papiers et de journaux, occupait le milieu de cet appartement tellement vaste et grandiose qu'il accaparait l'œil tout d'abord, et que l'attention ne se portait qu'ensuite vers l'homme, étendu, quand ils entrèrent, sur un divan oriental où vingt personnes auraient dormi.

Il fit quelques pas vers eux, salua, désigna de la main deux sièges et se remit sur son divan, une jambe repliée sous lui. Un livre à son côté gisait, et il maniait de la main droite un couteau à papier en ivoire dont il contemplait le bout de temps en temps, d'un seul œil, en fermant l'autre avec une obstination de myope.

Pendant que le journaliste expliquait l'intention de sa visite, et que l'écrivain l'écoutait sans répondre encore, en le regardant fixement par moments, Patissot, de plus en plus gêné, considérait cette célébrité.

Âgé de quarante ans à peine, il était de taille moyenne, assez gros et d'aspect bonhomme. Sa tête (très semblable à celles qu'on retrouve dans beaucoup de tableaux italiens du XVIe siècle), sans être belle au sens plastique du mot, présentait un grand caractère de puissance et d'intelligence. Les cheveux courts se redressaient sur le front très développé. Un nez droit s'arrêtait, coupé net, comme par un coup de ciseau trop brusque, au-dessus de la lèvre supérieure, qu'ombrageait une moustache assez épaisse ; et le menton entier était couvert de barbe taillée près de la peau. Le regard noir, souvent ironique, pénétrait ; et l'on sentait que là-derrière une pensée toujours active travaillait, perçant les gens, interprétant les paroles, analysant les gestes, dénudant le cœur. Cette tête ronde et forte était bien celle de son nom, rapide et court, aux deux syllabes bondissantes dans le retentissement des deux voyelles.

Quand le journaliste eut terminé son boniment,

l'écrivain lui répondit qu'il ne voulait point s'engager ; qu'il verrait cependant plus tard ; que son plan même n'était point encore suffisamment arrêté. Puis il se tut. C'était un congé, et les deux hommes, un peu confus, se levèrent. Mais un désir envahit Patissot : il voulait que ce personnage si connu lui dît un mot, un mot quelconque, qu'il pourrait répéter à ses collègues ; et, s'enhardissant, il balbutia : « Oh ! monsieur, si vous saviez combien j'apprécie vos ouvrages ! » L'autre s'inclina, mais ne répondit rien. Patissot devenait téméraire, il reprit : « C'est un bien grand honneur pour moi de vous parler aujourd'hui. » L'écrivain salua encore, mais d'un air roide et impatienté. Patissot s'en aperçut, et, perdant la tête, il ajouta en se retirant : « Quelle su-su-superbe propriété ! »

Alors le propriétaire s'éveilla dans le cœur indifférent de l'homme de lettres qui, souriant, ouvrit le vitrage pour montrer l'étendue de la perspective. Un horizon démesuré s'élargissait de tous les côtés, c'était Triel, Pisse-Fontaine, Chanteloup, toutes les hauteurs de l'Hautie, et la Seine, à perte de vue. Les deux visiteurs en extase félicitaient ; et la maison leur fut ouverte. Ils virent tout, jusqu'à la cuisine élégante dont les murs et le plafond même, recouverts en faïence à dessins bleus, excitent l'étonnement des paysans.

« Comment avez-vous acheté cette demeure ? » demanda le journaliste. Et le romancier raconta que, cherchant une bicoque à louer pour un été, il avait trouvé la petite maison, adossée à la nouvelle, qu'on voulait vendre quelques milliers de francs, une bagatelle, presque rien. Il acheta séance tenante.

« Mais tout ce que vous avez ajouté a dû vous coûter cher ensuite ? »

L'écrivain sourit : « Oui, pas mal ! »

Et les deux hommes s'en allèrent.

Le journaliste, tenant le bras de Patissot, philosophait, d'une voix lente : « Tout général a son Waterloo, disait-il ; tout Balzac a ses Jardies, et tout artiste habitant la campagne a son cœur de propriétaire. »

Ils prirent le train à la station de Villennes, et, dans le wagon, Patissot jetait tout haut les noms de l'illustre peintre et du grand romancier, comme s'ils eussent été ses amis. Il s'efforçait même de laisser croire qu'il avait déjeuné chez l'un et dîné chez l'autre.

6

Avant la fête

La fête approche et des frémissements courent déjà par les rues, ainsi qu'il en passe à la surface des flots lorsque se prépare une tempête. Les boutiques, pavoisées de drapeaux, mettent sur leurs portes une gaieté de teinturerie, et les merciers trompent sur les trois couleurs comme les épiciers sur la chandelle. Les cœurs peu à peu s'exaltent ; on en parle après dîner sur le trottoir ; on a des idées qu'on échange :

« Quelle fête ce sera, mes amis, quelle fête !

– Vous ne savez pas ? tous les souverains viendront incognito, en bourgeois, pour voir ça.

– Il paraît que l'empereur de Russie est arrivé ; il compte se promener partout avec le prince de Galles.

– Oh ! pour une fête, ce sera une fête ! »

Ce sera une fête ; ce que M. Patissot, bourgeois de Paris, appelle une fête : une de ces innombrables cohues qui, pendant quinze heures, roulent d'un bout à l'autre de la cité toutes les laideurs physiques chamarrées d'oripeaux, une houle de corps en transpiration où ballotteront, à côté de la lourde commère à rubans tricolores, engraissée derrière son comptoir et geignant d'essoufflement, l'employé rachitique remorquant sa femme et son mioche, l'ouvrier portant le sien à califourchon sur la tête, le provincial ahuri, à la physionomie de crétin stupéfait, le palefrenier rasé légèrement, encore parfumé d'écurie. Et les étrangers costumés en singes, des Anglaises pareilles à des girafes, et le porteur d'eau débarbouillé, et la phalange innombrable des petits-bourgeois, rentiers inoffensifs que tout amuse. Ô bousculade, éreintement, sueurs et poussière, vociférations, remous de chair humaine, extermination des cors aux pieds, ahurissement de toute pensée, senteurs affreuses, remuements inutiles, haleines des multitudes, brises à l'ail, donnez à M. Patissot toute la joie que peut contenir son cœur !

Il a fait ses préparatifs après avoir lu sur les murs de son arrondissement la proclamation du maire.

Elle disait, cette prose : « C'est principalement sur la fête particulière que j'appelle votre attention. Pavoisez vos demeures, illuminez vos fenêtres. Réunissez-vous, cotisez-vous, pour donner à vos maisons, à votre rue, une physionomie plus brillante, plus artistique que celle des maisons et des rues voisines. »

Alors M. Patissot chercha laborieusement quelle physionomie artistique il pourrait donner à son logis.

Un grave obstacle se présentait. Son unique fenêtre donnait sur une cour, une cour obscure, étroite, profonde, où les rats seuls eussent pu voir ses trois lanternes vénitiennes.

Il lui fallait une ouverture publique. Il la trouva. Au premier étage de sa maison habitait un riche particulier, noble et royaliste, dont le cocher, réactionnaire aussi, occupait, au sixième, une mansarde sur la rue. M. Patissot supposa que, en y mettant le prix, toute conscience peut être achetée, et il proposa cent sous à ce citoyen du fouet, pour lui céder son logis de midi jusqu'à minuit. L'offre aussitôt fut acceptée.

Alors il s'inquiéta de la décoration.

Trois drapeaux, quatre lanternes, était-ce assez pour donner à cette tabatière une physionomie artistique ?... pour exprimer toute l'exaltation de son âme ?... Non assurément ! Mais, malgré de longues recherches et des méditations nocturnes, M. Patissot n'imagina rien autre chose. Il consulta ses voisins, qui s'étonnèrent de sa question ; il interrogea ses collègues... Tout le monde avait acheté des lanternes et des drapeaux, en y joignant, pour le jour, des décorations tricolores.

Alors il se mit à la recherche d'une idée originale. Il fréquenta les cafés, abordant les consommateurs ; ils manquaient d'imagination. Puis, un matin, il monta sur l'impériale d'un omnibus. Un monsieur d'aspect vénérable fumait un cigare à son côté ; un ouvrier, plus loin, grillait sa pipe renversée ; deux voyous blaguaient près du cocher ; et des employés de tout ordre allaient à leurs affaires moyennant trois sous.

Devant les boutiques, des gerbes de drapeaux resplendissaient sous le soleil levant. Patissot se tourna vers son voisin.

« Ce sera une belle fête », dit-il.

Le monsieur lui jeta un regard de travers, et, d'un air rogue :

« C'est ça qui m'est égal !

– Vous n'y prendrez pas part ? » demanda l'employé stupéfait.

L'autre remua dédaigneusement la tête et déclara :

« Ils me font pitié avec leur fête ! De quoi la fête ?... Est-ce du gouvernement ?... Je ne le connais pas, le gouvernement, moi, monsieur ! »

Mais Patissot, employé du gouvernement lui-même, le prit de haut, et, d'une voix ferme :

« Le gouvernement, monsieur, c'est la République. »

Son voisin ne fut pas démonté, et, mettant tranquillement ses mains dans ses poches :

« Eh bien, après ?... Je ne m'y oppose pas. La République ou autre chose, je m'en fiche. Ce que je veux, moi, monsieur, je veux connaître mon gouvernement. J'ai vu Charles X et je m'y suis rallié, monsieur ; j'ai vu Louis-Philippe, et je m'y suis rallié, monsieur ; j'ai vu Napoléon, et je m'y suis rallié ; mais je n'ai jamais vu la République. »

Patissot, toujours grave, répliqua :

« Elle est représentée par son président. »

L'autre grogna :

« Eh bien, qu'on me le montre. »

Patissot haussa les épaules.

« Tout le monde peut le voir ; il n'est pas dans une armoire. »

Mais tout à coup le gros monsieur s'emporta.

« Pardon, monsieur, on ne peut pas le voir. J'ai essayé plus de cent fois, moi, monsieur. Je me suis embusqué auprès de l'Élysée : il n'est pas sorti. Un passant m'a affirmé qu'il jouait au billard, au café en face ; j'ai été au café en face : il n'y était pas. On m'avais promis qu'il irait à Melun pour le concours : je me suis rendu à Melun, et je ne l'ai pas vu. Je suis fatigué, à la fin. Je n'ai pas vu non plus M. Gambetta, et je ne connais pas même un député. »

Il s'animait.

« Un gouvernement, monsieur, ça doit se montrer ; c'est fait pour ça, pas pour autre chose. Il faut qu'on sache : tel jour, à telle heure, le gouvernement passera par telle rue. De cette façon on y va et on est satisfait. »

Patissot, calmé, goûtait ces raisons.

« Il est vrai, dit-il, qu'on aimerait bien connaître ceux qui vous gouvernent. »

Le monsieur prit un ton plus doux :

« Savez-vous comment je la comprendrais, moi, la fête ?... Eh bien, monsieur, je ferais un cortège avec des chars dorés, comme les voitures du sacre des rois ; et je promènerais dedans les membres du gouvernement, depuis le président jusqu'aux députés, à travers Paris, toute la journée. Comme ça, au moins, chacun connaîtrait la personne de l'État. »

Mais un des voyous, près du cocher, se retourna :

« Et le bœuf gras, oùsqu'on le mettrait ? » dit-il.

Un rire courut sur les deux banquettes. Patissot comprit l'objection et murmura :

« Ça ne serait peut-être pas digne. »

Le monsieur, après avoir réfléchi, le reconnut.

« Alors, dit-il, je les mettrais en vue quelque part, afin qu'on puisse les regarder tous sans se déranger ; sur l'arc de triomphe de l'Étoile, par exemple, et je ferais défiler devant toute la population. Ça aurait un grand caractère. »

Mais le voyou, encore une fois, se retourna :

« Faudrait des télescopes pour voir leurs balles. »

Le monsieur ne répondit pas ; il continua :

« C'est comme la distribution des drapeaux ! Il faudrait un prétexte, organiser quelque chose, une petite guerre ; et on remettrait ensuite les étendards aux troupes comme récompense. Moi, j'avais une idée, que j'ai écrite au ministre ; mais il n'a point daigné me répondre. Puisqu'on a choisi la date de la prise de la Bastille, il fallait organiser le simulacre de cet événement : on aurait fait une bastille en carton, brossée par un décorateur de théâtre, et cachant dans ses murailles toute la colonne de juillet. Alors, monsieur, la troupe aurait donné l'assaut ; ça aurait été un beau spectacle et un enseignement en même temps de voir l'armée renverser elle-même les remparts de la tyrannie. Puis on l'aurait incendiée, cette bastille ; et au milieu des flammes serait apparue la colonne avec le génie de la Liberté, symbole d'un ordre nouveau et de l'affranchissement des peuples. »

Tout le monde, cette fois, l'écoutait sur l'impériale, trouvant son idée excellente. Un vieillard affirma :

« C'est une grande pensée, monsieur, et qui vous fait honneur. Il est regrettable que le gouvernement ne l'ait pas adoptée. »

Un jeune homme déclara qu'on devrait faire réciter, dans les rues, les *Iambes* de Barbier, par des acteurs, pour apprendre simultanément au peuple l'art et la liberté.

Ces propos excitaient l'enthousiasme. Chacun voulait parler ; les cervelles s'exaltaient. Un orgue de Barbarie, en passant, jeta une phrase de *La Marseillaise* ; l'ouvrier entonna les paroles, et tout le monde, en chœur, hurla le refrain. L'allure exaltée du chant et son rythme enragé allumèrent le cocher dont les chevaux fouaillés galopaient. M. Patissot braillait à pleine gorge en se tapant sur les cuisses, et les voyageurs du dedans, épouvantés, se demandaient quel ouragan avait éclaté sur leurs têtes.

On s'arrêta enfin, et M. Patissot, jugeant son voisin homme d'initiative, le consulta sur les préparatifs qu'il comptait faire :

« Des lampions et des drapeaux, c'est très bien, disait-il ; mais je voudrais quelque chose de mieux. »

L'autre réfléchit longtemps, mais ne trouva rien. Alors M. Patissot, en désespoir de cause, acheta trois drapeaux avec quatre lanternes.

7

Une triste histoire

Pour se reposer des fatigues de la fête, M. Patissot conçut le projet de passer tranquillement le dimanche suivant assis quelque part en face de la nature.

Voulant avoir un large horizon, il choisit la terrasse de Saint-Germain. Il se mit en route seulement après son déjeuner, et, lorsqu'il eut visité le

Musée préhistorique pour l'acquit de sa conscience, car il n'y comprit rien du tout, il resta frappé d'admiration devant cette promenade démesurée d'où l'on découvre au loin Paris, toute la région environnante, toutes les plaines, tous les villages, des bois, des étangs, des villes même, et ce grand serpent bleuâtre aux ondulations sans nombre, ce fleuve adorable et doux qui passe au cœur de la France : LA SEINE.

Dans des lointains que des vapeurs légères bleuissaient, à des distances incalculables, il distinguait de petis pays comme des taches blanches, au versant des coteaux verts. Et songeant que là-bas, sur ces points presque invisibles, des hommes comme lui vivaient, souffraient, travaillaient, il réfléchit pour la première fois à la petitesse du monde. Il se dit que, dans les espaces, d'autres points plus imperceptibles encore, des univers plus grands que le nôtre cependant, devaient porter des races peut-être plus parfaites ! Mais un vertige le prit devant l'étendue, et il cessa de penser à ces choses qui lui troublaient la tête. Alors il suivit la terrasse à petits pas, dans toute sa largeur, un peu alangui, comme courbaturé par des réflexions trop lourdes.

Alors qu'il fut au bout, il s'assit sur un banc. Un monsieur s'y trouvait déjà, les deux mains croisées sur sa canne et le menton sur ses mains, dans l'attitude d'une méditation profonde. Mais Patissot appartenait à la race de ceux qui ne peuvent passer trois secondes à côté de leur semblable sans lui adresser la parole. Il contempla d'abord son voisin, toussota, puis tout à coup :

« Pourriez-vous, monsieur, me dire le nom du village que j'aperçois là-bas ? »

Le monsieur releva la tête et, d'une voix triste :

« C'est Sartrouville. »

Puis il se tut. Alors Patissot, contemplant l'immense perspective de la terrasse ombragée d'arbres séculaires, sentant en ses poumons le grand souffle de la forêt qui bruissait derrière lui, rajeuni par les effluves printaniers des bois et des larges campagnes, eut un petit rire saccadé et, l'œil vif :

« Voici de beaux ombrages pour des amoureux. »

Son voisin se tourna vers lui avec un air désespéré :

« Si j'étais amoureux, monsieur, je me jetterais dans la rivière. »

Patissot, ne partageant point cet avis, protesta :

« Hé hé ! vous en parlez à votre aise ; et pourquoi ça ?

— Parce que cela m'a déjà coûté trop cher pour recommencer. »

L'employé fit une grimace de joie en répondant :

« Tiens ! si vous avez fait des folies, ça coûte toujours cher. »

Mais l'autre soupira avec mélancolie.

« Non, monsieur, je n'en ai pas fait ; j'ai été desservi par les événements, voilà tout. »

Patissot, qui flairait une bonne histoire, continua :

« Nous ne pouvons pourtant pas vivre comme les curés ; ça n'est pas dans la nature. »

Alors le bonhomme leva les yeux au ciel lamentablement.

« C'est vrai, monsieur ; mais, si les prêtres étaient des hommes comme les autres, mes malheurs ne seraient pas arrivés. Je suis ennemi du célibat ecclésiastique, moi, monsieur, et j'ai mes raisons pour ça. »

Patissot, vivement intéressé, insista :

« Serait-il indiscret de vous demander ?...
— Mon Dieu ! non. Voici mon histoire :

Je suis normand, monsieur. Mon père était meunier à Darnétal, près de Rouen ; et, quand il est mort, nous sommes restés, tout enfants, mon frère et moi, à la charge de notre oncle, un bon gros curé cauchois. Il nous éleva, monsieur, fit notre éducation, puis nous envoya tous les deux à Paris chercher une situation convenable.

Mon frère avait vingt et un ans, et moi j'en prenais vingt-deux. Nous nous étions installés par économie dans le même logement, et nous y vivions tranquilles, lorsque advint l'aventure que je vais vous raconter.

Un soir, comme je rentrais chez moi, je fis la rencontre, sur le trottoir, d'une jeune dame qui me plut beaucoup. Elle répondait à mes goûts : un peu forte, monsieur, et l'air bon enfant. Je n'osai pas lui parler, bien entendu, mais je lui adressai un regard significatif. Le lendemain, je la retrouvai à la même place ; alors, comme j'étais timide, je fis un salut seulement ; elle y répondit par un petit sourire ; et, le jour d'après, je l'abordai.

Elle s'appelait Victorine, et elle travaillait à la couture dans un magasin de confection. Je sentis bien tout de suite que mon cœur était pris.

Je lui dis : « Mademoiselle, il me semble que je ne pourrai plus vivre loin de vous. » Elle baissa les yeux sans répondre ; alors je lui saisis la main, et je sentis qu'elle serrait la mienne. J'étais pincé, monsieur ; mais je ne savais comment m'y prendre, à cause de mon frère. Ma foi, je me décidais à tout lui dire, quand il ouvrit la bouche le premier. Il était amoureux de son côté. Alors il fut convenu qu'on prendrait un autre logement, mais qu'on ne soufflerait mot à notre bon oncle, qui adresserait toujours ses lettres à mon domicile. Ainsi fut fait ; et, huit jours plus tard, Victorine pendait la crémaillère chez moi. On y fit un petit dîner où mon frère amena sa connaissance, et, le soir, quand mon amie eut tout rangé, nous prîmes définitivement possession de notre logis...

Nous dormions peut-être depuis une heure, quand un violent coup de sonnette m'éveilla. Je regarde la pendule : trois heures du matin. Je passe une culotte, et je me précipite vers la porte, en me disant : « C'est un malheur, bien sûr... » C'était mon oncle, monsieur... Il avait sa douillette de voyage, et sa valise à la main :

« Oui, c'est moi mon garçon ; je viens te surprendre, et passer quelques jours à Paris. Monseigneur m'a donné congé. »

Il m'embrasse sur les deux joues, entre, ferme la porte. J'étais plus mort que vif, monsieur. Mais comme il allait pénétrer dans ma chambre, je lui sautai presque au collet :

« Non, pas par là, mon oncle ; par ici, par ici. »

Et je le fis entrer dans la salle à manger. Voyez-vous ma situation ? que faire ?... Il me dit :

« Et ton frère ? il dort ? Va donc l'éveiller. »

Je balbutiai :

« Non, mon oncle, il a été obligé de passer la nuit au magasin pour une commande urgente. »

Mon oncle se frotta les mains :

« Alors, ça va, la besogne ? »

Mais une idée me venait.

« Vous devez avoir faim, mon oncle, après ce voyage ?

– Ma foi ! c'est vrai, je casserais bien une petite croûte. »

Je me précipite sur l'armoire (j'avais les restes du dîner), et c'était une rude fourchette que mon oncle, un vrai curé normand capable de manger douze heures de suite. Je sors un morceau de bœuf pour faire durer le temps, car je savais bien qu'il ne l'aimait pas ; puis, lorsqu'il en eut suffisamment mangé, j'apportai les restes d'un poulet, un pâté presque tout entier, une salade de pommes de terre, trois pots de crème, et du vin fin que j'avais mis de côté pour le lendemain. Ah ! monsieur, il faillit tomber à la renverse :

« Nom d'un petit bonhomme ! Quel garde-manger !... »

Et je le bourre, monsieur, je le bourre ! Il ne résistait pas, d'ailleurs (on disait dans le pays, qu'il aurait avalé un troupeau de bœufs).

Lorsqu'il eut tout dévoré, il était cinq heures du matin ! Je me sentais sur des charbons ardents. Je traînai encore une heure avec le café et toutes les rincettes ; mais il se leva, à la fin.

« Voyons ton logement », dit-il.

J'étais perdu, et je le suivis en songeant à me jeter par la fenêtre... En entrant dans la chambre, prêt à m'évanouir, attendant néanmoins je ne sais quel hasard, une suprême espérance me fit bondir le cœur. La brave fille avait fermé les rideaux du lit ! Ah ! s'il pouvait ne pas les ouvrir ? Hélas ! monsieur, il s'en approche tout de suite, sa bougie à la main, et d'un seul coup il les relève... Il faisait chaud : nous avions retiré les couvertures, et il ne restait que le drap, qu'elle tenait fermé sur sa tête ; mais on voyait, monsieur, on voyait des contours. Je tremblais de tous mes membres, avec la gorge serrée, suffoquant. Alors, mon oncle se tourna vers moi, riant jusqu'aux oreilles ; si bien que je faillis sauter au plafond, de stupéfaction.

« Ah ! ah ! mon farceur, dit-il, tu n'as pas voulu réveiller ton frère ; eh bien, tu vas voir comment je le réveille, moi. »

Et je vis sa grosse main de paysan qui se levait ; et, pendant qu'il étouffait de rire, elle retomba comme le tonnerre sur... sur les contours qu'on voyait, monsieur.

Il y eut un cri terrible dans le lit ; et puis comme une tempête sous le drap ! Ça remuait, ça remuait ; elle ne pouvait plus se dégager. Enfin, elle apparut presque tout entière d'un seul coup, avec des yeux comme des lanternes ; et elle regardait mon oncle qui s'éloignait à reculons, la bouche ouverte, et soufflant, monsieur, comme s'il allait se trouver mal !

Alors je perdis tout à fait la tête, et je m'enfuis... J'errai pendant six jours, monsieur, n'osant pas rentrer chez moi. Enfin, quand je m'enhardis à revenir, il n'y avait plus personne...

Patissot, qu'un grand rire secouait, lâcha un : « Je le crois bien ! » qui fit taire son voisin.

Mais, au bout d'une seconde, le bonhomme reprit :

« Je n'ai jamais revu mon oncle, qui m'a déshérité, persuadé que je profitais des absences de mon frère pour exécuter mes farces.

« Je n'ai jamais revu Victorine. Toute ma famille m'a tourné le dos ; et mon frère lui-même, qui a profité de la situation, puisqu'il a touché cent mille francs à la mort de mon oncle, semble me considérer comme un vieux libertin. Et cependant, monsieur, je vous jure que, depuis ce moment, jamais... jamais... jamais !... Il y a, voyez-vous, des minutes qu'on n'oublie pas.

– Et qu'est-ce que vous faites ici ? » demanda Patissot.

L'autre, d'un large coup d'œil, parcourut l'horizon, comme s'il eût craint d'être entendu par quelque oreille inconnue ; puis il murmura, avec une terreur dans la voix :

« Je fuis les femmes, monsieur ! »

8

Essai d'amour

Beaucoup de poètes pensent que la nature n'est pas complète sans la femme, et de là viennent sans doute toutes les comparaisons fleuries qui, dans leurs chants, font tour à tour de notre compagne naturelle une rose, une violette, une tulipe, etc., etc. Le besoin d'attendrissement qui nous prend à l'heure du crépuscule, quand la brume des soirs commence à flotter sur les coteaux, et quand toutes les senteurs de la terre nous grisent, s'épanche imparfaitement en des invocations lyriques ; et M. Patissot, comme les autres, fut pris d'une rage de tendresse, de doux baisers rendus le long des sentiers où coule du soleil, de mains pressées, de tailles rondes ployant sous son étreinte.

Il commençait à entrevoir l'amour comme une délectation sans bornes, et, dans ses heures de rêveries, il remerciait le grand Inconnu d'avoir mis tant de charme aux caresses des hommes. Mais il lui fallait une compagne, et il ne savait où la rencontrer. Sur le conseil d'un ami, il se rendit aux Folies-Bergère. Il en vit là un assortiment complet ; or, il se trouva fort perplexe pour décider entre elles, car les désirs de son cœur étaient faits surtout d'élans poétiques, et la poésie ne paraissait pas être le fort des demoiselles aux yeux charbonnés qui lui jetaient de troublants sourires avec l'émail de leurs fausses dents.

Enfin, son choix s'arrête sur une jeune débutante qui paraissait pauvre et timide, et dont le regard triste semblait annoncer une nature assez facilement poétisable.

Il lui donna rendez-vous pour le lendemain neuf heures, à la gare Saint-Lazare.

Elle n'y vint pas, mais elle eut la délicatesse d'envoyer une amie à sa place.

C'était une grande fille rousse, habillée patriotiquement en trois couleurs et couverte d'un immense chapeau-tunnel dont sa tête occupait le centre. M. Patissot, un peu déçu, accepta tout de même ce remplaçant. Et l'on partit pour Maisons-Laffitte, où étaient annoncées des régates et une grande fête vénitienne.

Aussitôt qu'on fut dans le wagon, occupé déjà par deux messieurs décorés, et trois dames qui devaient être au moins des marquises, tant elles montraient de dignité, la grande rousse, qui répondait au nom d'Octavie, annonça à Patissot, avec une voix de perruche, qu'elle était très bonne fille, aimant à rigoler et adorant la campagne, parce qu'on y cueille des fleurs et qu'on y mange de la friture : et elle riait d'un rire aigu à casser les vitres, appelant familièrement son compagnon : « Mon gros loup. »

Une honte envahissait Patissot, à qui son titre d'employé du gouvernement imposait certaines réserves. Mais Octavie se tut, regardant de côté ses voisines, prise du désir immodéré qui hante toutes les filles de faire connaissance avec des femmes honnêtes. Au bout de cinq minutes, elle crut avoir trouvé un joint, et, tirant de sa poche le *Gil Blas*, elle l'offrit poliment à l'une des dames, stupéfaite, qui refusa d'un signe de tête. Alors, la grande rousse, blessée, lâcha des mots à double sens, parlant des femmes qui *font leur poire*, sans valoir mieux que les autres ; et, quelquefois même, elle jetait un gros mot qui faisait un effet de pétard ratant au milieu de la dignité glaciale des voyageurs.

Enfin on arriva, Patissot voulut tout de suite gagner les coins ombreux du parc, espérant que la mélancolie des bois apaiserait l'humeur irritée de sa compagne. Mais un autre effet se produisit. Aussitôt qu'elle fut dans les feuilles et qu'elle aperçut de l'herbe, elle se mit à chanter à tue-tête des morceaux d'opéra traînant dans sa mémoire de linotte, faisant des roulades, passant de *Robert le Diable* à la *Muette*, affectionnant surtout une poésie sentimentale dont elle roucoulait les derniers vers avec des sons perçants comme des vrilles.

Puis, tout à coup, elle eut faim et voulut rentrer. Patissot, qui toujours attendait l'attendrissement espéré, essayait en vain de la retenir. Alors elle se fâcha.

« Je ne suis pas ici pour m'embêter, n'est-ce pas ? »

Et il fallut gagner le restaurant du Petit Havre, tout près de l'endroit où devaient avoir lieu les régates.

Elle commanda un déjeuner à n'en plus finir, une succession de plats comme pour nourrir un régiment. Puis, ne pouvant attendre, elle réclama des hors-d'œuvre. Une boîte de sardines apparut ; elle se jeta dessus à croire que le fer-blanc de la boîte lui-même y passerait ; mais, quand elle eut mangé deux ou trois des petits poissons huileux, elle déclara qu'elle n'avait plus faim et voulut aller voir les préparatifs des courses.

Patissot, désespéré et pris de fringale à son tour, refusa absolument de se lever. Elle partit seule, promettant de revenir pour le dessert ; et il commença à manger, silencieux et solitaire, ne sachant comment amener cette nature rebelle à la réalisation de son rêve.

Comme elle ne revenait pas, il se mit à sa recherche.

Elle avait retrouvé des amis, une bande de canotiers presque nus, rouges jusqu'aux oreilles et gesticulant, qui, devant la maison du constructeur Fournaise, réglaient en vociférant tous les détails du concours.

Deux messieurs d'aspect respectable, des juges sans doute, les écoutaient attentivement. Aussitôt qu'elle aperçut Patissot, Octavie, pendue au bras noir d'un grand diable possédant assurément plus de biceps que de cervelle, lui jeta quelques mots dans l'oreille. L'autre répondit :

« C'est entendu. »

Et elle revint à l'employé toute joyeuse, le regard vif, presque caressante.

« Je veux faire un tour en bateau », dit-elle.

Heureux de la voir si charmante, il consentit à ce nouveau désir et se procura une embarcation.

Mais elle refusa obstinément d'assister aux régates, malgré l'envie de Patissot.

« J'aime mieux être seule avec toi, mon loup. »

Un frisson lui secoua le cœur... Enfin !...

Il retira sa redingote et se mit à ramer avec furie.

Un vieux moulin monumental, dont les roues vermoulues pendaient au-dessus de l'eau, enjambait avec ses deux arches un tout petit bras du fleuve. Ils passèrent dessous lentement, et, quand ils furent de l'autre côté, ils aperçurent devant eux un bout de rivière adorable, ombragé par de grands arbres, qui formaient au-dessus une sorte de voûte. Le petit bras se déroulait, tournait, zigzaguait à gauche, à droite, découvrant sans cesse des horizons nouveaux, de larges prairies d'un côté, et, de l'autre, une colline toute peuplée de chalets. On passa devant un établissement de bains presque enseveli dans la verdure, un coin charmant et champêtre, où des messieurs en gants frais, auprès de dames enguirlandées, mettaient toute la gaucherie ridicule des élégants à la campagne.

Elle poussa un cri de joie.

« Nous nous baignerons là, tantôt ! »

Puis, plus loin, dans une sorte de baie, elle voulut s'arrêter :

« Viens ici, mon gros, tout près de moi. »

Elle lui passa les bras au cou et, la tête appuyée sur l'épaule de Patissot, elle murmura :

« Comme on est bien ! comme il fait bon sur l'eau ! »

Patissot, en effet, nageait dans le bonheur ; et il pensait à ces canotiers stupides, qui, sans jamais sentir le charme pénétrant des berges et la grâce frêle des roseaux, vont toujours, essoufflés, suants et abrutis d'exercice, du caboulot où l'on déjeune au caboulot où l'on dîne.

Mais, à force d'être bien, il s'endormit. Quand il se réveilla... il était seul. Il appela d'abord ; personne ne répondit. Inquiet, il monta sur la rive, craignant déjà qu'un malheur ne fût arrivé.

Alors, tout là-bas, et venant vers lui, il vit une yole mince et longue que quatre rameurs pareils à des nègres faisaient filer, ainsi qu'une flèche. Elle approchait, courant sur l'eau : une femme tenait la barre... Ciel !... on dirait... C'était elle !... Pour régler le rythme des rames, elle chantait de sa voix coupante une chanson de canotiers qu'elle interrompit un instant quand elle fut devant Patissot. Alors, envoyant un baiser des doigts, elle lui cria :

« Gros serin, va ! »

9

Un dîner et quelques idées

À l'occasion de la fête nationale, M. Perdrix (Antoine), chef de bureau de M. Patissot, fut nommé chevalier de la Légion d'honneur. Il comptait trente ans de services sous les régimes précédents, et dix années de ralliement au gouvernement actuel. Ses employés, quoique murmurant un peu d'être ainsi récompensés en la personne de leur chef, jugèrent bon de lui offrir une croix enrichie de faux diamants ; et le nouveau chevalier, ne voulant pas rester en arrière, les invita tous à dîner pour le dimanche suivant, dans sa propriété d'Asnières.

La maison, enluminée d'ornements mauresques, avait un aspect de café-concert, mais sa situation lui donnait de la valeur, car la ligne du chemin de fer, coupant le jardin dans toute sa largeur, passait à vingt mètres du perron. Sur le rond de gazon obligatoire, un bassin en ciment romain contenait des poissons rouges, et un jet d'eau, en tout semblable à une seringue, lançait parfois en l'air des arcs-en-ciel microscopiques dont s'émerveillaient les visiteurs.

L'alimentation de cet irrigateur faisait la constante préoccupation de M. Perdrix qui se levait parfois dès cinq heures du matin afin d'emplir le réservoir. Il pompait alors avec acharnement, en manches de chemise, son gros ventre débordant de la culotte, afin d'avoir, à son retour du bureau, la satisfaction de lâcher les grandes eaux, et de se figurer qu'une fraîcheur s'en répandait dans le jardin.

Le soir du dîner officiel, tous les invités, l'un après l'autre, s'extasièrent sur la situation du domaine, et chaque fois qu'on entendait, au loin, venir un train M. Perdrix leur annonçait sa destination : Saint-Germain, Le Havre, Cherbourg ou Dieppe, et, par farce, on faisait des signes aux voyageurs penchés aux portières.

Le bureau complet se trouvait là. C'était d'abord M. Capitaine, sous-chef ; M. Patissot, commis principal ; puis MM. de Sombreterre et Vallin, jeunes employés élégants qui ne venaient au bureau qu'à leurs heures ; enfin M. Rade, célèbre dans tout le ministère par les doctrines insensées qu'il affichait, et l'expéditionnaire, M. Boivin.

M. Rade passait pour un type. Les uns le traitaient de *fantaisiste* ou d'*idéologue*; les autres de *révolutionnaire*; tout le monde s'accordait à dire que c'était un maladroit. Vieux déjà, maigre et petit, avec un œil vif et de longs cheveux blancs, il avait professé toute sa vie le plus profond mépris pour la besogne administrative. Remueur de livres et grand liseur, d'une nature toujours révoltée contre tout, chercheur de vérité et contempteur des préjugés courants, il avait une façon nette et paradoxale d'exprimer ses opinions qui fermait la bouche aux imbéciles satisfaits et aux mécontents sans savoir pourquoi. On disait : « Ce vieux fou de Rade », ou bien : « Cet écervelé de Rade » ; et la lenteur de son avancement semblait donner raison contre lui aux médiocres parvenus. L'indépendance de sa parole faisait trembler bien souvent ses collègues, qui se demandaient avec terreur comment il avait pu conserver sa place. Aussitôt qu'on fut à table, M. Perdrix, dans un petit discours bien senti, remercia ses « collaborateurs », leur promit sa protection d'autant plus efficace que son autorité grandissait, et il termina par une péroraison émue où il remerciait et glorifiait le gouvernement libéral et juste, qui sait chercher le mérite parmi les humbles.

M. Capitaine, sous-chef, répondit au nom du bureau, félicita, congratula, salua, exalta, chanta les louanges de tous ; et des applaudissements frénétiques accueillirent ces deux morceaux d'éloquence. Après quoi l'on se mit sérieusement à manger.

Tout alla bien jusqu'au dessert, la misère des propos ne gênant personne. Mais, au café, une discussion s'élevant déchaîna tout à coup M. Rade, qui se mit à passer les bornes.

On parlait d'amour naturellement, et un souffle

de chevalerie grisant cette salle de bureaucrates, on vantait avec exaltation la beauté supérieure de la femme, sa délicatesse d'âme, son aptitude aux choses exquises, la sûreté de son jugement et la finesse de ses sentiments. M. Rade se mit à protester, refusant avec énergie au sexe qualifié de « beau » toutes les qualités qu'on lui prêtait ; et, devant l'indignation générale, il cita des auteurs :

« Schopenhauer, messieurs, Schopenhauer, un grand philosophe que l'Allemagne vénère. Voici ce qu'il dit : "Il a fallu que l'intelligence de l'homme fût bien obscurcie par l'amour pour qu'il ait appelé beau ce sexe de petite taille, aux épaules étroites, aux larges hanches et aux jambes courbes. Toute sa beauté, en effet, réside dans l'instinct de l'amour. Au lieu de le nommer beau, il eût été plus juste de l'appeler l'*inesthétique*. Les femmes n'ont ni le sentiment ni l'intelligence de la musique, pas plus que de la poésie ou des arts plastiques ; ce n'est chez elles que pure singerie, pur prétexte, pure affectation exploitée par leur désir de plaire." »

– L'homme qui a dit ça est un imbécile », déclara M. de Sombreterre.

M. Rade, souriant, continua :

« Et Rousseau, monsieur ? Voici son opinion : "Les femmes, en général, n'aiment aucun art, ne se connaissent à aucun, et n'ont aucun génie." »

M. de Sombreterre haussa dédaigneusement les épaules :

« Rousseau est aussi bête que l'autre, voilà tout. »

M. Rade souriait toujours :

« Et lord Byron, qui pourtant aimait les femmes, monsieur, voici ce qu'il dit : "On devrait bien les nourrir et les bien vêtir, mais ne point les mêler à la société. Elles devraient aussi être instruites de la religion, mais ignorer la poésie et la politique, ne lire que les livres de piété et de cuisine." »

M. Rade continua :

« Voyez, messieurs, elles étudient toutes la peinture et la musique. Il n'y en a pas une cependant qui ait fait un bon tableau ou un opéra remarquable ! Pourquoi, messieurs ? Parce qu'elles sont le *sexus sequior*, le sexe second à tous égards, fait pour se tenir à l'écart et au second plan. »

M. Patissot se fâchait :

« Et Mme Sand, monsieur ?

— Une exception, monsieur, une exception. Je vous citerai encore un passage d'un autre grand philosophe, anglais celui-là : Herbert Spencer. Voici : "Chaque sexe est capable, sous l'influence de stimulants particuliers, de manifester des facultés ordinairement réservées à l'autre. Ainsi, pour prendre un cas extrême, une excitation spéciale peut faire donner du lait aux mamelles des hommes ; on a vu, pendant des famines, des petits enfants privés de leur mère être sauvés de cette façon. Nous ne mettrons pourtant pas cette faculté d'avoir du lait au nombre des attributs du mâle. De même, l'intelligence féminine qui, dans certains cas, donnera des produits supérieurs, doit être négligée dans l'estimation de la nature féminine, en tant que facteur social..." »

M. Patissot, blessé dans tous ses instincts chevaleresques originels, déclara :

« Vous n'êtes pas français, monsieur. La galanterie française est une des formes du patriotisme. »

M. Rade releva la balle.

« J'ai fort peu de patriotisme, monsieur, le moins possible. »

Un froid se répandit, mais il continuait tranquillement :

« Admettez-vous avec moi que la guerre soit une chose monstrueuse ; que cette coutume d'égorgement des peuples constitue un état permanent de sauvagerie ; qu'il soit odieux, alors que le seul bien réel est "la vie", de voir les gouvernements, dont le devoir est de protéger l'existence de leurs sujets, chercher avec obstination des moyens de destruction ? Oui, n'est-ce pas. – Eh bien, si la guerre est une chose horrible, le patriotisme ne serait-il pas l'idée mère qui l'entretient ? Quand un assassin tue, il a une pensée, c'est de voler. Quand un brave homme, à coups de baïonnette, crève un autre honnête homme, père de famille ou grand artiste peut-être, à quelle pensée obéit-il ?... »

Tout le monde se sentait profondément blessé.

« Quand on pense des choses pareilles, on ne les dit pas en société. »

M. Patissot reprit :

« Il y a pourtant, monsieur, des principes que tous les honnêtes gens reconnaissent. »

M. Rade demanda :

« Lesquels ? »

Alors, solennellement, M. Patissot prononça : « La morale, monsieur. »

M. Rade rayonnait, il s'écria :

« Un seul exemple, messieurs, un tout petit exemple. Quelle opinion avez-vous des messieurs à casquette de soie qui font sur les boulevards extérieurs le joli métier que vous savez, et qui en vivent ? »

Une moue de dégoût parcourut la table :

« Eh bien ! messieurs, il y a un siècle seulement, quand un élégant gentilhomme, très chatouilleux sur le point d'honneur, avait pour... amie... une "très belle et honneste dame de haute lignée", il était fort bien porté de vivre à ses dépens, messieurs, et même de la ruiner tout à fait. On trouvait ce jeu-là charmant. Donc les principes de morale ne sont pas fixes... et alors... »

M. Perdrix, visiblement embarrassé, l'arrêta :

« Vous sapez les bases de la société, monsieur Rade, il faut toujours avoir des *principes*. Ainsi, en politique, voici M. de Sombreterre qui est légitimiste, M. Vallin orléaniste, M. Patissot et moi républicains, nous avons des principes très différents, n'est-ce pas, et cependant nous nous entendons fort bien parce que nous en avons. »

Mais M. Rade s'écria :

« Moi aussi, j'en ai, messieurs, j'en ai de très arrêtés. »

M. Patissot releva la tête, et, froidement :

« Je serais heureux de les connaître, monsieur. »

M. Rade ne se fit pas prier :

« Les voici, monsieur :

« *1er principe*. – Le gouvernement d'un seul est une monstruosité.

« *2e principe*. – Le suffrage restreint est une injustice.

« *3e principe*. – Le suffrage universel est une stupidité.

« En effet, livrer des millions d'hommes, des intelligences d'élite, des savants, des génies même, au caprice, au bon vouloir d'un être qui, dans un moment de gaieté, de folie, d'ivresse ou d'amour, n'hésitera pas à tout sacrifier pour sa fantaisie exaltée, dépensera l'opulence du pays péniblement amassée par tous, fera hacher des milliers d'hommes sur les champs de bataille, etc., etc., me paraît être, à moi, simple raisonneur, une monstrueuse aberration.

« Mais en admettant que le pays doive se gouverner lui-même, exclure sous un prétexte toujours discutable une partie des citoyens de l'administration des affaires est une injustice si flagrante, qu'il me semble inutile de la discuter davantage.

« Reste le suffrage universel. Vous admettez bien avec moi que les hommes de génie sont rares, n'est-ce pas ? Pour être large, convenons qu'il y en ait cinq en France, en ce moment. Ajoutons, toujours pour être large, deux cents hommes de grand talent, mille autres possédant des talents divers, et dix mille hommes supérieurs d'une façon quelconque. Voilà un état-major de onze mille deux cent cinq esprits. Après quoi vous avez l'armée des médiocres, que suit la multitude des imbéciles. Comme les médiocres et les imbéciles forment toujours l'immense majorité, il est inadmissible qu'ils puissent élire un gouvernement intelligent.

« Pour être juste, j'ajoute que logiquement le suffrage universel me semble le seul principe admissible, mais est inapplicable, voici pourquoi.

« Faire concourir au gouvernement toutes les forces vives d'un pays, représenter tous les intérêts, tenir compte de tous les droits, est un rêve idéal, mais peu pratique, car la seule force que vous puissiez mesurer est justement celle qui devrait être la plus négligée, la force stupide, le nombre. D'après votre méthode, le nombre inintelligent prime le génie, le savoir, toutes les connaissances acquises, la richesse, l'industrie, etc., etc. Quand vous pourrez donner à un membre de l'Institut dix mille voix contre une au chiffonnier, cent voix au grand propriétaire contre dix voix à son fermier, vous aurez équilibré à peu près les forces et obtenu une représentation nationale qui vraiment représentera toutes les puissances de la nation. Mais je vous défie bien de faire ça.

« Voici mes conclusions :

« Autrefois, quand on ne pouvait exercer aucune profession, on se faisait photographe ; aujourd'hui on se fait député. Un pouvoir ainsi composé sera toujours lamentablement incapable ; mais incapable de faire du mal autant qu'incapable de faire du bien. Un tyran, au contraire, s'il est bête, peut faire beaucoup de mal et, s'il se rencontre intelligent (ce qui est infiniment rare), beaucoup de bien.

« Entre ces formes de gouvernement, je ne me prononce pas ; et je me déclare anarchiste, c'est-à-dire partisan du pouvoir le plus effacé, le plus insensible, le plus libéral au grand sens du mot, et révolutionnaire en même temps, c'est-à-dire l'ennemi éternel de ce même pouvoir qui ne peut être, de toute façon, qu'absolument défectueux. Voilà. »

Des cris d'indignation s'élevèrent autour de la table, et tous, légitimiste, orléaniste, républicains par nécessité, se fâchèrent tout rouge. M. Patissot, particulièrement, suffoquait et, se tournant vers M. Rade :

« Alors, monsieur, vous ne croyez à rien. »

L'autre répondit simplement :

« Non, monsieur. »

La colère qui souleva tous les convives empêcha M. Rade de continuer, et M. Perdrix, redevenant chef, ferma la discussion.

« Assez, messieurs, je vous en prie. Nous avons chacun notre opinion, n'est-ce pas, et nous ne sommes pas disposés à en changer. »

On approuva cette parole juste. Mais M. Rade, toujours révolté, voulut avoir le dernier mot.

« J'ai pourtant une morale, dit-il, elle est bien simple et toujours applicable ; une phrase la formule, la voici : "Ne faites pas à autrui ce que vous ne voudriez pas qu'on vous fît." Je vous défie de la mettre en défaut, tandis qu'en trois arguments je me charge de démolir le plus sacré de vos principes. »

Cette fois on ne répondit pas. Mais comme on rentrait le soir deux par deux, chacun disait à son compagnon :

« Non, vraiment M. Rade va beaucoup trop loin. Il a un coup de marteau certainement. On devrait le nommer sous-chef à Charenton. »

10

Séance publique

Des deux côtés d'une porte au-dessus de laquelle le mot BAL s'étalait en lettres voyantes, de larges affiches d'un rouge violent annonçaient que, ce dimanche-là, ce lieu de plaisir populaire recevait une autre destination.

M. Patissot, qui flânait comme un bon bourgeois, en digérant son déjeuner, et se dirigeait tout doucement vers la gare, s'arrêta, l'œil saisi par cette couleur écarlate, et il lut :

ASSOCIATION GÉNÉRALE INTERNATIONALE
POUR LA REVENDICATION DES DROITS DE LA FEMME

Les Dimanches d'un bourgeois de Paris 255

COMITÉ CENTRAL SIÉGEANT À PARIS

GRANDE SÉANCE PUBLIQUE

Sous la présidence de la citoyenne libre penseuse Zoé Lamour et de la citoyenne nihiliste russe Eva Schourine, avec le concours d'une délégation de citoyennes du cercle libre de la Pensée indépendante, et d'un groupe de citoyens adhérents.
La citoyenne Césarine Brau et le citoyen Sapience Cornut, retour d'exil, prendront la parole.

PRIX D'ENTRÉE : 1 FRANC.

Une vieille dame à lunettes, assise devant une table couverte d'un tapis, percevait l'argent. M. Patissot entra.

Dans la salle, déjà presque pleine, flottait cette odeur de chien mouillé, que dégagent toujours les jupes des vieilles filles, avec un reste de parfums suspects des bals publics.

M. Patissot, en cherchant bien, découvrit une place libre au second rang, à côté d'un vieux monsieur décoré et d'une petite femme vêtue en ouvrière, à l'œil exalté, ayant sur la joue une marbrure enflée.

Le bureau était au complet.

La citoyenne Zoé Lamour, une jolie brune replète, portant des fleurs rouges dans ses cheveux noirs, partageait la présidence avec une petite blonde maigre, la citoyenne nihiliste russe Eva Schourine.

Juste au-dessous d'elles, l'illustre citoyenne Césarine Brau, surnommée « le Tombeur des hommes », belle fille aussi, était assise à côté du citoyen

Sapience Cornut, retour d'exil. Celui-là, un vieux solide, à tous crins, d'aspect féroce, regardait la salle comme un chat regarde une volière d'oiseaux, et ses poings fermés reposaient sur ses genoux.

À droite, une délégation d'antiques citoyennes sevrées d'époux, séchées dans le célibat, et exaspérées dans l'attente, faisait vis-à-vis à un groupe de citoyens réformateurs de l'humanité, qui n'avaient jamais coupé ni leur barbe ni leurs cheveux, pour indiquer sans doute l'infini de leurs aspirations.

Le public était mêlé.

Les femmes, en majorité, appartenaient à la caste des portières et des marchandes qui ferment boutique le dimanche. Partout le type de la vieille fille inconsolable (dit trumeau) réapparaissait entre les faces rouges des bourgeoises. Trois collégiens parlaient bas dans un coin, venus pour être au milieu des femmes. Quelques familles étaient entrées par curiosité. Mais au premier rang un nègre en coutil jaune, un nègre frisé, magnifique, regardait obstinément le bureau en riant de l'une à l'autre oreille, d'un rire muet, contenu, qui faisait étinceler ses dents blanches dans sa face noire. Il riait sans un mouvement du corps comme un homme ravi, transporté. Pourquoi était-il là ? Mystère. Avait-il cru entrer au spectacle ? Ou bien se disait-il dans sa boule crépue d'Africain : « Vrai, vrai, ils sont trop drôles, ces farceurs-là ; ce n'est pas sous l'équateur qu'on en trouverait de pareils. »

La citoyenne Zoé Lamour ouvrit la séance par un petit discours.

Elle rappela la servitude de la femme depuis les origines du monde ; son rôle obscur, toujours héroïque, son dévouement constant à toutes les grandes idées. Elle la compara au peuple d'autrefois, au peuple des rois et de l'aristocratie, l'appelant : « l'éternelle martyre » pour qui tout homme est un *maître* ; et, dans un grand mouvement lyrique, elle s'écria : « Le peuple a eu son 89 – ayons le nôtre ; l'homme opprimé a fait sa *Révolution* ; le captif a brisé sa chaîne ; l'esclave indigné s'est révolté. Femmes, imitons nos despotes. Révoltons-nous ; brisons l'antique chaîne du mariage et de la servitude ; marchons à la conquête de nos droits ; faisons aussi notre révolution. »

Elle s'assit au milieu d'un tonnerre d'applaudissements ; et le nègre, délirant de joie, se tapait le front contre ses genoux en poussant des cris aigus.

La citoyenne nihiliste russe Eva Schourine se leva, et, d'une voix perçante et féroce :

« Je suis russe, dit-elle. J'ai levé l'étendard de la révolte ; cette main a frappé les oppresseurs de ma patrie ; et, je le déclare à vous, femmes françaises, qui m'écoutez, je suis prête, sous tous les soleils, dans toutes les parties de l'univers, à frapper la tyrannie de l'homme, à venger partout la femme odieusement opprimée. »

Un grand tumulte d'approbation eut lieu, et le citoyen Sapience Cornut, lui-même, se levant, frotta galamment sa barbe jaune contre cette main vengeresse.

C'est alors que la cérémonie prit un caractère vraiment international. Les citoyennes déléguées par les puissances étrangères se levèrent l'une après l'autre, apportant l'adhésion de leurs patries. Une Allemande parla d'abord. Obèse, avec une végétation de filasse sur le crâne, elle bredouillait d'une voix pâteuse :

« Che feu tire toute la choie qu'on a ébrouvée dans la fieille Allemagne quand on a chu le grand moufement des femmes barisiennes. Nos boitrines (elle frappa la sienne, qui ne résista pas au choc), nos boitrines ont tréchailli, nos... nos... che ne barle pas très pien, mais nous chommes avec vous. »

Une Italienne, une Espagnole, une Suédoise en dirent autant en des langages inattendus ; et, pour finir, une Anglaise démesurée, dont les dents semblaient des instruments de jardinage, s'exprima en ces termes :

« Je volé aussi apôté le participéchône de la libre Hangleterre à la manifestéchône si... si... pittoresque de la populéchône féminine de France pour l'émancipéchône de cette pâtie féminine. Hip ! hip ! hurrah ! »

Cette fois, le nègre se mit à pousser de tels cris d'enthousiasme, avec des gestes de satisfaction si immodérés (jetant ses jambes par-dessus le dossier des banquettes et se tapant les cuisses avec fureur), que deux commissaires de la séance furent obligés de le calmer.

Le voisin de Patissot murmura :

« Des hystériques ! toutes hystériques. »

Patissot croyant qu'on lui parlait, se retourna :

« Plaît-il ? »

Le monsieur s'excusa.

« Pardon, je ne vous parlais pas. Je disais seulement que toutes ces folles sont des hystériques ! »

M. Patissot, prodigieusement surpris, demanda :

« Vous les connaissez donc ?

– Un peu, monsieur ! Zoé Lamour a fait son noviciat pour être religieuse. Et d'une. Eva Schourine a été poursuivie comme incendiaire et reconnue folle. Et de deux. Césarine Brau est une simple intrigante qui veut faire parler d'elle. J'en aperçois trois autres là-bas qui ont passé dans mon service à l'hôpital de X... Quant à tous les vieux carcans qui nous entourent, je n'ai pas besoin d'en parler. »

Mais des « chut ! » partaient de tous les côtés. Le citoyen Sapience Cornut, retour d'exil, se levait. Il roula d'abord des yeux terribles ; puis, d'une voix creuse qui semblait le mugissement du vent dans une caverne, il commença :

« Il est des mots grands comme des principes, lumineux comme des soleils, retentissants comme des coups de tonnerre : Liberté ! Égalité ! Fraternité ! Ce sont les bannières des peuples. Sous leurs plis, nous avons marché à l'assaut des tyrannies. À votre tour, ô femmes, de les brandir comme des armes pour marcher à la conquête de l'indépendance. Soyez libres, libres dans l'amour, dans la maison, dans la patrie. Devenez nos égales au foyer, nos égales dans la rue, nos égales surtout dans la politique et devant la loi. Fraternité ! Soyez nos sœurs, les confidentes de nos projets grandioses, nos compagnes vaillantes. Soyez, devenez véritablement une moitié de l'humanité au lieu de n'en être qu'une parcelle. »

Et il se lança dans la politique transcendante, développant des projets larges comme le monde, parlant de l'âme des sociétés, prédisant la République universelle édifiée sur ces trois bases inébranlables : la liberté, l'égalité, la fraternité.

Quand il se tut, la salle faillit crouler sous les bravos. M. Patissot, stupéfait, se tourna vers son voisin.

« N'est-il pas un peu fou ? »

Le vieux monsieur répondit :

« Non, monsieur ; ils sont des millions comme ça. C'est un effet de l'instruction. »

Patissot ne comprenait pas.

« De l'instruction ?

— Oui ; maintenant qu'ils savent lire et écrire, la bêtise latente se dégage.

— Alors, monsieur, vous croyez que l'instruction... ?

— Pardon, monsieur, je suis un libéral, moi. Voici seulement ce que je veux dire : Vous avez une montre, n'est-ce pas ? Eh bien, cassez un ressort, et allez la porter à ce citoyen Cornut en le priant de la raccommoder. Il vous répondra, en jurant, qu'il n'est pas horloger. Mais, si quelque chose se trouve détraqué dans cette machine infiniment compliquée qui s'appelle la France, il se croit le plus capable des hommes pour la réparer séance tenante. Et quarante mille braillards de son espèce en pensent autant et le proclament sans cesse. Je dis, monsieur, que nous manquons jusqu'ici de classes dirigeantes nouvelles, c'est-à-dire d'hommes nés de pères ayant manié le pouvoir, élevés dans cette idée, instruits spécialement pour cela comme on instruit spécialement les jeunes gens qui se destinent à la Polytechnique. »

Des « chut ! » nombreux l'interrompirent encore une fois. Un jeune homme à l'air mélancolique occupait la tribune.

Il commença :

« Mesdames, j'ai demandé la parole pour combattre vos théories. Réclamer pour la femme des droits civils égaux à ceux de l'homme équivaut à réclamer la fin de votre pouvoir. Le seul aspect extérieur de la femme révèle qu'elle n'est destinée ni aux durs travaux physiques ni aux longs efforts intellectuels. Son rôle est autre, mais non moins beau. Elle met de la poésie dans la vie. De par la puissance de sa grâce, un rayon de ses yeux, le

Les Dimanches d'un bourgeois de Paris 261

charme de son sourire, elle domine l'homme, qui domine le monde. L'homme a la force que vous ne pouvez lui prendre ; mais vous avez la séduction qui captive la force. De quoi vous plaignez-vous ? Depuis que le monde existe, vous êtes les souveraines et les dominatrices. Rien ne se fait sans vous. C'est pour vous que s'accomplissent toutes les belles œuvres.

« Mais du jour où vous deviendrez nos égales, civilement, politiquement, vous deviendrez nos rivales. Prenez garde alors que le charme ne soit rompu qui fait toute votre force. Alors, comme nous sommes incontestablement les plus vigoureux et les mieux doués pour les sciences et les arts, votre infériorité apparaîtra, et vous deviendrez véritablement des opprimées.

« Vous avez le beau rôle, mesdames, puisque vous êtes pour nous la séduction de la vie, l'illusion sans fin, l'éternelle récompense de nos efforts. Ne cherchez donc point à en changer. Vous ne réussirez pas, d'ailleurs. »

Mais des sifflets l'interrompirent. Il descendit.

Le voisin de Patissot, se levant alors :

« Un peu romantique, le jeune homme, mais sensé du moins. Venez-vous prendre un bock, monsieur ?

— Avec plaisir. »

Ils y allèrent, pendant que s'apprêtait à répondre la citoyenne Césarine Brau.

CHRONOLOGIE

1850

Guy de Maupassant naît le 5 août, au château de Miromesnil près de Dieppe (affirment les uns), à Fécamp (assurent les autres). Difficile de savoir au juste. Son père (d'origine lorraine), Gustave de Maupassant, né en 1821, avait épousé Laure Le Poittevin (d'ascendance normande), née la même année, le 9 novembre 1846. Laure était la sœur du grand ami de jeunesse de Flaubert, Alfred Le Poittevin (décédé en 1848). Famille aisée, rentière. Particule récente.
Mort de Balzac. Déjà, sous le prince Louis-Napoléon Bonaparte, perce Napoléon III. Le second Empire est en marche.

1856

Naissance d'Hervé, frère de Guy, au château de Grainville-Ymauville, près du Havre, où la famille est installée depuis 1854. Marié, père d'une fille, Simone (en faveur de qui Guy fera son testament), Hervé mourra fou à Lyon, en 1889. Très impressionné, l'écrivain confiera alors : « Je crois que je mourrai fou moi-même. »

1857

Les Fleurs du mal de Baudelaire et *Madame Bovary* de Flaubert. Grands livres suivis de... procès pour immoralité. L'ordre moral, plus de vingt ans après, fera aussi joujou avec Maupassant (pour le poème *Une fille*).

1858-1863

Séparation de Gustave et Laure de Maupassant ; le jeune Guy supportait mal leurs fréquentes et violentes disputes. Laure part vivre avec ses deux fils à Étretat. Pour Guy, c'est l'époque de l'enfance libre et vagabonde. Il apprend bien et joue plus encore avec ses camarades, fils de pêcheurs et de paysans.

1863-1867

Guy devient élève au petit séminaire d'Yvetot ; malgré farces et vers licencieux (premiers clins d'œil du futur Maupassant), il s'y ennuie prodigieusement. En 1864, l'adolescent, en vacances chez sa mère, rencontre le poète anglais Charles Swinburne et sa... « main d'écorché ». Le fantastique ne fait qu'ouvrir le bal.

1868

Entré au lycée de Rouen, où il prépare avec succès le baccalauréat, Guy a pour correspondant Louis Bouilhet (qui mourra en 1869), poète et ami intime de Gustave Flaubert. C'est ainsi qu'il fait la connaissance de ce dernier et qu'il entame, pour le grand bonheur de sa mère, ses « classes littéraires » avec le maître de Croisset.
Le Petit Chose de Daudet.

1870

Guerre franco-prussienne, qui marquera à jamais Maupassant. Mobilisé dans l'intendance, il se montre excellent soldat, profondément patriote. Les souvenirs qu'il garde de ces mois de déroute serviront de trame à quelques-uns de ses plus beaux contes.

1871

Armistice. Démobilisé, il part pour Étretat. Poursuite des travaux littéraires sous la direction de Flaubert, ami incomparable, à qui il devra ses rencontres avec Zola, Daudet, Edmond de Goncourt, Tourgueniev...
Commune de Paris. Début de la IIIe République.

1872

Maupassant entre au ministère de la Marine et des Colonies et s'installe à Paris. Il fréquente les guinguettes et canote sur la Seine : « Ma grande, ma seule passion pendant dix ans, ce fut la Seine. »

1873

Si, rond-de-cuir, il gagne peu et s'ennuie fort, il observe aussi et sans pitié le petit monde des employés de bureau. On sait le parti littéraire qu'il en tirera.

1874

Plaisirs et peurs semblent l'habiter. L'eau – la mer, la rivière – le fascine corps et âme ; fascination qui ne le quittera plus.

1875

Première publication : *La Main d'écorché* (en revue).
Plus que jamais, Maupassant canote et se baigne en joyeuse compagnie. Représentation privée de sa pièce bouffonne et égrillarde : *À la feuille de rose, maison turque*. Sur scène, lui-même et Octave Mirbeau.

1876

Déménagement parisien. Maupassant participe au groupe de Médan qui se constitue autour de Zola. « Attention, trop de femmes et trop de sports », lui écrit par ailleurs Flaubert.

1877

Premiers troubles de santé, certainement dus à la syphilis. Et première cure, en Suisse. Dîner-baptême du « naturalisme », autour de Gustave Flaubert, Edmond de Goncourt et Émile Zola – qui vient de publier *L'Assommoir*.

1878

Maupassant donne sa démission du ministère de la Marine et, grâce à Flaubert, entre à celui de l'Instruction publique. Déteste toujours autant le métier de gratte-papier. Il s'impatiente de ne pouvoir « claquer la porte ».

1879

Publication de *L'Histoire du vieux temps* (théâtre).
Depuis l'année précédente, il passe beaucoup de temps à Étretat auprès de sa mère, nerveuse et malade. Par la suite, soucieux de son bien-être, il l'aidera à s'installer à Cannes, où il fera lui-même de nombreux séjours.
Nana de Zola.

1880

Publications : *Boule de suif* dans *Les soirées de Médan*, *Des vers* (recueil poétique).
Les soirées de Médan : Maupassant y donne *Boule de suif*, chef-d'œuvre de ce recueil collectif. Admiration de Flaubert ; grand succès. Le 8 mai, mort de Gustave Flaubert, foudroyé par une apoplexie ; immense chagrin de Maupassant. Le mois suivant, il quitte enfin l'administration. Il sent qu'il est lancé. Pour lui, une nouvelle vie commence. Premier voyage en Corse.

1881

Publication de *La Maison Tellier* (premier recueil de contes).
Voyage en Afrique du Nord. Maupassant souffre de névralgies contre lesquelles il lutte par l'usage et bientôt l'abus des drogues : éther, haschisch, morphine. L'ami Tourgueniev fait connaître ses premiers livres en Russie. Mort de Dostoïevski.

1882

Publication de *Mademoiselle Fifi* (recueil de contes).
Voyage estival en Bretagne. Souffre à présent de la vue,

au point qu'il pense à se tuer (« mes yeux qui grincent »). Maupassant collabore régulièrement à plusieurs périodiques parisiens, auxquels il donne articles et contes (le plus souvent sous les pseudonymes de Guy de Valmont et de Maufrigneuse) : *Le Gaulois, Gil Blas, Le Figaro, L'Écho de Paris, La Nouvelle Revue, La Revue littéraire et politique...*

1883

Publications : *Une vie* (premier roman), *Contes de la bécasse* (recueil de contes), *Clair de lune* (recueil de contes).
Grosse année pour Maupassant. Son premier roman paraît et s'impose. Il fait construire une maison, *La Guillette*, près d'Étretat. Prend François Tassart à son service comme valet de chambre. Et voit naître le premier de ses trois enfants naturels, tous de Joséphine Litzelmann. Mais pour lui, pas plus de mariage que plus tard de Légion d'honneur ou d'Académie française...
Mort de Tourgueniev.

1884

Publications : *Au soleil* (récit de voyage), *Miss Harriet* (recueil de contes), *Les Sœurs Rondoli* (recueil de contes), *Yvette* (recueil de contes).
Travail intense et frénétique ; Maupassant connaît ses plus riches années de production littéraire et journalistique. Début des troubles nerveux, pourtant. Il décide de suivre les cours de Charcot à la Salpêtrière.

1885

Publications : *Contes du jour et de la nuit* (recueil de contes), *Bel-Ami* (roman), *Monsieur Parent* (recueil de contes).
Voyage en Italie. Et déménagement parisien. Ce faux naturaliste joue le vrai décadent (grandes dames et logements de pacha). La Vénus rustique et le Bel-Ami s'en donnent à cœur joie...

Germinal de Zola. Morts de Jules Vallès et de Victor Hugo.

1886

Publications : *Toine* (recueil de contes), *La Petite Roque* (recueil de contes).
Voyage décevant en Angleterre, pays « trop froid » pour Maupassant. Il préfère naviguer en Méditerranée, sur son voilier *Bel-Ami*. Plus que jamais, il éprouve le besoin de fuir et de se fuir.

1887

Publications : *Mont-Oriol* (roman), *Le Horla* (recueil de contes).
Voyage-reportage en ballon. Que suit un long séjour en Afrique du Nord. C'est en homme d'affaires normand que Maupassant orchestre les succès de sa plume – qui font des jaloux.

1888

Publications : *Pierre et Jean* (roman) précédé de *Le Roman* (étude), *Sur l'eau* (journal de voyage), *Le Rosier de Mme Husson* (recueil de contes).
Nouveau voyage en Afrique du Nord. Écrivain notoire, Maupassant est lu dans toute l'Europe et en Amérique. Mais les hallucinations sont là et le mal empire.

1889

Publications : *La Main gauche* (recueil de contes), *Fort comme la mort* (roman).
Agonie de son frère Hervé, victime de la folie. Conduit par Guy à l'asile psychiatrique de Lyon-Bron, il lui aurait jeté : « Ah ! Guy ! Misérable ! Tu me fais enfermer ! C'est toi qui es fou, tu m'entends ! C'est toi le fou de la famille ! » La peur au ventre, Maupassant entreprend vers l'Italie une croisière sur *Bel-Ami II*.

1890

Publications : *La Vie errante* (récits de voyage), *L'Inutile Beauté* (recueil de contes), *Notre cœur* (dernier roman).
Ultime déménagement parisien. La dégradation de sa santé s'accentue terriblement. Consultations sur consultations, et tentatives répétées de cures et de repos. Maupassant est décidé à délaisser contes et chroniques au profit du roman.
Suicide de Van Gogh.

1891

Publication de *Musotte* (théâtre).
Cures successives et vaines. Maupassant attaque deux romans : *L'Âme étrangère* et *L'Angélus*. Peine perdue, ses facultés intellectuelles l'abandonnent irrémédiablement. Il va jusqu'à perdre le contrôle de soi. Dépressif, il admet ne plus pouvoir écrire, depuis un an au moins. Rédige son testament. Déjà le « météore », le « mauvais passant », le « taureau triste » ne sont plus...

1892

Tentatives de suicide. De Cannes, Maupassant est transporté à la clinique du Dr Blanche à Passy, maison de santé où fut interné, avant lui, Gérard de Nerval. Il n'en sortira plus. Une agonie de dix-huit mois commence, entrecoupée de délires et d'accalmies. Aucune visite familiale : son père et sa mère semblent l'ignorer, commencent même à liquider ses biens.

1893

Publication de *La Paix du ménage* (théâtre).
Le 6 juillet, mort de Guy de Maupassant, âgé de quarante-trois ans. Le 8, il est inhumé à même la terre, selon son vœu, au cimetière Montparnasse. Émile Zola prononce l'oraison funèbre.

1899

Publication : *Le Père Milon* (recueil posthume de contes inédits en volume).

1900

Publication : *Le Colporteur* (recueil posthume de contes inédits en volume, à l'exception de quatre).

G.B.

TABLE

Préface V
Le Roman 1
Pierre et Jean 21
Les Dimanches d'un bourgeois de Paris .. 189
Chronologie 263

Aubin Imprimeur

LIGUGÉ, POITIERS

Cet ouvrage composé
par PFC (Dole)
a été imprimé
sur du papier bouffant Cartoon
de la papeterie de Pont-Sainte-Maxence
par Aubin Imprimeur (Ligugé)
et relié par la Nouvelle Reliure Industrielle (Auxerre)
pour France Loisirs

N° d'éditeur : 26028
N° imprimeur : L 42720

Dépôt légal : avril 1993

Imprimé en France